中华文脉读库

中国词史

纵览词曲通史精要

History
of Ci Poetry

吴梅 著

济南出版社

图书在版编目（CIP）数据

中国词史 / 吴梅著 . -- 济南：济南出版社，2025.
3. -- ISBN 978-7-5488-7136-1

Ⅰ . I207.23

中国国家版本馆 CIP 数据核字第 2025MK0886 号

中国词史
ZHONGGUO CISHI

吴梅　著

出　版　人　谢金岭
责任编辑　范玉峰　李　敏　张冰心　孙梦岩
封面设计　四季中天　张　倩

出版发行　济南出版社
地　　址　山东省济南市二环南路 1 号（250002）
总 编 室　0531-86131715
印　　刷　山东临沂新华印刷物流集团有限责任公司
版　　次　2025 年 3 月第 1 版
印　　次　2025 年 3 月第 1 次印刷
开　　本　160mm × 230mm　16 开
印　　张　13.75
字　　数　169 千字
书　　号　ISBN 978-7-5488-7136-1
定　　价　58.00 元

如有印装质量问题 请与出版社出版部联系调换
电话：0531-86131736

版权所有　盗版必究

目 录

上编　词学通论

第一章　绪论	003
第二章　论平仄四声	010
第三章　论韵	014
第四章　论音律	020
第五章　作法	031
第六章　概论一　唐五代	037
第一　唐人词略	037
第二　五代十国人词略	043
第七章　概论二　两宋	051
第一　北宋人词略	052
第二　南宋人词略	067
第八章　概论二　金元	086
第一　金人词略	086
第二　元人词略	098
第九章　概论四　明清	110
第一　明人词略	110
第二　清人词略	120

001

下编　中国戏曲概论

卷　上 147
　　一　金元总论 147
　　二　诸杂院本 148
　　三　诸宫调 157
　　四　元人杂剧 160
　　五　元人散曲 167
卷　中 172
　　一　明总论 172
　　二　明人杂剧 173
　　三　明人传奇 180
　　四　明人散曲 193
卷　下 196
　　一　清总论 196
　　二　清人杂剧 198
　　三　清人传奇 204
　　四　清人散曲 215

[中国词史]

上编 词学通论

第一章 绪论

词之为学，意内言外。发始于唐，滋衍于五代，而造极于两宋。调有定格，字有定音，实为乐府之遗，故曰诗余。惟齐梁以来，乐府之音节已亡，而一时君臣，尤喜别翻新调。如梁武帝之《江南弄》、陈后主之《玉树后庭花》、沈约之《六忆诗》，已为此事之滥觞。唐人以诗为乐，七言律绝，皆付乐章。至玄肃之间，词体始定。李白《忆秦娥》、张志和《渔歌子》，其最著也。或谓词破五七言绝句为之，如《菩萨蛮》是。又谓词之《瑞鹧鸪》即七律体，《玉楼春》即七古体，《杨柳枝》即七绝体，欲实诗余之名，殊非确论。盖开元全盛之时，即词学权舆之日。"旗亭""画壁"，本属歌诗；"陵阙""西风"，亦承乐府。强分后先，终归臆断。自是以后，香山、梦得、仲初、幼公之伦，竞相藻饰，《调笑》转应之曲，《江南》春去之词，上拟清商，亦无多计。及飞卿出而词格始成，《握兰》《金荃》，远接《骚》《辨》，变南朝之宫体，扬北部之新声。于是皇甫松、郑梦复、司空图、韩偓、张曙之徒，一时云起。"杨柳大堤"之句、"芙蓉曲渚"之篇，自出机杼，彬彬称盛矣。

作词之难，在上不似诗，下不类曲，不淄不磷，立于二者之间，要须辨其气韵。大抵空疏者作词，易近于曲；博雅者填词，不离乎诗。浅者深之，高者下之，处于才不才之间，斯词之三昧得矣。惟词中各牌，有与诗无异者。如《生查子》，何殊于五绝；《小秦王》《八拍蛮》《阿那曲》，何殊于七绝。此等词颇难着笔，又须多读古人旧作，得其气味，去诗中习见辞语，便可避去。至于南北曲，与词格不甚相远，而欲求别于曲，亦较诗为难。但曲之长处，在雅俗互陈，又熟谙元人方言，不必以藻缋为能也。词则曲中俗字，如"你我""这厢""那厢"之类，固不可用，即衬贴字，如"虽则是""却原来"等，亦当舍去。而最难之处，在上三下四对句。如史邦卿"春雨"词云："惊粉重、蝶宿西园，喜泥润、燕归南浦。"又："临断岸、新绿生时，是落红、带愁流处。"此词中妙语也。汤临川《还魂》云："他还有念老夫诗句男儿，俺则有学母氏画眉娇女。"又："没乱里春情难遣，蓦忽地怀人幽怨。"亦曲中佳处，然不可入词。由是类推，可以隅反，不仅在词藻之雅俗而已。宋词中尽有俚鄙者，亟宜力避。

小令、中调、长调之目，始自《草堂诗余》，后人因之，顾亦略云尔。《词综》所云"以臆见分之，后遂相沿，殊属牵强"者也。钱塘毛氏云："五十八字以内为小令，五十九字至九十字为中调，九十一字以外为长调，古人定例也。"此亦就《草堂》所分而拘执之。所谓定例，有何所据？若以少一字为短，多一字为长，必无是理。如《七娘子》有五十八字者，有六十字者，将为小令乎？抑中调乎？如《雪狮儿》有八十九字者，有九十二字者，将为中调乎？抑长调乎？此皆妄为分析，无当于词学也。况《草堂》旧刻，止有分类，并无小令、中调、长调之名。至嘉靖间，上海顾从敬刻《类编草堂诗余》四卷，始有小令、中调、长调之目，是为别本之始。何良俊序称"从敬家藏宋刻，较世所行本多七十余调"，明系依托。自此本行而旧本遂微，于是小令、中调、长调之分，至牢不可破矣。

词中调同名异，如《木兰花》与《玉楼春》，唐人已有之，至宋人则多取词中辞语名篇，强标新目。如《贺新郎》为《乳燕飞》，《念奴娇》为《酹江月》，《水龙吟》为《小楼连苑》之类。此由文人好奇，争相巧饰，而于词之美恶无与焉。又有调异名同者，如《长相思》《浣溪沙》《浪淘沙》，皆有长调。此或清真提举大晟时所改易者，故周集中皆有之。此等词牌，作时须依四声，不可自改声韵。缘舍此以外别无他词可证也。又如《江月晃重山》《江城梅花引》《四犯剪梅花》类，盖割裂牌名为之，此法南曲中最多。凡作此等曲，皆一时名手游戏及之，或取声律之美，或取节拍之和，如《巫山十二峰》《九回肠》之目，歌时最为耐听故也。词则万不能造新名，仅可墨守成格。何也？曲之板式，今尚完备，苟能遍歌旧曲，不难自集新声。词则拍节既亡，字谱零落，强分高下，等诸面墙，间释工尺，亦同向壁。集曲之法，首严腔格，亡佚若斯，万难整理。此其一也。六宫十一调，所隶诸曲，管色既明，部署亦审，各宫互犯，确有成法。词则分配宫调，颇有出入，管色高低，万难悬揣。而欲汇集美名，别创新格，即非惑世，亦类欺人。此其二也。至于明清作者，辄喜自度腔，几欲上追白石、梦窗，真是不知妄作。又如许宝善、谢淮辈，取古今名调，一一被诸管弦，以南北曲之音拍，强诬古人，更不可为典要。学者慎勿惑之。

沈伯时《乐府指迷》云："音律欲其协，不协，则成长短之诗。下字欲其雅，不雅，则近乎缠令之体。用字不可太露，露，则直突而无深长之味。发意不可太高，高，则狂怪而失柔婉之意。"此四语为词学之指南，各宜深思也。夫协律之道，今不可知。但据古人成作，而勿越其规范，则谱法虽逸，而字格尚存，揆诸按谱之方，亦云弗畔。若夫缠令之体，本于乐府相和之歌，沿至元初，其法已绝，惟董词所载，犹存此名。清代《大成谱》，备录董词，而于缠令格调，亦未深考。亡佚既久，可以不论。至用字发意，要归蕴藉。露则意不称辞，高则辞不达意。二者交讥，非作家之极轨也。故作词能以清真为归，斯用字发意，皆有法度矣。

　　咏物之作，最要在寄托。所谓寄托者，盖借物言志，以抒其忠爱绸缪之旨。《三百篇》之比兴，《离骚》之香草美人，皆此意也。沈伯时云："咏物须时时提调，觉不分晓，须用一两件事印证方可，如清真咏梨花《水龙吟》，第三第四句，须用'樊川''灵关'事，又'深闭门'及'一枝带雨'事。觉后段太宽，又用'玉容'事，方表得梨花。若全篇只说花之白，则是凡白花皆可用，如何见得是梨花？"（见《乐府指迷》）案，伯时此说，仅就运典言之，尚非赋物之极则。且其弊必至探索隐僻，满纸谰言，岂词家之正法哉？惟有寄托，则辞无泛设，而作者之意，自见诸言外。朝市身世之荣枯，且于是乎觇之焉。如碧山咏蝉《齐天乐》，"宫魂""余恨"，点出命意。"乍咽凉柯，还移暗叶"，慨播迁之苦。"西窗"三句，伤敌骑暂退，燕安如故。"镜暗妆残，为谁娇鬓尚如许"二语，言国土残破，而修容饰貌，侧媚依然。衰世臣主，全无心肝，千古一辙也。"铜仙"三句，言宗器重宝，均被迁夺，泽不下逮也。"病翼"三句，更痛哭流涕，大声疾呼，言海岛栖迟，断不能久也。"余音"三句，遗臣孤愤，哀怨难论也。"漫想"二句，责诸臣苟且偷安，视若全盛也。如此立意，词境方高。顾通首皆赋蝉，初未逸出题目范围，使直陈时政，又非词家口吻。其他赋白莲之《水龙吟》，赋绿阴之《琐窗寒》，皆有所托，非泛泛咏物也。会得此意，则"绿芜台城"之路，"斜阳烟柳"之思，感事措辞，自然超卓矣。（碧山此词，张皋文、周止庵辈皆有论议。余本端木子畴说诠释之，较为确切。他如白石《暗香》《疏影》二首，亦寄时事，惟语意隐晦，仅"江国，正寂寂。叹寄与路遥，夜雪初积"数语，略明显耳。故不具论。）

沈伯时云："前辈好词甚多，往往不协律腔，所以无人唱。如秦楼楚馆所歌之词，多是教坊乐工及闹井做赚人所作，只缘音律不差，故多唱之。求其下语用字，全不可读。甚至咏月却说雨，咏春却说秋。"（《乐府指迷》）余案此论出于宋末，已有不协腔律之词，何况去伯时数百年，词学衰熄如今日乎？紫霞论词，颇严协律。然协律之法，初未明示也。近二十年中，如沤尹、夔笙辈，辄取宋人旧作，校定四声，通体不改易一音。如《长亭怨》依白石四声，《瑞龙吟》依清真四声，《莺啼序》依梦窗四声，盖声律之法无存，制谱之道难索。万不得已，宁守定宋词旧式，不致偭越规矩。顾其法益密，而其境益苦矣。（余案，定四声之法，实始于蒋鹿潭。其《水云楼词》如《霓裳中序第一》《寿楼春》等，皆谨守白石、梅溪定格，已开朱、况之先路矣。）余谓小词如《点绛唇》《卜算子》类，凡在六十字下者，四声尽可不拘。一则古人成作，彼此不符；二则南曲引子，多用小令，上去出入，亦可按歌，固无须斤斤于此。若夫长调，则宋时诸家往往遵守。吾人操管，自当确从，虽难付管丝，而典型具在，亦告朔饩羊之意。由此言之，明人之自度腔，实不知妄作，吾更不屑辨焉。

杨守斋《作词五要》第四云："要随律押韵，如越调《水龙吟》、商调《二郎神》，皆合用平入声韵，古词俱押去声，所以转折怪异，成不祥之音。昧律者反称赏之，真可解颐而启齿也。"守斋名缵，周草窗《蘋洲渔笛谱》中所称紫霞翁者即是。尝与草窗论五凡工尺义理之妙，未按管色，早知其误。草窗之词，皆就而订正之。玉田亦称其持律甚严，一字不苟作，观其所论可见矣。戈顺卿又从其言推广之，于学词者颇多获益。其言曰："词之用韵，平仄两途，而有可以押平韵，又可以押仄韵者，正自不少。其所谓仄，乃入声也。如越调又有《霜天晓角》《庆春宫》，商调又有《忆秦娥》，其余则双调之《庆佳节》，高平调之《江城子》，中吕宫之《柳梢青》，仙吕宫之《望梅花》《声声慢》，大石调之《看花回》《两同心》，小石调之《南歌子》，用仄韵者，皆宜入声。《满江红》有入南吕宫，有入仙吕宫。入南吕宫者，即白石所改平韵之体，而要其本用入声，故可改也。外此又有用仄韵，而必须入声者，则如越调之《丹凤吟》《大酺》，越调犯正宫之《兰陵王》，商调之《凤凰阁》《三部乐》《霓裳中序第一》《应天长慢》《西湖月》《解连环》，黄钟宫之《侍香金童》《曲江秋》，黄钟商之《琵琶仙》，双调之《雨霖铃》，仙吕宫之《好事近》《蕙兰芳引》《六幺令》《暗香》《疏影》，仙吕犯商调之《凄凉犯》，正平调近之《淡黄柳》，无射宫之《惜红衣》，正宫、中吕宫之《尾犯》，中吕商之《白苎》，夹钟羽之《玉京秋》，林钟商之《一寸金》，南吕商之《浪淘沙慢》，此皆宜用入声韵者，勿概之曰仄而用上去也。其用上去之调，自是通协，而亦稍有差别。如黄钟商之《秋宵吟》，林钟商之《清商怨》，无射商之《鱼游春水》，宜单押上声。仙吕调之《玉楼春》，中吕调之《菊花新》，双调之《翠楼吟》，宜单押去声。复有一调中必须押上、必须押去之处，有起韵结韵，互皆押上、宜皆押去之处，不能一一胪列。"（《词林正韵·发凡》）顺卿此论，可云发前人所未发，应与紫霞翁之言相发明。作者细加考核，随律押韵，更随调择韵，则无转折怪异之病矣。

择题最难，作者当先作词，然后作题。除咏物、赠送、登览外，必须一一细讨，而以妍雅出之。又不可用四六语（间用偶语亦不妨），要字字秀冶，别具神韵方妙。至如有感、即事、漫兴、早春、初夏、新秋、初冬等类，皆选家改易旧题，别标一二字为识，非原本如是也。《草堂诗余》诸题，皆坊人改易，切不可从。学者作题，应从石帚、草窗。石帚题如《鹧鸪天》"予与张平甫自南昌同游"云云，《浣溪沙》

"予女须家沔之山阳"云云,《霓裳中序第一》"丙午岁留长沙"云云,《庆宫春》"绍熙辛亥除夕,予别石湖"云云,《齐天乐》"丙辰岁与张功甫会饮张达可之堂"云云,《一萼红》"丙午人日予客长沙别驾之观政堂"云云,《念奴娇》"予客武陵,湖北宪治在焉"云云,草窗题如《渡江云》"丁卯岁末除三日"云云,《采绿吟》"甲子夏霞翁会吟社诸友"云云,《曲游春》"禁烟湖上薄游"云云,《长亭怨》"岁丙午丁未,先君子监州太末"云云,《瑞鹤仙》"寄闲结吟台"云云,《齐天乐》"丁卯七月既望"云云,《乳燕飞》"辛未首夏以书舫载客"云云,叙事写景,俱极生动,而语语研炼,如读《水经注》,如读柳州游记,方是妙题,且又得词中之意。抚时感事,如与古人晤对。(清真、梦窗,词题至简,平生事实,无从讨索,亦词家憾事。)而平生行谊,即可由此考见焉。若通本皆书感、漫兴,成何题目?

意之曲者词贵直,事之顺者语宜逆,此词家一定之理。千古佳词,要在使人可解。尝有意极精深,词涉隐晦,翻绎数过,而不得其意之所在者,此等词在作者固有深意,然不能日叩玄亭问此盈篇奇字也。近人喜学梦窗,往往不得其精,而语意反觉晦涩。此病甚多,学者宜留意。

第二章　论平仄四声

平仄一道，童孺亦知之，惟四声略难，阴阳声则尤难耳。词之为道，本合长短句而成，一切平仄，宜各依本调成式。五季两宋，创造各调，定具深心。盖宫调管色之高下，虽立定程，而字音之开齐撮合，别有妙用。倘宜平而仄，或宜仄而平，非特不协于歌喉，抑且不成为句读。昔人制腔造谱，八音克谐，今虽音理失传，而字格具在，学者但宜依仿旧作，字字恪遵，庶不失此中矩矱。凡古人成作，读之格格不上口，拗涩不顺者，皆音律最妙处。张綖《诗余图谱》，遇拗句即改为顺适，无怪为红友所讥也。拗调涩体，多见清真、梦窗、白石三家。清真词如《瑞龙吟》之"归骑晚，纤纤池塘飞雨"，《忆旧游》之"东风竟日吹露桃"，《花犯》之"今年对花太匆匆"；梦窗词如《莺啼序》之"快展旷眼，傍柳系马"，《西子妆》之"一箭流光，又趁寒食去"，《霜花腴》之"病怀强宽，更移画船"；白石词如《满江红》之"正一望、千顷翠澜"，《暗香》之"江国，正寂寂"，《凄凉犯》之"怕匆匆，不肯寄与误后约"，《秋宵吟》之"今夕何夕恨未了"，此等句法，平仄拗口，读且不顺，而欲出辞尔雅，本非易易，顾不得轻易改顺也。虽然，平仄之道，仅止两途，而仄有上去入三种，又不可遇仄而概以三声统填也。一调之中，可以统用者，十之六七，不可统用者，十之三四，须斟酌稳惬，方能下字无疵。于是四声之说起矣。盖一调有一调之风度声响，若上去互易，则调不振起，便有落腔之弊。黄九烟论曲，有"三仄应须分上去，两平还要辨阴阳"之句，填词何独不然？如《齐天乐》有四处必须用去上声，清真词"云窗静掩"，"露萤清夜照书卷"，"凭高眺远"，"但愁斜照敛"是也。此四句中，如"静掩""眺远""照敛"，万不可用他声，故此词切忌用入韵。虽入可作上，究不相宜。又《梦芙蓉》亦有五处必须用去上声，梦窗词"西风摇步绮"，"应红绡翠冷，霜枕正慵起"，"仙云深路杳，城影蘸流水"是也。"步绮""翠冷""正起""路杳""蘸水"，亦万不可用他声，此词亦忌入韵。又《眉妩》亦有三处用去上声，白石词"信马青楼去"，"翠尊共款"，"乱红万点"是也。中如"信马""共款""万点"，亦不可用他声。至如《兰陵王》之多仄声字，《寿楼春》之多平声字，又当一一遵守，不得混用上去入三声也。此法在词中虽至易晓，但所以必要遵守之理，实由发调。余尝作南曲《集贤宾》，据旧谱首句云"西风桂子香正幽"，用平平去上平去平，历按各家传作，如《西楼》云"愁魔病鬼朝露捐"，《长生殿》云"秋空夜永碧汉清"，皆守则诚格式。因戏改四声作之云"烽烟古道入懒游"，此"懒"字必须落下，而此处却宜高揭，遂至字顿喉间，方知旧曲中如"博山云袅鸡舌焚，寻常杏花难上头"类，歌时转捩怪异，拗折嗓子也。因曲及词，其理本同。清词名家惟陈实庵、沈闰生、蒋鹿潭能合四声，余皆不合律式。清初诸家如陈迦陵、纳兰容若、曹实庵辈且不足以语此也。盖上声舒徐和软，其腔低，去声激厉劲远，其腔高，相配用之，方能抑扬有致。大抵两上两去，法所当避，阴阳间用，最易动听。试观方千里和清真词，于用字去上之间，一守成式，可知古人作词之严矣。万红友云："名词转折跌荡处，多用去声。"此语深得倚声三昧。盖三仄之中，入可作平，上界平仄之间，去则独异。且其声由低而高，最宜缓唱。凡牌名中应用高音者，皆宜用此。如尧章《扬州慢》"过春风十里"，"自胡马窥江去后"，"渐黄昏，清角吹寒"，凡协韵后转折处皆用去声，此首最为明显。他如《长亭怨慢》"树若有情时"，"望高城不见"，"第一是早早归来"，"算空有并刀"，《淡黄柳》之"看尽鹅黄嫩绿"，"怕梨花落尽成秋色"，其领头处，无一不用去声者，无他，以发调故也。此意为昔人所未发，红友亦言之不详。因特著之。

入声之叶三声，《中原音韵》、菉斐轩《词林韵释》既备列之矣。但入作三声，仅有七部：支微、鱼虞、皆来、萧豪、歌戈、家麻、尤侯诸部是也。然此是曲韵，于词微有不合。就词韵论，当分八部，以屋、沃、烛为一部，觉、药、铎为一部，质、栉、迄、昔、锡、职、德、缉为一部，术、物为一部，陌、麦为一部，没、曷、末为一部，月、黠、鎋、屑、薛、叶、帖为一部，合、盍、业、洽、狎、乏为一部，如此分合，较戈氏《词林正韵》为当矣。其派作三声处，仍据高安旧例，分隶前列七部之内，则入作三声，亦一览而知，详后论韵篇。此其大较也。惟古人用入声字，其叶韵处，固不外七部之例。如晏几道《梁州令》"莫唱阳关曲"，"曲"字作邱雨切，叶鱼虞韵。柳永《女冠子》"楼台悄似玉"，"玉"字作于句切。又《黄莺儿》"暖律潜催幽谷"，"谷"字作公五切，皆叶鱼虞韵。辛弃疾《丑奴儿慢》"过者一霎"，"霎"字作始鲊切，叶家麻韵。张炎《西子妆慢》"遥岑寸碧"，"碧"字作邦彼切，叶支微韵。又《徵招》换头"京洛染淄尘"，"洛"字须韵作郎到切，叶萧豪韵。此与曲韵无所分别。至如句中用入派作三声处，则大有不同。大抵词中入声协入三声之理，与南曲略同。不能谨守菉斐所派三声之例。如欧词《摸鱼子》"恨人去寂寂，凤枕孤难宿"，"寂寂"叶精妻切。苏轼《行香子》"酒斟时须满十分"，周邦彦《一寸金》"便入渔钓乐"，"十""入"二字叶绳知切。秦观

《望海潮》"金谷俊游","谷"叶公五切。又《金明池》"才子倒玉山休诉","玉"叶语居切。姜夔《暗香》"旧时月色","月"叶胡靴切。诸如此类,不可尽数。而按诸菉斐旧律,或有未尽合者,此不得责订韵者之误,亦不可责填词者之非也。盖入声叶韵处,其派入三声,本有定法,某字作上,某字作平,某字作去,一定不易。仅宗高安、菉斐二家,亦可勿畔。至于句中入声字,严在代平,其作上去,本不多见。词家用仄声处,本合上去入三声言之,即使不作去上,直读本声,亦无大碍。故句中入字,叶作三声,实无定法,既可作平,亦可上去,但须辨其阴阳而已。如用十字,其在平声格,固必须协绳知切,读若池音。苟在仄声格,上则作去,可作本字入声读,亦无不可。所谓词中之仄,本上去入三声统用也。故学者遇入作三声时,宜注意作平之际者,即此故也。又词有必须用入之处,不得易用上去者。如《法曲献仙音》首二句,"虚阁笼寒","小帘通月",阁、月宜入。《凄凉犯》首句"绿杨巷陌",绿、陌宜入,《夜飞鹊》"斜月远堕余辉","兔葵燕麦",月、麦宜入。《霜叶飞》换头"断阕经岁慵赋",《瑞龙吟》"愔愔坊陌人家","侵晨浅约宫黄","吟笺赋笔",陌、约、笔宜入。《忆旧游》末句"千山未必无杜鹃",必字宜入。词中类此颇多。盖入声字重浊而断,词中与上去间用,有止如槁木之致。今南曲中遇入声字,皆重读而作断腔,最为美听。以词例曲,理本相同。虽谱法亡逸,而程式尚存,故当断断谨守之也。戈氏《词韵》于入声字分为五部,虽失之太宽,而分派三声,仍分列各部之下,眉目既晰,而所分平上去三声,亦按图可索,学者称便利。且派作三声者,皆有切音,使人知有限度,不能滥施自便,尤有功于词学,非浅鲜矣。

第三章 论韵

词之有韵，所以谐节奏，调起毕也。是以多取同音，弗畔宫律，吐字开闭，畛域綦严。古昔作者，严于律度，寻声按谱，不逾分刌。其时词韵，初无专书，而操觚者出入阴阳，动中窍奥，盖深知韵理，方诣此境，非可望诸后人也。韵书最初莫如朱希真作《应制词韵》十六条，其后张辑释之，冯取洽增之。至元陶宗仪，曾讥其混淆，欲为更定，而其书久佚，无从扬榷矣。绍兴间，刻菉斐轩《词林要韵》一册，樊榭曾见之。其论词绝句有"欲呼南渡诸公起，韵本重雕菉斐轩"之句，后果为江都秦氏刻入《词学全书》中，即今通行之本。词韵之书，此为最古矣。惟近人皆疑此书为北曲而设，又有谓元明之季伪托者，今不备论。自是而沈谦之《词韵略》、赵钥之《词韵》、李渔之《词韵》、胡文焕之《文会堂词韵》、许昂霄之《词韵考略》、吴烺之《学宋斋词韵》，纯驳不一，殊难全璧。至戈载《词林正韵》出，作者始有所依据。虽其中牴牾之处，或未能免。而近世词家，皆奉为令典，信而不疑也。夫填词用韵，大抵平声独押，上去通押，故凡作词韵者，俱总合三声分部，而中又明分平仄。至于入声，无与平上去统押之理，故入声须另立部目，不得如曲韵之例，分配三声以外，不再专立韵目。如《中原音韵》《中州全韵》诸书也。

今先论诸韵。收声字音，不转收别韵，并不受别韵转收者：支时、家麻、歌罗是也；转收别韵，不受别韵转收者：皆来转齐微，萧豪转鱼模，幽尤转鱼模是也；不转收别韵，但受别韵转收者：齐微受皆来转，鱼模受萧豪转是也；收鼻音者：东同、江阳、庚亭三韵是也；收闭口音者：侵寻、监咸、纤廉三韵是也；收音时舌腭相抵，而略似鼻音，略似闭口者：真文、寒山、先田三韵是也。韵之与音，其关系如此。昔人谓皆来收齐微处，音如衣；萧豪收鱼模处，音如乌；东同收鼻音处，音如翁；江阳、庚亭二韵收鼻音处，又与东同小异，此说最精。惟所论不备，因详述如上。次论分韵标目。词韵与曲韵须知有不同之处。曲中如寒山、桓欢，分为两部；家麻、车遮，亦分为二。词则通用，不相分别。且四声缺入声，而词则明明有必须用入之调，故曲韵不可用为词韵也。至标目则参酌戈载《正韵》、沈谦《韵略》二书，并列其目。（韵目用《广韵》）

  第一部　平　一东　二冬　三钟

     上　一董　二肿

     去　一送　二宋　三用

  第二部　平　四江　十阳　十一唐

     上　三讲　二十六养　三十七荡

     去　四绛　四十一漾　四十二宕

  第三部　平　三支　六脂　七之　八微　十二齐　十五灰

     上　四纸　五旨　六止　七尾　十一荠　十四贿

     去　五寘　六至　七志　八未　十二霁　十三祭

     　　十四夳半　十八队　二十废

  第四部　平　九鱼　十虞　十一模

     上　八语　九麌　十姥

     去　九御　十遇　十一暮

  第五部　平　十三佳半　十四皆　十六咍

上 十二蟹 十三骇 十五海

去 十四太¾ 十五卦¾ 十六怪 十七夬 十九代

第六部 平 十七真 十八谆 十九臻 二十文 二十一欣
二十三魂 二十四痕

上 十六轸 十七准 十八吻 十九隐 二十一混
二十二很

去 二十一震 二十二稕 二十三问 二十四焮
二十六图 二十七恨

第七部 平 二十二元 二十五寒 二十六桓 二十七删
二十八山 一先 二仙

上 二十阮 二十三旱 二十四缓 二十五潸
二十六产 二十七铣 二十八狝

去 二十五愿 二十八翰 二十九换 三十谏
三十一裥 三十二霰 三十三线

第八部 平 三萧 四宵 五肴

上 二十九筱 三十小 三十一巧 三十二皓

去 三十四啸 三十五笑 三十六效 三十七号

第九部 平 七歌 八戈

上 三十三哿 三十四果

去 三十八个 三十九过

第十部 平 十三佳¾ 九麻

上 三十五马

去 十五卦¾ 四十祃

第十一部 平 十二庚 十三耕 十四清 十五青 十六蒸
十七登

　　　　　　上　三十八梗　三十九耿　四十静　四十一迥

　　　　　　四十二拯　四十三等

　　　　　　去　四十三映　四十四净　四十五劲　四十六径

　　　　　　四十七证　四十八澄

第十二部　平　十八尤　十九侯　二十幽

　　　　　　上　四十四有　四十五厚　四十六黝

　　　　　　去　四十九宥　五十候　五十一幼

第十三部　平　二十一侵

　　　　　　上　四十七寝

　　　　　　去　五十二沁

第十四部　平　二十二覃　二十三谈　二十四盐　二十五添

　　　　　　二十六咸　二十七衔　二十八严　二十九凡

　　　　　　上　四十八感　四十九敢　五十琰　五十一忝

　　　　　　五十二俨　五十三豏　五十四槛　五十五范

　　　　　　去　五十三勘　五十四阚　五十五艳　五十六㮇

　　　　　　五十七酽　五十八陷　五十九鉴　六十梵

第十五部　入　一屋　二沃　三烛

第十六部　四觉　十八药　十九铎

第十七部　五质　七栉　九迄　二十二昔　二十三锡

　　　　　　二十四职　二十五德　二十八缉

第十八部　六术　八物

第十九部　二十陌　二十一麦

第二十部　十一没　十二曷　十三末

第二十一部　十月　十四黠　十五鎋　十六屑　十七薛　二十九叶

　　　　　　三十帖

第二十二部　二十七合　二十八盍　三十一洽　三十二狎　三十三业　三十四乏

上韵二十二部，不守高安旧例，大抵仍用戈氏分部，而入声则分八部。盖术物二韵，与平上去之鱼、模、语、麌相等，未便与质、栉等同列，陌、麦又隶属于皆、来，没、曷、末亦属于歌、罗，故陌、麦不能与昔、栉同叶，没、曷、末不能与黠、屑同叶，戈氏合之，未免过宽。余故重为订核焉。

夫词中叶韵，惟上去通用，平入二声，绝不相混。有必用平韵者，有必用入韵者，菉斐无入，故疑为曲韵；沈去矜、李笠翁辈，分列入韵，妄以乡音分析，尤为不经。且以二字标目，实袭曲韵之旧。夫曲韵之以二字标目，盖一阴一阳也。今沈韵中之屋、沃，李韵中之支、纸、寘，围、委、未，奇、起、气，此何理也？高安所列东、钟，支、思等目，后人且有议之者矣。今不用《广韵》旧目，任取韵中一二字标题，而又不尽合阴阳之理，好奇炫异，又何为也？当戈韵未出以前，词家奉为金科玉律者，莫如吴烺、程名世等所著之《学宋斋词韵》。是书以"学宋"为名，宜其是矣。乃所学者，皆宋人误处。真、谆、臻、文，欣、魂、痕、庚、耕、清、青、蒸、登、侵，皆同用。元、寒、桓、删、山、先、仙、覃、谈、监、沾、严、咸、衔、凡，又皆并用。入声则术、物，入质、栉韵，合、盍、洽、乏入月、屑韵，此皆滥通无绪，不可为法。且字数太略，音切又无分合，半通之韵，则臆断之，去上两见之字，则偏收之。种种疏缪，不可殚述，贻误后学，莫此为甚，远不及戈韵多矣。余故仍守戈氏之例，而于入声则较严云。

韵有开口闭口之分。第二部之江、阳，第七部之元、寒，此开口音也，第十三部之侵，第十四部之覃、谈，此闭口音也，最为显露，作者不致淆乱。所易混者，第六部之真、谆，第十一部之庚、耕，第十三之侵，即宋词中亦有牵连混合者。张玉田《山中白云词》至多此病。如《琐窗寒》之"乱雨敲春"，《摸鱼子》之"凭高露饮"，《凤凰台上忆吹箫》之"水国浮家"，《满庭芳》之"晴卷霜花"，《忆旧游》之"问蓬莱何处"，皆混合不分。于是学者谓名手如玉田犹不斷断于此，不妨通融统叶，以宽韵脚。不知此三韵本非窄韵，即就本韵选字，已有余裕，何必强学古人误处，且为之文过饰非也？即以诗论，此三韵亦无通押之理，何况拘守音律之长短句哉！其他第七部与第十四部韵，词中亦有通假者，此皆不明开闭口之道，而复自以为是，避难就易也。

韵学之弊有四：浅学之士，妄选韵书，重误古人，贻误来学，其弊一也；次则塞于牙吻，囿于偏方，虽稍窥古法，而吐咳不明，音注之间，毫厘千里，其弊二也；又有妄作之徒，不知稽古，孟浪押韵，其弊三也；才劣而口给者，操觚之际，利趁口而畏引绳，故乐就三弊，且为之张帜，其弊四也。余故严别町畦，为学者导，能不越此韵式，庶可言词矣。

第四章 论音律

音者何？宫、商、角、徵、羽、变宫、变徵七音也。律者何？黄钟、大吕、太簇、夹钟、姑洗、中吕、蕤宾、林钟、夷则、南吕、无射、应钟之十二律也。以七音乘十二律，则得八十四音。此八十四音，不名曰音，别名曰宫调。何谓宫调？以宫音乘十二律，名曰宫；以商、角、徵、羽、变宫、变徵乘十二律，名曰调。故宫有十二，调有七十二。表如下：

(一)（十二宫表）　　（正名）　　（俗名）

宫乘黄钟	黄钟宫	正黄钟宫
宫乘大吕	大吕宫	高宫
宫乘太簇	太簇宫	中管高宫
宫乘夹钟	夹钟宫	中吕宫
宫乘姑洗	姑洗宫	中管中吕宫
宫乘中吕	中吕宫	道宫
宫乘蕤宾	蕤宾宫	中管道宫
宫乘林钟	林钟宫	南吕宫
宫乘夷则	夷则宫	仙吕宫
宫乘南吕	南吕宫	中管仙吕宫
宫乘无射	无射宫	黄钟宫
宫乘应钟	应钟宫	中管黄钟宫

(二)（十二商表）	（正名）	（俗名）
商乘黄钟	黄钟商	大石调
商乘大吕	大吕商	高大石调
商乘太簇	太簇商	中管高大石调
商乘夹钟	夹钟商	双调
商乘姑洗	姑洗商	中管双调
商乘中吕	中吕商	小石调
商乘蕤宾	蕤宾商	中管小石调
商乘林钟	林钟商	歇指调
商乘夷则	夷则商	商调
商乘南吕	南吕商	中管商调
商乘无射	无射商	越调
商乘应钟	应钟商	中管越调

(三)（十二角表）	（正名）	（俗名）
角乘黄钟	黄钟角	正黄钟宫角
角乘大吕	大吕角	高宫角
角乘太簇	太簇角	中管高宫角
角乘夹钟	夹钟角	中吕正角
角乘姑洗	姑洗角	中管中吕角
角乘中吕	中吕角	道宫角
角乘蕤宾	蕤宾角	中管道宫角
角乘林钟	林钟角	南吕角
角乘夷则	夷则角	仙吕角
角乘南吕	南吕角	中管仙吕角
角乘无射	无射角	黄钟角
角乘应钟	应钟角	中管黄钟角

（四）（十二变徵表）　（正名）　　（俗名）

变徵乘黄钟	黄钟变徵	正黄钟宫变徵
变徵乘大吕	大吕变徵	高宫变徵
变徵乘太簇	太簇变徵	中管高宫变徵
变徵乘夹钟	夹钟变徵	中吕变徵
变徵乘姑洗	姑洗变徵	中管中吕变徵
变徵乘中吕	中吕变徵	道宫变徵
变徵乘蕤宾	蕤宾变徵	中管道宫变徵
变徵乘林钟	林钟变徵	南吕变徵
变徵乘夷则	夷则变徵	仙吕变徵
变徵乘南吕	南吕变徵	中管仙吕变徵
变徵乘无射	无射变徵	黄钟变徵
变徵乘应钟	应钟变徵	中管黄钟变徵

（五）（十二徵表）　（正名）　　（俗名）

徵乘黄钟	黄钟徵	正黄钟宫正徵
徵乘大吕	大吕徵	高宫正徵
徵乘太簇	太簇徵	中管高宫正徵
徵乘夹钟	夹钟徵	中吕正徵
徵乘姑洗	姑洗徵	中管中吕正徵
徵乘中吕	中吕徵	道宫正徵
徵乘蕤宾	蕤宾徵	中管道宫正徵
徵乘林钟	林钟徵	南吕正徵
徵乘夷则	夷则徵	仙吕正徵
徵乘南吕	南吕徵	中管仙吕正徵
徵乘无射	无射徵	黄钟正徵
徵乘应钟	应钟徵	中管黄钟正徵

（六）（十二羽表）	（正名）	（俗名）
羽乘黄钟	黄钟羽	般涉调
羽乘大吕	大吕羽	高般涉调
羽乘太簇	太簇羽	中管高般涉调
羽乘夹钟	夹钟羽	中吕调
羽乘姑洗	姑洗羽	中管中吕调
羽乘中吕	中吕羽	正平调
羽乘蕤宾	蕤宾羽	中管正平调
羽乘林钟	林钟羽	高平调
羽乘夷则	夷则羽	仙吕调
羽乘南吕	南吕羽	中管仙吕调
羽乘无射	无射羽	羽调
羽乘应钟	应钟羽	中管羽词

（七）（十二变宫表）	（正名）	（俗名）
变宫乘黄钟	黄钟变宫	大石角
变宫乘大吕	大吕变宫	高大石角
变宫乘太簇	太簇变宫	中管高大石角
变宫乘夹钟	夹钟变宫	双角
变宫乘姑洗	姑洗变宫	中管双角
变宫乘中吕	中吕变宫	小石角
变宫乘蕤宾	蕤宾变宫	中管小石角
变宫乘林钟	林钟变宫	歇指角
变宫乘夷则	夷则变宫	商角
变宫乘南吕	南吕变宫	中管商角
变宫乘无射	无射变宫	越角
变宫乘应钟	应钟变宫	中越管角

上八十四宫调，第一表为宫，二、三、四、五、六、七表为调。此但论律之排列，未及音之高下分配也。各宫调各有管色，各宫调各有杀声。何谓管色？即今西乐中CDEFGAB七调，所以限定乐器用调之高下也。何为杀声？每牌必隶属一宫或一调，而此宫调之起声与结声，又各有一定。此一定之声，即所谓杀声也。即以黄钟宫论。黄钟管色用六字，黄钟宫之各牌起结声，为合字或六字，故黄钟宫下各牌如《侍香金童》《传言玉女》《绛都春》诸词，皆用六字管色，而以合字或六字为诸牌之起结声。八十四宫调，各有管色及杀声，因总列十二表如下：

（一）黄钟　管色用（合）或（六）
- 宫 …… 正黄钟宫用（合）字杀
- 商 …… 大石调用（四）字杀
- 角 …… 正黄钟宫角用（一）字杀
- 变徵 …… 正黄钟宫变徵用（勾）字杀
- 徵 …… 正黄钟宫正徵用（尺）字杀
- 羽 …… 般涉调用（工）字杀
- 变宫 …… 大石角用（凡）字杀

（二）大吕　管色用（下四）或（下五）
- 宫 …… 高宫用（下四）字杀
- 商 …… 高大石调用（下一）字杀
- 角 …… 高宫角用（上）字杀
- 变徵 …… 高宫变徵用（尺）字杀
- 徵 …… 高宫正徵用（下工）字杀
- 羽 …… 高般涉调用（下凡）字杀
- 变宫 …… 高大石角用（合）字杀

(三)太簇　管色用(四)或(五)
- 宫 ………………………… 中管高宫用(四)字杀
- 商 ………………………… 中管高大石调用(一)字杀
- 角 ………………………… 中管高宫角用(勾)字杀
- 变徵 ……………………… 中管高宫变徵用(下工)字杀
- 徵 ………………………… 中管高宫正徵用(工)字杀
- 羽 ………………………… 中管高般涉调用(凡)字杀
- 变宫 ……………………… 中管高大石角用(下四)字杀

(四)夹钟　管色用(下一)或(高五)
- 宫 ………………………… 中吕宫用(下一)字杀
- 商 ………………………… 双调用(上)字杀
- 角 ………………………… 中吕正角用(尺)字杀
- 变徵 ……………………… 中吕变徵用(工)字杀
- 徵 ………………………… 中吕正徵用(下凡)字杀
- 羽 ………………………… 中吕调用(合)字杀
- 变宫 ……………………… 双角用(四)字杀

(五)姑洗　管色用(一)
- 宫 ………………………… 中管中吕宫用(一)字杀
- 商 ………………………… 中管双调用(勾)字杀
- 角 ………………………… 中管中吕角用(下工)字杀
- 变徵 ……………………… 中管中吕变徵用(下凡)字杀
- 徵 ………………………… 中管中吕正徵用(凡)字杀
- 羽 ………………………… 中管中吕调用(下四)字杀
- 变宫 ……………………… 中管双角用(下一)字杀

（六）中吕　管色用（上）
- 宫 ……………………………… 道宫用（上）字杀
- 商 ……………………………… 小石调用（尺）字杀
- 角 ……………………………… 道宫角用（工）字杀
- 变徵 …………………………… 道宫变徵用（凡）字杀
- 徵 ……………………………… 道宫正徵用（合）字杀
- 羽 ……………………………… 正平调用（四）字杀
- 变宫 …………………………… 小石角用（一）字杀

（七）蕤宾　管色用（勾）
- 宫 ……………………………… 中管道宫用（勾）字杀
- 商 ……………………………… 中管小石调用（下工）字杀
- 角 ……………………………… 中管道宫角用（下凡）字杀
- 变徵 …………………………… 中管道宫变徵用（合）字杀
- 徵 ……………………………… 中管道宫正徵用（下四）字杀
- 羽 ……………………………… 中管正平调用（下一）字杀
- 变宫 …………………………… 中管小石角用（上）字杀

（八）林钟　管色用（尺）
- 宫 ……………………………… 南吕宫用（尺）字杀
- 商 ……………………………… 歇指调用（工）字杀
- 角 ……………………………… 南吕角用（凡）字杀
- 变徵 …………………………… 南吕变徵用（下四）字杀
- 徵 ……………………………… 南吕正徵用（四）字杀
- 羽 ……………………………… 高平调用（一）字杀
- 变宫 …………………………… 歇指角用（勾）字杀

（九）夷则　管色用（下工）
- 宫 …………………… 仙吕宫用（下工）字杀
- 商 …………………… 商调用（下凡）字杀
- 角 …………………… 仙吕角用（合）字杀
- 变徵 ………………… 仙吕变徵用（四）字杀
- 徵 …………………… 仙吕正徵用（下一）字杀
- 羽 …………………… 仙吕调用（上）字杀
- 变宫 ………………… 商角用（尺）字杀

（十）南吕　管色用（工）
- 宫 …………………… 中管仙吕宫用（工）字杀
- 商 …………………… 中管商调用（凡）字杀
- 角 …………………… 中管仙吕角用（下四）字杀
- 变徵 ………………… 中管仙吕变徵用（下一）字杀
- 徵 …………………… 中管仙吕正徵用（一）字杀
- 羽 …………………… 中管仙吕调用（勾）字杀
- 变宫 ………………… 中管商角用（下工）字杀

（十一）无射　管色用（下凡）
- 宫 …………………… 黄钟宫用（下凡）字杀
- 商 …………………… 越调用（合）字杀
- 角 …………………… 黄钟角用（四）字杀
- 变徵 ………………… 黄钟变徵用（一）字杀
- 徵 …………………… 黄钟正徵用（上）字杀
- 羽 …………………… 羽调用（尺）字杀
- 变宫 ………………… 越角用（工）字杀

（十二）应钟　管色用（凡）
- 宫 ………… 中管黄钟宫用（凡）字杀
- 商 ………… 中管越调用（下四）字杀
- 角 ………… 中管黄钟角用（下一）字杀
- 变徵 ……… 中管黄钟变徵用（上）字杀
- 徵 ………… 中管黄钟正徵用（勾）字杀
- 羽 ………… 中管羽调用（下工）字杀
- 变宫 ……… 中管越角用（下凡）字杀

上八十四宫调。管色、杀声一一备列，但能知某牌之属何宫调，即可知某牌用何管色，用何起结，其事极简，而探索极易。然而明清以来，何以不明此理乎？曰管色杀声，诸谱字备载《词源》，而玉田所书诸谱，皆为宋代俗乐之字，年代久远，乐工不能识，文人能歌者少，且妄加考订，而其理愈晦。且书经数刻，歌谱各字渐次失真，于是毫厘千里，不可究诘矣。因取古今雅俗乐府字列一对照表，又以中西律音作一对照表，再取白石旁谱，以证管色、杀声之理，则前十二表可豁然云。

古今雅俗乐谱字对照

古俗	黄	大	太	夹	姑	中	蕤	林	夷	南	无	應	黄清	大清	太清	夹清
今俗	△	⊙	▽	⊖	一	㦯	ㄥ	人	⑦	𠃍	⑪	り	夂	𠃌	𠄑	𠄑
古雅	合	下四	四	下一	一	上	勾	尺	下工	工	下凡	凡	下六	五	下五	高五

上表即据《词源》排次，而旧刻多误，于夹钟本律，当以（下一）配之，《词源》讹作（一上）；下五为大吕清声，应加一○，五字为太簇清，不当加○，而《词源》互讹，高五即（𠄑），当加小画，以别于

五，而《词源》亦加以〇，于是知音者皆怀疑矣。勾字音义，今人度曲皆不能识。方成培《词麈》，疑为高上，亦未合。独凌廷堪《燕乐考原》原引韩邦奇之言，始发明勾，即下尺之义。近人皆遵信之，而宋词谱无窒碍矣。（宋乐俗谱，低音加〇，高音加一，前代乐音皆低，故高音部字少见。）兹复列中西律表于下。

中西律音对照表

中律名	黄钟	大吕	太簇	夹钟	姑洗	中吕
西律名	G	#b CD	D	#b DE	E	F
中音名	宫		商		角	变徵
普通音名	1		2		3	4
俗音名	上		尺		工	凡
中律名	蕤宾	林钟	夷则	南吕	无射	应钟
西律名	#b FC	G	#b GA	A	#b AB	B
中音名		徵		羽		变宫
普通音名		5		6		7
俗音名		六		五		乙

上表自明。要知中西古今同此七音，是以理无二致，可以理测也。今再就白石旁谱，考其管色起结，即知《词源》列八十四调之理。今词谱虽亡，而慨想遗音，亦可略为推求焉。

白石自制曲《扬州慢》《长亭怨慢》二词，皆注中吕宫。按中吕宫管色用下一或高五，即今俗乐之一字调，或正工调也。起结两声，亦当用下一或高五。今《扬州慢》"少驻初程"，"都在空城"，"知为谁生"三句，末字旁谱皆作"ㄋ"，此盖"一"字之声，加上底拍耳。初程之程，为起声，城生二韵为结声，其理显然也。《长亭怨》之"绿深门户"，"青青如此"，"离愁千缕"，虽底拍不尽同，而住声于"一"字则同也。《暗香》《疏影》二词，注仙吕宫，管色为工字，即今乐之小工词也。杀声亦作工字，起结二声，亦当用工字。白石二词中"梅边吹笛"，"香冷入瑶席"，"几时见得"旁谱于末字皆作"ゔ"，此盖用工字结声而加拍也。按诸律度，无不吻合。《疏影》词亦同，惟"小窗横幅"旁谱于幅字上作"ゔ"，此盖形近之误。《惜红衣》为无射宫，俗名黄钟宫，管色用下凡，即今乐之凡字调也，起结声同。姜词"睡余无力"，"西风消息"，"三十六陂秋色"三韵，谱声"ຽ"，此盖用凡字结声而加拍也。按诸律度，亦全吻合。其他各词，无一不同前义。是可知管色起结，各宫调自有一定，知音者无不遵守之。白石于新曲作谱，如此谨严，则旧调从可知矣。

两宋诸词宫调可考者如清真、屯田，皆自注各牌之下，梦窗亦然。其谱固亡佚，而宫调格式仍在。就其起结声之高下，而分配平仄阴阳，便是合律之作。大抵声音之高下，以工字为标准。工字以上声为高音，工字以下声为低音。（此约略言之，勿过拘泥。）高者宜阴字，低者宜阳字，此大较也。惟八十四调中非每调各有曲子，据《词源》所列，止七宫十二调有曲耳。七宫者，黄钟宫、仙吕宫、正宫、高宫、南吕宫、中吕宫、道宫也。十二调者，大石调、小石调、般涉调、歇指调、越调、仙吕调、中吕调、正平调、高平调、双调、黄钟羽调、商调也。盖八十四调者，音律之次第也；七宫十二调者，音律之应用也。此意不可不知。

第五章　作法

作词之法，论其间架构造，却不甚难。至于撷芳佩实，自成一家，则有非言语可以形容者。所谓能与人规矩，不能使人巧也；有一成不变之律，无一定不变之文。南宋时修内司所刊《乐府混成集》，巨帙百余，周草窗《齐东野语》，称其古今歌词之谱靡不备具，而有谱无词者，实居其半。当时词家，但就已定之谱为之调高下，定句读，叶四声，而实之以俊语。故白石集中，自度腔皆有字谱，其他则否，非不知旧词之谱也。盖是时通行诸谱，完全无缺，作者按谱以下字，字范于音，音统于律，正不必琐琐缮录也。（此意余别有考订。今省。）是以在宋时多有谱而无词，至今则有词而无谱。惟无谱可稽，斯论律之书愈多矣，要皆扣槃扪烛也。余撰此篇，亦匠氏之规矩耳。律可合，而音不可求，余亦无如何焉。

（一）结构　词之为调，有六百六十余，其体则一千一百八十有奇。学者就万氏《词律》按律谐声，不背古人之成法，亦可无误。惟律是成式，文无成式也，于是不得不论结构矣。全词共有几句，应将意思配置妥帖后，然后运笔。凡题意宽大，宜抒写胸襟者，当用长调，而长调中就以苏、辛雄放之作为宜；若题意纤仄，模山范水者，当用小令或中调。惟境有悲欢，词亦有哀乐，大抵商调、南吕诸词，皆近悲怨；正宫、高宫之词，皆宜雄大；越调冷隽；小石风流，各视题旨之若何，以为择调张本。若送别用《南浦》，祝嘏用《寿楼春》，皆毫厘千里之谬。（《南浦》系欢词，《寿楼春》为悼亡。）此择调之大略也。至每调谋篇之法，又各就词之长短以为衡。短令宜蕴藉含蓄，令人得言外之意，方为合格。如李后主词"别是一般滋味在心头"，不说出苦字；温飞卿词"杨柳又如丝，驿桥春雨时"，不说出别字，皆是小令作法。长调则布置须周密，有先将题面说过，至下叠方发议论者，如王介甫《桂枝香》"金陵怀古"。有直赋一物，寄寓感喟者，如东坡《水龙吟》"杨花"。而凭高念旧，枨触无端，又复用意明晰，措词娴雅者，莫如草窗《长亭怨》"怀旧词"云：

> 记千竹、万荷深处。绿净池台，翠凉亭宇。醉墨题香，闲箫横玉尽吟趣。胜流星聚。知几诵、燕台句。零落碧云空，叹转眼、岁华如许。　　凝伫。望涓涓一水，梦到隔花窗户。十年旧事，尽消得、庾郎愁赋。燕楼鹤表半飘零，算惟有、盟鸥堪语。漫倚遍河桥，一片凉云吹雨。

盖草窗之父，曾为衢州倅官。时刺史为杨泳斋（按即草窗之外舅），别驾为牟存斋，郡博士为洪恕斋。一时名流星聚。倅廨在龟阜，有堂曰啸咏，为琴尊觞咏之地。是时草窗尚少，及后数十年，再过是地，则水逝云飞，无人识令威矣。词中"千竹万荷"，指啸咏堂也。"醉墨题香"，"胜流星聚"，指一时裙屐也。"隔花窗户"，"燕楼飘零"，指目前景物也。"漫倚河桥"，"凉云吹雨"，是直抒葵麦之感矣。此等词结构布局，最是匀称，可以为法。（宋词佳构，浩如烟海，安得一一引入。仅举一例，以俟隅反。）

（二）字义　我国文字，往往有一字两三音，而解释殊者，词家当深明此义。如萧索之索当叶速，索取之索当叶啬。数目之数当叶素，烦数之数当叶朔。睡觉之觉当去声，知觉之觉当入声。其他专名如嫪毒、仆射、龟兹等，尤宜留意。作词者一或不慎，动辄得咎。词为声律之文，苟失黏错误，便无意致。草窗《玉漏迟》"题吴梦窗《霜花腴词集》"首云"老来欢意少"，又云"与君共是，承平年少"，两用少字，非复韵也。盖多少之少是上声，老少之少是去声，本系两字，尽可同叶。又如些字，一入麻韵，一入个韵，盖"些儿"之些为平，"楚些"之些为仄也。因略举数则：

屈信申　信义迅　造作早　造就糙　矛盾忍　甲盾遁　窒塞色

边塞赛　冯妇逢　冯河平　女红工　红紫洪　戕害祥　戕舸臧

诸如此类，不胜其多。学者平时诵习，一加考核，则音读既正，自无误用矣。

（三）句法　积字成句，叶以平仄，此填词者，尽人知之也。但句法之异，须在作者研讨，一调有一定之平仄，而句法亦有成规。若乱次以济，未有不舛谬者。今自一字句至七字句止，逐句核订如下：

〔一〕一字句　此种甚少，惟《十六字令》首句有之，其他皆用作领字，而实未断句者。（领不外正、甚、怎、奈、渐、又、料、怕、是、证、想等数字，用平声者不多。）

〔二〕二字句　此种大概用于换头首句，其声"平仄"者最多；又或用于句中暗韵处。用在换头者，如王沂孙《无闷》云"清致，悄无似"，周邦彦《瑞窗寒》云"迟暮，嬉游处"，此用平仄者。又如东坡《满庭芳》"无何，何处是"，张炎《渡江云》"愁余，荒洲古溆"，此用平平者。用在暗韵者，如《木兰花慢》梦窗"寿秋壑"云"金绒，锦鞯赐马"，"兰宫，系书翠羽"，此用平平者。又如白石《惜红衣》云"故国，渺天北"，是用仄仄者。二字句法，不外此数例矣。

033

〔三〕三字句　通常以"仄平平"为多，如《多丽》之"晚山青"是也。他如平平仄者，如《万年欢》之"仁恩被"，"封人祝"是。仄平仄者，如平《满江红》之"奠淮右"。平平平者，如《寿楼春》之"今无裳"皆是。若"仄仄平""仄仄仄"类，大半是领头句矣。

〔四〕四字句　"平平仄仄"，"仄仄平平"，固四字句普通句法。无须征引古词。然如《水龙吟》末句，辛稼轩云"揾英雄泪"，苏东坡云"是离人泪"，是上一下三句法也。又如杨无咎《曲江秋》云"银汉坠怀"，"渐觉夜阑"，是平仄仄平也。

〔五〕五字句　按此亦只有"上二下三"与"上一下四"两种，"平平平仄仄"，"仄仄仄平平"，"仄仄平平仄"，"平平仄仄平"，此四种皆上二下三句法也。若如《燕归梁》云"记一笑千金"，是上一下四也。惟《寿楼春》"裁春衣寻芳"，用五平声字，则殊不多耳。

〔六〕六字句　此有二种：一为普通用于双句对下，如《清平乐》之下叠，《风入松》之末二句；一为折腰句，如则词中不经见者，平仄无定。

〔七〕七字句　此亦有二种：一为"上四下三"，如诗一句者，如《鹧鸪天》"小窗愁黛淡秋山"，《玉楼春》"棹沉云去情千里"之类；一为"上三下四"者，若《唐多令》"燕辞归客尚淹留"，《洞仙歌》"金波淡玉绳低转"之类，平仄无定，作时须留意。

以上七格，词中句法略备矣。至八字句，如《金缕曲》"枉教人梦断瑶台月"，九字句，如《江城子》"锦帽貂裘千骑卷平冈"类，实皆合"三五""四五"成句耳。句至七字，诸体全矣。盖歌之节奏，全视句法之何若。今南曲板式，即为限定句法而设，故曰乐句。曲与词固是一例，词谱虽亡，而句法未改，守定成式，自无偭规越矩之消。至就文律言之，则出句宜雅艳，忌枯瘁，宜芳润，不宜噍杀。意常则造语贵新，语常则倒换须奇。一词之中，句句琢炼，语语自然，积以成章，自无疵病矣。

（四）结声字　结声者，词中第一韵与两叠结韵处也。第一韵谓之起调，两结韵谓之毕曲。此三处下韵，其音须相等。（说见前章。）近人作词，往往就古人成作，守定四声，通体不易一音。其用力良苦，然煞声字不合之弊，则无之也。此端昉于蒋鹿潭，近则朱、况，皆斤斤于此，一字不少假借。夔笙更欲调以清浊，分订八音，守律愈细。而填词如处桎梏，分毫不能自由矣。

（五）杂述　古今诗话，汗牛充栋，词话则颇罕。然如玉田《词源》，辅之《词旨》，宋元时已有专书；而周公谨《浩然斋雅谈》末卷，吴曾《能改斋漫录》十六十七两卷，亦皆词话之类也。至清则如刘公勇之《七颂堂词绎》，王阮亭之《花草蒙拾》，邹程村之《远志斋词衷》等书，亦皆有价值者。（《古今词话》一书，散见《词综》，无单行者。）而周氏《词辨》，又有独到语，概足为学者取法也。

词以自然为宗，但自然不从追琢中来，便率易无味。此彭金粟语，最是中肯。又云："用古人之事，则取其新僻，而去其陈因。用古人之语，则取其清隽，而去其平实。用古人之字，则取其轻丽，而去其浅俗。"近人好用僻典，颇觉晦涩，乃叹范贽之记《云仙》，陶谷之录《清异》，稍资谈柄，不是仙才。

吴子律云："词患堆积，堆积近缛，缛则伤意。词忌雕琢，雕琢近涩，涩则伤气。"又云："言情以雅为宗，语艳则意尚巧，意亵则语贵曲。"（按意亵亦是一病。）

学稼轩要于豪迈中见精致，学梦窗要于缜密中求清空。咏物词须别有寄托，不可直赋。自诉飘零，如东坡之"咏雁"；独写哀怨，如白石之"咏蟋蟀",斯最善矣。至如史邦卿之"咏燕",刘龙洲之"咏指足",纵工摹绘,已落言诠。今之作者,即欲为刘史之隶吏,亦不可得也。彼演肤词,此征僻典,夸多竞富,味同嚼蜡。况词之体格,微与诗异乎?此如咏"梅花"者,累代不能得数语,而鄙者或百咏,或数十咏,徒使开府汗颜,逋仙冷齿耳。且竹垞"咏猫",武曾"咏笋",辄胪故实,亦载鄙谚。偶一为之,亦才人忍俊不禁之故技。究之静志居、秋锦山房之联踪两宋,弁冕一朝者,谓区区在此,谅亦不然。顾奈何以俜色揣声为能事乎?

第六章　概论一　唐五代

词者诗之余也。诗莫古于《三百篇》，皆可以合乐。周衰，诗亡乐废，屈宋代兴。虽"九歌"侑乐，而已与诗异涂矣。经秦之乱，古乐胥亡。汉武立乐府，作《郊祀》十九章，《铙歌》二十二章，历魏晋六朝，皆仍其节奏。（其名历代不同。其歌法仍袭旧。）于是诗与乐分矣。自魏武借乐府以写时事，《薤露歌》《蒿里行》，皆为董卓之乱而作，与原义不同。陈思王植作《鞞舞新歌》五章，谓古曲谬误至多，异代之文，不必相袭，爰依前曲，别作新歌。此说一开，后人乃有依乐府之题，而直抒胸臆者。于是乐府之真又失矣。两晋以下，诸家所作，不尽仿古，一时君臣，尤喜别翻新调；而民间哀乐缠绵之情，托诸长谣短咏以自见者，亦往往而有。如东晋无名氏作《女儿子》《休洗红》二曲，梁武帝之《江南弄》，沈约之《六忆诗》，其字句音节，率有定格，此即词之滥觞矣。盖诗亡而乐府兴，乐府亡而词作，变迁递接，皆出自然也。今自隋唐以迄五代，略为诠论如下。

第一　唐人词略

昔人论词，皆断自唐代。诚以唐代以前，如炀帝之《清夜游》《湖上曲》，侯夫人《看梅一点春》等，虽在李白、王维以前，而其词恐为后人伪托,不可据为典要,因亦以唐代为始。按赵璘《因话录》,唐初,柳范作《江南折桂令》,当在青莲《忆秦娥》《菩萨蛮》之前,而各家选本,皆未及之,其词盖久佚矣。皋文以青莲首列者,有深意焉。大抵初唐诸作,不过破五七言诗为之,中盛以后,词式始定。迨温庭筠出,而体格大备。此唐词之大概也。爰为论列之。

（一）李白　白字太白,蜀人。或云山东人。供奉翰林。录《忆秦娥》一首:

> 箫声咽,秦娥梦断秦楼月。秦楼月,年年柳色,灞陵伤别。乐游原上清秋节,咸阳古道音尘绝。音尘绝,西风残照,汉家陵阙。

太白此词,实冠今古,决非后人可以伪托,非如《菩萨蛮》《桂殿秋》《连理枝》诸阕,读者尚有疑词也。盖自齐梁以来,陶弘景之《寒夜怨》,陆琼《饮酒乐》,徐孝穆《长相思》等,虽具词体,而堂庑未大。至太白而繁情促节,长吟远慕,遂使前此诸家,悉归笼化,故论词不得不首太白也。刘融斋以《菩萨蛮》《忆秦娥》两首,足抵杜陵《秋兴》,想其情境,殆作于明皇西幸之后,此言前人所未发,因亟录之。（按太白前,不独柳范有《折桂令》一曲也,沈佺期有《回波词》,红友亦收入《词律》,实则六言诗耳。又明皇亦有《好时光》一首,见《尊前集》,亦系伪作。）

（二）张志和　志和字子同,金华人。擢明经,肃宗命待诏翰林。坐贬,不复仕。自称烟波钓徒。录《渔歌子》一首:

> 西塞山前白鹭飞,桃花流水鳜鱼肥。青箬笠,绿蓑衣,

斜风细雨不须归。

此词为七绝之变,第三句作六字折腰句。按志和所作共五首,《词综》录其二,余三首见《尊前集》。唐人歌曲,皆五七言诗,此《渔歌子》既与七绝异,或就绝句变化歌之耳。因念《清平调》《阳关曲》,举世传唱,实皆是诗。《清平调》后人拟作者鲜,《阳关曲》则颇有摹效之者,如东坡《小秦王词》,四声皆依原作。盖音调存在,不妨被以新词也。至此词音节,或早失传,故东坡增句作《浣溪沙》,山谷增句作《鹧鸪天》,不得不就原词以叶他调矣。

(三)韦应物 应物京兆人,官左司郎中,历苏州刺史。录《调笑》一首:

胡马,胡马,远放燕支山下。跑沙跑雪独嘶,东望西望路迷。迷路,迷路,边草无穷日暮。

应物词见《尊前集》者共四首:《调笑》二,《三台》二也。唐人作《调笑》者至多,如戴叔伦之"边草词",王建之"团扇词",皆用此调。其后《杨柳枝》盛行,而此调鲜见。入宋以后,此调句法更变,专供大曲歌舞之用矣。(《杨柳枝》实即七绝耳。)

(四)白居易 居易字乐天,下邽人。贞元十四年进士,历官中书舍人,以刑部尚书致仕。有《长庆集》。录《长相思》一首:

汴水流,泗水流,流到瓜州古渡头。吴山点点愁。 思悠悠,恨悠悠,恨到归时方始休。月明人倚楼。

公所作词至富,如《杨柳枝》《竹枝》《花非花》《浪淘沙》《宴桃源》等,皆流丽稳协。而《一七令》体,尤为古今创作。后人塔体诗,即依此作也。余细按诸作,惟《宴桃源》与《长相思》为纯粹词体,余若《杨枝》《竹枝》《浪淘沙》,显为七言绝体。即《花非花》《一七令》,亦长短句之诗,不得概目之为词也。《宴桃源》云:"前度小花静院。不比寻常时见。见了又还休,愁却等闲分散。肠断。肠断。记取钗横鬓乱。"按格直是《如梦令》。昔人以后唐庄宗所作为创,不知已始于白傅矣。余此录概取唐人之确凿为词者,彼长短句之诗勿入焉。

(五)刘禹锡　禹锡字梦得,中山人。贞元中进士,仕为太子宾客,会昌中检校礼部尚书。录《忆江南》一首:

春去也,多谢洛城人。弱柳从风疑举袂,丛兰裛露似沾巾。独坐亦含嚬。

《尊前集》录梦得作有《杨柳枝》十二首、《竹枝》十首、《纥那曲》二首、《忆江南》一首、《浪淘沙》九首、《潇湘神》二首、《抛球乐》二首,中惟《忆江南》为词,《潇湘神》亦长短句诗耳。(词云:"斑竹枝,斑竹枝,泪痕点点寄相思。楚客欲听瑶瑟怨,潇湘深夜月明时。"与韩翃《章台柳》词实是一格。韩词云:"章台柳。章台柳。昔日青青今在否。纵使长条似旧垂,也应攀折他人手。"所异者一平韵,一仄韵而已。)《忆江南》一调,据韩偓《海山记》,隋炀帝泛东湖,制《湖上》曲八阕,即为《忆江南》句调,后人遂谓隋时所作。不知《湖上》八曲,皆是双叠,而双叠之体,实始于宋,唐人诸作,无一非单调。岂有炀帝时反有是格哉?故论此调创始,不若以白傅、梦得辈为妥云。

（六）温庭筠　本名岐，字飞卿，太原人。官方山尉。有《握兰》《金荃》等集。录《更漏子》一首：

> 玉炉香，红蜡泪，偏照画堂秋思。眉翠薄，鬓云残，夜长衾枕寒。梧桐树，三更雨，不道离情正苦。一叶叶，一声声，空阶滴到明。

唐至温飞卿，始专力于词。其词全祖风骚，不仅在瑰丽见长。陈亦峰曰："所谓沉郁者，意在笔先，神余言外。写怨夫思妇之怀，寓孽子孤臣之感。凡交情之冷淡，身世之飘零，皆可于一草一木发之。而发之又必若隐若现，欲露不露，反复缠绵，终不许一语道破。匪独体格之高，亦见性情之厚。"此数语惟飞卿足以当之。学词者从沉郁二字着力，则一切浮响肤词，自不绕其笔端，顾此非可旦夕期也。飞卿最著者，莫如《菩萨蛮》十四首。大中时，宣宗爱《菩萨蛮》，丞相令狐绹乞其假手以进，戒令勿他泄，而遽言于人，由是疏之。今所传《菩萨蛮》诸作，固非一时一境所为，而自抒性灵，旨归忠爱，则无弗同焉。张皋文谓皆感士不遇之作，盖就其寄托深远者言之。即其直写景物，不事雕绩处，亦复绝不可追及。如"花落子规啼，绿窗残梦迷"，"杨柳又如丝，驿桥烟雨时"，"鸾镜与花枝，此情谁得知"等语，皆含思凄婉，不必求工，已臻绝诣，岂独以瑰丽胜人哉！（《词苑丛谈》载宣宗时，宫嫔所歌《菩萨蛮》一首云，在《花间集》外，其词殊鄙俚，如下半叠云："风流心上物，本为风流出。看取薄情人，罗衣无此痕。"决非飞卿手笔，故赵选不取。）至其所创各体，如《归国遥》《定西番》《南歌子》《河渎神》《遐方怨》《诉衷情》《思帝乡》《河传》《蕃女怨》《荷叶杯》等，虽亦就诗中变化而出，然参差缓急，首首有法度可循，与诗之句调，绝不相类。所谓解其声，故能制其调也。彭孙遹《词统源流》以为词之长短错落，发源于《三百篇》，飞卿之词，极长短错落之致矣。而出辞都雅，尤有怨悱不乱之遗意。论词者必以温氏为大宗，而为万世不祧之俎豆也。宜哉！

（七）皇甫松　松字子奇，湜之子。录《摘得新》一首：

酌一卮，须教玉笛吹。锦筵红蜡烛，莫来迟。繁红一夜经风雨，是空枝。

松为牛僧孺甥，以《天仙子》一词著名。词云："晴野鹭鸶飞一只。水葓花发秋江碧。刘郎此日别天仙，登绮席。泪珠滴。十二晚峰青历历。"黄花庵谓不若《摘得新》为有达观之见，余因录此。元遗山云："皇甫松以《竹枝》《采莲》排调擅场，而才名远逊诸人。《花间集》所载，亦止小令短歌耳。"余谓唐词皆短歌，《花间》诸家，悉传小令，岂独子奇？遗山此言，未为确当。松词殊不多，《尊前集》有十首，如《怨回纥》《竹枝》《抛球乐》等阕，实皆五七言诗之变耳。

上唐词凡七家，要以温庭筠为山斗。他如李景伯、裴谈之《回波词》，崔液之《踏歌词》，刘长卿、窦弘余之《谪仙怨》，概为五六言诗。杜甫、元结等所撰之新乐府，多至数十韵，自标新题，以咏时政，名曰乐府，实不可入词。无名氏诸作，如《后庭宴》之"千里故乡"，《鱼游春水》之"秦楼东风里"，虽证诸石刻，定为唐人所作，然《鱼游春水》为长调词，较杜牧之《八六子》字数更多，未免怀疑也。至若杨妃之《阿那曲》，柳姬之《杨柳枝》，刘采春之《啰唝曲》，杜秋娘之《金缕曲》，王丽真之《字字双》，更不能谓之为词。余故概行从略焉。

第二　五代十国人词略

陆放翁曰："诗至晚唐五季，气格卑陋，千人一律，而长短句独精巧高丽，后世莫及，此事之不可晓者。"盖其时君唱于上，臣和于下，极声色之供奉，蔚文章之大观，风会所趋，朝野一致，虽在贤知，亦不能自外于习尚也。《花间》辑录，重在蜀人。（赵录共十八人，词五百首，而蜀人有十三家，如韦庄、薛昭蕴、牛峤、毛文锡、牛希济、欧阳炯、顾敻、魏承班、鹿虔扆、阎选、尹鹗、毛熙震、李珣等，皆蜀人也。）并世哲匠，颇多遗佚。后唐、西蜀，不乏名言；李氏君臣，亦多奇制，而屏弃不存，一语未采，不得不谓蔽于耳目之近矣。夫五代之际，政令文物殊无足观，惟兹长短之言，实为古今之冠。大抵意婉词直，首让韦庄，忠厚缠绵，惟有延巳，其余诸子，亦各自可传，虽境有哀乐，而辞无高下也。至若吴越王钱俶、闽后陈氏、蜀昭仪李氏、陶学士、郑秀才之伦，单词片语，不无可录。第才非专家，不妨从略焉。

（一）后唐庄宗　录《阳台梦》一首：

薄罗衫子金泥缝，困纤腰怯铢衣重。笑迎移步小兰丛，辇金翘玉凤。　娇多情脉脉，羞把同心拈弄。楚天云雨却相和，又入阳台梦。

按庄宗词之可考者，有《忆仙姿》《一叶落》《歌头》及此首而已，皆见《尊前集》。《忆仙姿》即《如梦令》。《一叶落》为自度曲，此取末三字为调名，意境却甚似飞卿也。《歌头》一首，分咏四季,其语尘下,疑是伪作。庄宗好优美,或伶工进御之言,故词中止及四时花事耳。五季君主之能词者,尚有蜀后主王衍、后蜀后主孟昶。而《醉妆》《甘州》,殊乏风致;《风来》《水殿》,亦属赝作,余故阙之焉。

(二)南唐嗣主　录《山花子》一首:

菡萏香销翠叶残,西风愁起绿波间。还与韶光共憔悴,不堪看。　细雨梦还鸡塞远,小楼吹彻玉笙寒。多少泪珠何限恨,倚阑干。

中宗诸作,自以《山花子》二首为最,盖赐乐部王感化者也。此词之佳,在于沉郁。夫菡萏销翠,愁起西风,与韶光无涉也;而在伤心人见之,则夏景繁盛,亦易摧残,与春光同此憔悴耳。故一则曰"不堪看",一则曰"何限恨",其顿挫空灵处,全在情景融洽,不事雕琢,凄然欲绝。至"细雨""小楼"二语,为西风愁起之点染语,炼词虽工,非一篇中之至胜处;而世人竞赏此二语,亦可谓不善读者矣。余尝谓二主词,中主能哀而不伤,后主则近于伤矣。然其用赋体,不用比兴,后人亦无能学者也。此二主之异处也。

(三)南唐后主　录《虞美人》一首:

春花秋月何时了,往事知多少。小楼昨夜又东风,故国不堪回首月明中。　雕阑玉砌应犹在,只是朱颜改。问君能有几多愁,恰似一江春水向东流。

前谓后主词用赋体,观此可信。顾不独此也,《忆江南》、《相见欢》、《长相思》（"一重山"一首）等，皆直抒胸臆，而复宛转缠绵者也。至《浪淘沙》之"无限江山"，《破阵子》之"泪对宫娥"，此景此情，安得不以眼泪洗面？东坡讥其不能痛哭九庙，以谢人民，此是宋人之论耳。余谓读后主词，当分为二类：《喜迁莺》、《阮郎归》、《木兰花》、《菩萨蛮》（"花明月暗"一首）等，正当江南隆盛之际，虽寄情声色，而笔意自成馨逸，此为一类；至入宋后，诸作又别为一类（即前述《忆江南》《相见欢》等）。其悲欢之情固不同，而自写襟抱，不事寄托，则一也。今人学之，无不拙劣矣。（"雕阑玉砌"云云，即《浪淘沙》"玉楼瑶殿空照秦淮"之意也。）

（四）和凝　凝字成绩，郓州人。后梁举进士，官翰林学士。晋天福中，拜中书侍郎同平章事。入后汉，拜太子太傅，封鲁国公。有《红叶稿》。录《喜迁莺》一首：

晓月坠，宿烟披，银烛锦屏帏。建章钟动玉绳低，宫漏出花迟。　春态浅，来双燕，红日渐长一线。严妆欲罢啭黄鹂，飞上万年枝。

成绩有曲子相公之名，而《红叶稿》已佚。《词综》所录，仅《春光好》《采桑子》《河满子》《渔父》四首，《尊前集》则《江城子》五首，《麦秀两歧》及此词而已。皆不如《花间集》之多也。（《花间》录二十首。）余案成绩诸作，类摹写宫壶，不独此词宫漏出花迟也。（《春光好》之"蘋叶软"，《薄命女》之"天欲晓"皆是。）《江城》五支，为言情者之祖，后人凭空结构，皆本此词。托美人以写情，指落花而自喻，古人固有之，亦未可轻议也。

（五）韦庄　庄字端己，杜陵人。乾宁元年进士，入蜀，王建辟掌书记，寻召为起居舍人，建表留之，后官至散骑常侍，判中书门下事。有《浣花集》。录《归国遥》一首：

> 金翡翠，为我南飞传我意。罨画桥边春水，几年花下醉。
> 别后只知相愧，泪珠难远寄。罗幕绣帏鸳被，旧欢如梦里。

端己《菩萨蛮》四章，惓惓故国之思，最耐寻味。而此词南飞传意，别后知愧，其意更为明显。陈亦峰论其词，谓似直而纡，似达而郁，洵然。虽一变飞卿面目，而绮罗香泽之中，别具疏爽之致。世以温韦并论，当亦难于轩轾也。《菩萨蛮》云："未老莫还乡，还乡须断肠。"又云："凝恨对斜晖，忆君君不知。"《应天长》云："夜夜绿窗风雨，断肠君信否。"又云："难相见，易相别，又是玉楼花似雪。"皆望蜀后思君之辞。时中原鼎沸，欲归未能，言愁始愁，其情大可哀矣。

又按《花间集》共录十八家，自温庭筠、皇甫松外，凡十六家，为五季时人。而十六家中，除韦庄外，蜀人有十二人之多，今附列韦庄之下，以见蜀中文物之盛云。

（1）薛昭蕴《小重山》云："春到长门春草青。玉阶华露滴，月胧明。东风吹断紫箫声。宫漏促，帘外晓啼莺。　愁极梦难成。红妆流宿泪，不胜情。手挼裙带绕花行。思君切，罗幌暗尘生。"

（2）牛峤《江城子》云："鵁鶄飞起郡城东。碧江空。半滩风。越王宫殿，蘋叶藕花中。帘卷水楼鱼浪起，千片雪，雨濛濛。"

（3）毛文锡《虞美人》云："宝檀金缕鸳鸯枕，绶带盘宫锦。夕阳低映小窗明。南园绿树语莺莺，梦难成。　玉炉香暖频添炷，满地飘轻絮。珠帘不卷度沉烟。庭前闲立画秋千，艳阳天。"

（4）牛希济《谒金门》云："秋已暮，重叠关山歧路。嘶马摇鞭何处去，晓禽霜满树。　梦断禁城钟鼓，泪滴沉檀无数。一点凝红和薄雾，翠蛾愁不语。"

（5）欧阳炯《凤楼春》云："凤髻绿云丛，深掩房栊，锦书通。梦中相见觉来慵。匀面泪，脸珠融。因想玉郎何处去，对淑景谁同。小楼中，春思无穷。倚阑凝望，暗牵愁绪，柳花飞趁东风。斜日照帘栊（与前叠复），罗幌香冷粉屏空。海棠零落，莺语残红。"

（6）顾夐《浣溪沙》云："红藕香寒翠渚平，月笼虚阁夜蛩清，塞鸿惊梦两牵情。　宝帐玉炉残麝冷，罗衣金缕暗尘生。小窗孤烛泪纵横。"

（7）魏承班《谒金门》云："烟水阔，人值清明时节。雨细花零莺语切，愁肠千万结。　雁去音徽断绝，有恨欲凭谁说。无事伤心犹不彻，春时容易别。"

（8）鹿虔扆《临江仙》云："金锁重门荒苑静，绮窗愁对秋空。翠花一去寂无踪。玉楼歌吹，声断已随风。　烟月不知人事改，夜阑还照深宫。藕花相向野塘中。暗伤亡国，清露泣香红。"

（9）阎选《定风波》云："江水沉沉帆影过，游鱼到晚透寒波。渡口双双飞白鸟，烟袅，芦花深处隐渔歌。　扁舟短棹归兰浦，人去，萧萧竹径透青莎。深夜无风新雨歇，凉月，露迎珠颗入圆荷。"

（10）尹鹗《满宫花》云："月沉沉，人悄悄，一炷后庭香袅。风流帝子不归来，满地禁花慵扫。　离恨多，相见少，何处醉迷三岛。漏清宫树子规啼，愁锁碧窗春晓。"

（11）毛熙震《菩萨蛮》云："梨花满院飘香雪，高楼夜静风筝咽。斜月照帘帷，忆君和梦稀。　小窗灯影背，燕语惊愁态。屏掩断香飞，行云山外归。"

（12）李珣《定风波》云："帘外烟和月满庭，此时闲坐若为情。

小阁拥炉残酒醒，愁听，寒风落叶一声声。　惟恨玉人芳信阻，云雨，屏帏寂寞梦难成。斗转更阑心杳杳，将晓，银釭斜照绮琴横。"

上十二家，皆见《花间集》。崇祚为蜀人，故所录多本国人诸作。词家选本，以此集为最古，其有不见此选者，亦无从搜讨矣。夫蜀自王建戊辰改元武成，至后主衍咸康乙酉亡，历十有八年。后蜀自孟知祥甲午改元明德，至后主昶广政乙丑亡，历三十年。此选成于广政三年，是时孟氏立国，仅有七载，故此集所采，大抵前蜀人为多。而韦庄、牛峤、毛文锡且为唐进士也。五季之际，如沸如羹，天宇崩颓，彝教凌废。深识之士，浮沉其间，惧忠言之触祸，托俳语以自晦。吾知十国遗黎，必多感叹悲伤之作，特甄录无人，乃至湮没，后人籀讽，独有赵录，遂谓声歌之制，独盛于蜀，滋可惜矣。今就此十二家言之，惟欧阳炯、顾敻、鹿虔扆为孟蜀显官，至阎选、李珣亦布衣耳，其他皆王氏旧属。是以缘情托兴，万感横集，不独《醉妆》《薄媚》，沦落风尘，睿藻流传，足为词谶也。牛希济之"梦断禁城"，鹿虔扆之"露泣亡国"，言为心声，亦可得其大概矣。

（六）孙光宪　字孟文，陵州人，游荆南。高从诲署为从事，仕南平，累官检校秘书。曾劝高继冲献三州之地，宋太祖授以黄州刺史。将用为学士，未及而卒。有《荆台》《笔佣》《橘斋》《巩湖》诸集。录《谒金门》一首：

留不得，留得也应无益。白纻春衫如雪色，扬州初去日。　轻别离，甘抛掷，江上满帆风疾。却羡彩鸳三十六，孤鸾还一只。

陈亦峰云："孟文词，气骨甚遒，措语亦多警炼，然不及温、韦处亦在此。坐少闲婉之致。"余谓孟文之沉郁处，可与李后主并美。即如此词，已足见其不事侧媚，甘处穷寂矣。他如《清平乐》云："掩镜无语眉低，思随芳草凄凄。"是自抱灵修楚累遗意也。《菩萨蛮》云："碧烟轻袅袅，红战灯花笑。"盖讽弋取名利，憧憧往来者也。至闲婉之处，亦复尽多。如《浣溪沙》云："目送征鸿飞杳杳，思随流水去茫茫。兰红波碧忆潇湘。"又云："花冠闲上午墙啼。"《思越人》云："渚莲枯，宫树老。长洲废苑萧条。想像玉人空处所，月明独上溪桥。"此等俊逸语，亦孟文所独有。

（七）冯延巳　字正中，唐末徙家新安。事南唐，官至左仆射，同平章事。有《阳春集》一卷。录《菩萨蛮》一首：

画堂昨夜西风过，绣帘时拂朱门锁。惊梦不成云。双蛾枕上颦。　金炉烟袅袅，烛暗纱窗晓。残月尚弯环。玉筝和泪弹。

正中词缠绵忠厚，与温、韦相伯仲。其《蝶恋花》诸作，情词悱恻，可群可怨。张皋文云："忠爱缠绵，宛然骚辨之义。"余最爱诵之。如"日日花前常病酒，不辞镜里朱颜瘦"。"泪眼倚楼频独语，双燕来时，陌上相逢否"。"浓睡觉来莺乱语，惊残好梦无寻处"。思深意苦，又复忠厚恻怛。词至此则一切叫嚣纤冶之失，自无从犯其笔端矣。他如《归国遥》《抛球乐》《采桑子》《菩萨蛮》等，亦含思凄惋，蔼然动人，俨然温、韦之意也。其《谒金门》一首，当系成幼文作。《古今词话》曰："幼文为大理卿，词曲妙绝，尝作《谒金门》曰：'风乍起，吹皱一池春水。'为中主所闻，因按狱稽滞。召诘之，且谓曰：'卿职在典刑，一池春水，干卿何事？'幼文顿首以谢。"《南唐书》以为冯词。陈振孙《书录解题》曰："'风乍起'词，世多言冯作。而《阳春录》无之。当是成作。不独'庭院深深'一首，明是欧作，有李清照《漱玉词》可证也。"

又按南唐享国虽不久长，而文学之士，风发云举，极一时之盛，如张泌、成幼文、韩熙载、潘佑、徐铉兄弟、汤悦，俱有才名。即以词论，诸子皆有可观。而赵录于南唐诸人，自张泌外，概不置录。何也？因附见一二，如前韦端已条例。

（1）张泌《临江仙》云："烟收湘渚秋江静，蕉花露泣愁红。五云双鹤去无踪。几回魂断，凝望向长空。　翠竹暗留珠泪怨，闲调宝瑟波中。花鬟月鬓绿云重。古祠深殿，香冷雨和风。"

（2）成幼文《谒金门》云："风乍起，吹皱一池春水。闲引鸳鸯香径里，手挼红杏蕊。　斗鸭阑干遍倚，碧玉搔头斜坠。终日望君君不至，举头闻鹊喜。"

（3）徐昌图《临江仙》云："饮散离亭西去，浮生常恨飘蓬。回头烟柳渐重重。淡云孤雁远，寒日暮天红。　今夜画船何处，潮平淮月朦胧。酒醒人静奈愁浓。残灯孤枕梦，轻浪五更风。"

（4）潘佑"题红罗亭梅花"残句云："楼上春寒山四面，桃李不须夸烂熳，已失了东风一半。"

上四家惟徐昌图一首，《词综》入宋词内，而成肇麟《唐五代词选》则列入冯正中后，且徐籍莆田，是为南唐人无疑也。潘佑词不经见，此见罗大经《鹤林玉露》，惜全词佚矣。总之，五季时词以西蜀、南唐为最盛，而词之工拙，以韦庄为第一，冯延巳次之，最下为毛文锡。叶梦得尝谓馆阁诸公评庸陋之词，必曰此仿毛司徒，是在宋时已有定论，今亦赖赵录而传。崇祚洵词苑功臣哉！至诸家情至文生，缠绵忠爱，不独为苏、黄、秦、柳之开山，即宣和、绍兴之盛，皆兆于此矣。

第七章　概论二　两宋

论词至赵宋，可云家怀隋珠，人抱和璧，盛极难继者矣。然合两宋计之，其源流递嬗，可得而言焉。大抵开国之初，沿五季之旧，才力所诣，组织较工。晏、欧为一大宗，二主一冯，实资取法，顾未能脱其范围也。汴京繁庶，竞赌新声，柳永失意无憀，专事绮语；张先流连歌酒，不乏艳辞。惟托体之高，柳不如张，盖子野为古今一大转移也。前此为晏、欧，为温、韦，体段虽具，声色未开。后此为苏、辛，为姜、张，发扬蹈厉，壁垒一变。而界乎其间者，独有子野，非如耆卿专工铺叙，以一二语见长也。迨苏轼则得其大，贺铸则取其精，秦观则极其秀，邦彦则集其成。此北宋词之大概也。南渡以还，作者愈盛，而抚时感事，动有微言。稼轩之"烟柳斜阳"，幸免种豆之祸；玉田之"贞芳清影"（《清平乐》"赋所南画兰"），独余故国之思。至若碧山咏物，梅溪题情，梦窗之"丰乐楼头"，草窗之"禁烟湖上"，词翰所寄，并有微意，又岂常人所易及哉！余故谓绍兴以来，声律之文，白以稼轩、白石、碧山为优，梅溪、梦窗则次之，玉田、草窗又次之，至竹屋、竹山辈，纯疵互见矣。此南宋词之大概也。夫倚声之道，独盛天水，文藻留传，矜式万世。余之论议，不事广征者，亦聊见渊源而已。兹更分述之。

第一　北宋人词略

言词者必曰词至北宋而大，至南宋而精；然而南北之分，亦有难言者也。如周紫芝、王安中、向子諲、叶梦得辈，皆生于北宋，没于南宋。论者以周、王属北，向、叶属南者，只以得名之迟早而已。盖混而不分，又不能明流别。尚论者约略言之，作一界限，实无与于词体也。毛晋刻《六十一家词》，北宋凡十九家：晏殊、欧阳修、柳永、苏轼、黄庭坚、秦观、晏几道、晁补之、程垓、陈帅道、李之仪、毛滂、杜安世、葛胜仲、周紫芝、谢逸、周邦彦、王安中、蔡伸是也；此外若潘阆《逍遥词》一卷，王安石《半山词》一卷，张先《子野词》一卷，贺铸《东山寓声乐府》三卷，皆有成书，而见于他刻也。余谓承十国之遗者，为晏、欧；肇慢词之祖者，为柳永；具温、韦之情者，为张先；洗绮罗之习者，为苏轼；得骚雅之意者，为贺铸；开婉约之风者，为秦观；集古今之成者，为邦彦。此外或力非专诣，或才工片言，要非八家之敌也。因论列如下。

（一）晏殊　字同叔，临川人。官至枢密使。有《珠玉词》一卷。录《蝶恋花》一首：

南雁依稀回侧阵。雪霁墙阴，偏觉兰芽嫩。中夜梦余消酒困，炉香卷穗灯生晕。　急景流年都一瞬。往事前欢，未免萦方寸。腊后花期知渐近，寒梅已作东风信。

宋初如王禹偁、钱惟演辈，亦有小词。王之《点绛唇》，钱之《玉楼春》，虽有佳处，实非专家。故宋词应以元献为首，所作《浣溪沙》有"无可奈何花落去，似曾相识燕归来"之语，为一时传诵。相传下语为王琪所对（见《复斋漫录》），无俟深考。即"重头歌韵响琤琮，入破舞腰红乱旋"，亦仅形容歌舞之胜，非词家之极则，总不及此词之俊逸也。宋初诸家，靡不祖述二主，宪章正中。同叔去五代未远，馨烈所扇，得之最先。刘攽《中山诗话》谓元献喜冯延巳词，其所自作，亦不减延巳。此语亦是。第细读全词，颇有可议者。如《浣溪沙》之"淡淡梳妆薄薄衣，天仙模样好容仪"，《诉衷情》之"东城南陌花下，逢着意中人"，又"心心念念，说尽无凭，只是相思"诸语，庸劣可鄙，已开山谷、三变俳语之体，余甚无取也。惟"满目山河空念远，落花风雨更伤春"二语，较"无可奈何"胜过十倍，而人未之知，可云陋矣。

（二）欧阳修　字永叔，庐陵人。官至兵部尚书。有《六一居士》集，词附。录《踏莎行》一首：

> 候馆梅残，溪桥柳细，草薰风暖摇征辔。离愁渐远渐无穷，迢迢不断如春水。　寸寸柔肠，盈盈粉泪，楼高莫近危阑倚。平芜尽处是春山，行人更在春山外。

宋初大臣之为词者，寇莱公、宋景文、范蜀公与欧阳公，并有声艺苑。然数公或一时兴到之作，未为专诣，独元献与文忠，学之既至，为之亦勤。翔双鹄于交衢，驭二龙于大路。且义忠家庐陵，元献家临川，词之有西江派，转在诗先，亦云奇矣。公词纯疵参半，盖为他人窜易。蔡絛《西清诗话》云："欧词之浅近者，谓是刘煇伪作。"《名臣录》亦云："修知贡举，为下第举子刘煇等所忌，以《醉蓬莱》《望江南》诬之。"是读公词者，当别具会心也。至《生查子》"元夜灯市"，竟误载淑真词中，遂启升庵之妄论。此则深枉矣。余按公词以此为最婉转，以《少年游》"咏草"为最工切超脱，当亦百世之公论也。

（三）柳永　字耆卿，初名三变，崇安人。官至屯田员外郎。有《乐章集》。录《雨霖铃》一首：

> 寒蝉凄切，对长亭晚，骤雨初歇。都门帐饮无绪，方留恋处，兰舟催发。执手相看泪眼，竟无语凝噎。念去去千里烟波，暮霭沉沉楚天阔。　多情自古伤离别，更那堪冷落清秋节。今宵酒醒何处，杨柳岸晓风残月。此去经年，应是良辰好景虚设。便纵有千种风情，更与何人说。

《能改斋漫录》云："仁宗留意儒雅，务本向道，深斥浮艳虚华之文。初，进士柳三变，好为淫冶讴歌之曲，传播四方，尝有《鹤冲天》词云：'忍把浮名，换了浅斟低唱。'及临轩放榜，特落之，曰：'且去浅斟低唱，何要浮名？'景祐元年，方及第。后改名永，方得磨勘转官。"《后山诗话》云："柳三变游东都南北二巷，作新乐府，骪骳从俗，天下咏之，遂传禁中。仁宗颇好其词，每对宴，必使侍从歌之再三。三变闻之，作宫词，号《醉蓬莱》，因内官达后宫，且求其助。仁宗闻而觉之，自是不复歌其词矣。"黄花庵云："永为屯田员外郎，会太史奏老人星现。时秋霁，宴禁中，仁宗命左右词臣为乐章。内侍属柳应制。柳方冀进用，作此词进（指《醉蓬莱》词）。上见首有渐字，色若不怿。读至'宸游凤辇何处'，乃与御制真宗挽词暗合，上惨然。又读至'太液波翻'，曰：'何不言波澄？'投之于地。自此不复擢用。"《钱塘遗事》云："孙何帅钱塘，柳耆卿作《望海潮》词赠之，有'三秋桂子，十里荷香'之句，此词流播。金主亮闻之，欣然起投鞭渡江之志。"据此，则柳之侘傺无聊，与词名之远，概见一斑。余谓柳词仅工铺叙而已，每首中事实必清，点景必工，而又有一二警策语，为全词生色，其工处在此也。冯梦华谓其曲处能直，密处能疏，奡处能平，状难状之景，达难达之情，而出之以自然，自是北宋巨手。然好为俳体，词多媟黩，有不仅如《提要》所云以俗为病者。此言甚是。余谓柳词皆是直写，无比兴，亦无寄托，见眼中景色，即说意中人物，便觉直率无味。况时时有俚俗语，如《昼夜乐》云："早知恁地难拚，悔不当初留住。其奈风流端正外，更别有系人心处。一日不思量，也攒眉千度。"《梦还京》云："追悔当初，绣阁话别太容易。"《鹤冲天》云："假使重相见，还得似当初么？悔恨无计那。迢迢长夜，自家只恁摧挫。"《两同心》云："个人人昨夜分明，许伊偕老。"《征部乐》云："待这回好好怜伊，更不轻离拆。"皆率笔无咀嚼处，诸如此类，不胜枚举，实不可学。且通本皆摹写艳情，追述别恨，见一斑已具全豹，正不必字字推敲也。惟北宋慢词，确创自耆卿，不得不推为大家耳。

（四）张先 字子野，吴兴人。为都官郎中。有《安陆集》。录《卜算子慢》一首：

溪山别意，烟树去程，日落采蘋春晚。欲上征鞍，更掩翠帘，回面相盼。惜弯弯浅黛长长眼。佘画阁欢游，也学狂花乱絮轻散。　水影横池馆。对静夜无人，月高云远。一晌凝思，两眼泪痕还满。难遣恨，私书又逐东风断。纵梦泽层楼万尺，望湖城那见。

《古今诗话》云："有客谓子野曰：'人皆谓公张三中，即心中事,眼中泪,意中人也。'公曰:'何不目之为张三影?'客不晓。公曰:'云破月来花弄影';'娇柔懒起,帘压卷花影';'柳径无人,堕飞絮无影'。此皆余平生所得意也。'"《石林诗话》云:"张先郎中,能为诗及乐府,至老不衰。居钱塘,苏子瞻作倅时,先年已八十余,视听尚精强,犹有声妓。子瞻尝赠以诗云:'诗人老去莺莺在,公子归来燕燕忙。'盖全用张氏故事戏之。"是子野生平亦可概见矣。今所传《安陆集》,凡诗八首,词六十八首。诗不论,词则最著者为《一丛花》,为《定风波》,为《玉楼春》,为《天仙子》,为《碧牡丹》,为《谢池春》,为《青门引》。余谓子野词气度宛似美成,如《木兰花慢》云:"行云去后遥山暝,已放笙歌池院静。中庭月色正清明,无数杨花过无影。"《山亭宴》云:"落花荡漾怨空树。晓山静、数声杜宇。天意送芳菲,正黯淡疏烟短雨。"《渔家傲》云:"天外吴门清霅路,君家正在吴门住。赠我柳枝情几许。春满缕,为君将入江南去。"此等词意,同时鲜有及者也。盖子野上结晏、欧之局,下开苏、秦之先,在北宋诸家中适得其平。有含蓄处,亦有发越处,但含蓄不似温、韦,发越亦不似豪苏腻柳。规模既正,气格亦古,非诸家能及也。晁无咎曰:"子野与耆卿齐名,而时以子野不及耆卿。然子野韵高,是耆卿所乏处。"余谓子野若仿耆卿,则随笔可成珠玉;耆卿若效子野,则出语终难安雅。不独泾渭之分,抑且有雅郑之别。世有识者,当不河汉。

(五)苏轼 字子瞻,眉山人。嘉祐初,试礼部第一,历官翰林学士。绍圣初,安置惠州,徙昌化。元符初北还,卒于常州。高宗朝,谥文忠。有《东坡居士词》二卷。录《水龙吟》一首"赋杨花":

似花还似非花,也无人惜从教坠。抛家傍路,思量却是，无情有思。萦损柔肠，困酣娇眼，欲开还闭。梦随风万里，寻郎去处，又还被莺呼起。　不恨此花飞尽，恨西园、落红难缀。晓来雨过，遗踪何在，一池萍碎。春色三分，二分尘土，一分流水。细看来、不是杨花，点点是离人泪。

东坡词在宋时已议论不一，如晁无咎云："居士词，人多谓不谐音律。然横放杰出，自是曲子内缚不住者。"陈无己云："东坡以诗为词，如教坊雷大使之舞，虽极天下之工，要非本色。"陆务观云："世言东坡不能词，故所作乐府，词多不协。晁以道谓绍圣初，与东坡别于汴下。东坡酒酣，自歌古《阳关》，则公非不能歌，但豪放不喜裁剪以就声律耳。"又云："东坡词，歌之曲终，觉天风海雨逼人。"胡致堂云："词曲至东坡，一洗绮罗香泽之态，摆脱绸缪宛转之度，使人登高望远，举首高歌，逸怀浩气，超乎尘垢之外。于是《花间》为皂隶，而耆卿为舆台矣。"张叔夏云："东坡词清丽舒徐处，高出人表，周、秦诸人所不能到。"此在当时毁誉已不定矣。至《四库提要》云："词至晚唐五季以来，以清切婉丽为宗，至柳永而一变，如诗家之有白居易；至轼而又一变，如诗家之有韩愈，遂开南宋辛弃疾等一派。寻源溯流，不能不谓之别格。然谓之不工则不可。"此为持平之论。余谓公词豪放缜密，两擅其长，世人第就豪放处论，遂有铁板铜琶之诮，不知公婉约处，何让温、韦？如《浣溪沙》云："彩索身轻长趁燕，红窗睡重不闻莺。"《祝英台》云："挂轻帆，飞急桨，还过钓台路。酒病无聊，欹枕听鸣橹。"《永遇乐》云："天涯倦客，山中归路，望断故园心眼。燕子楼空，佳人何在，空锁楼中燕。"《西江月》云："高情已逐晓云空，不与梨花同梦。"此等处，与"大江东去"，"把酒问青天"诸作，如出两手。不独"乳燕飞华屋"，"缺月挂疏桐"诸词，为别有寄托也。要之公天性豁达,襟抱开朗,虽境遇迍邅,而处之坦然,即去国离乡,初无羁客迁人之感,惟胸怀坦荡,词亦超凡入圣。后之学者,无公之胸襟,强为摹仿,多见其不知量耳。

(六)贺铸　铸字方回,卫州人,孝惠皇后族孙。元祐中,通判泗州,又倅太平州。退居吴下,自号庆湖遗老。有《东山寓声乐府》。录《柳色黄》一首:

薄雨收寒,斜照弄晴,春意空阔。长亭柳蓓才黄,倚马何人先折。烟横水漫,映带几点归鸿,平沙销尽龙沙雪。犹记出关来,恰而今时节。　将发。画楼芳酒,红泪清歌,便成轻别。回首经年,杳杳音尘都绝。欲知方寸,共有几许新愁,芭蕉不展丁香结。憔悴一天涯,两厌厌风月。

张文潜云:"方回乐府,妙绝一世,盛丽如游金、张之堂,妖冶如揽嫱、施之袪,幽索如屈、宋,悲壮如苏、李。"周少隐云:"方回有'梅子黄时雨'之句,人谓之贺梅子。方回寡发,郭功父指其髻谓曰:'此真贺梅子也。'"陆务观云:"方回状貌奇丑,俗谓之贺鬼头。其诗文皆高,不独长短句也。"据此,则方回大概可见矣。所著《东山寓声乐府》,宋刻本从未见过,今所据者,只王刻、毛刻、朱刻而已。所谓寓声者,盖用旧调谱词,即搞取本词中语,易以新名。后《东泽绮语债》略同此例。王半塘谓如"平园近体""遗山新乐府"类,殊不伦也。(词中《清商怨》名《尔汝歌》,《思越人》名《半死桐》,《武陵春》名《花想容》,《南歌子》名《醉厌厌》,《一落索》名《窗下绣》,皆就词句改易,如《如此江山》《大江东去》等是也。)方回词最传述人口者,为《薄幸》《青玉案》《望湘人》《踏莎行》诸阕,固为杰出之作。他如《踏莎行》云："断无蜂蝶梦幽香，红衣脱尽芳心苦。"又云："当年不肯嫁东风，无端却被西风误。"《下水船》云："灯火虹桥，难寻弄波微步。"《诉衷情》云："秦山险，楚山苍，更斜阳。画桥流水，曾见扁舟，几度刘郎。"《御街行》云："更逢何物可忘忧，为谢江南芳草。断桥孤驿，冷云黄叶，相见长安道。"诸作皆沉郁，而笔墨极飞舞，其气韵又在淮海之上，识者自能辨之。至《行路难》一首，颇似玉川长短句诗，诸家选本，概未之及。词云："缚虎手，悬河口，车如鸡栖马如狗。白纶巾，扑黄尘，不知我辈可是蓬蒿人。衰兰送客咸阳道，天若有情天亦老。作雷颠，不论钱，谁问旗亭美酒斗十千。　酌大斗，更为寿，青鬓常青古无有。笑嫣然，舞翩然，当垆秦女十五语如弦。遗音能寄秋风曲，事去千年犹恨促。揽流光，系扶桑，争奈愁来一日却为长。"与《江南春》七古体相似，为方回所独有也。要之骚情雅意，哀怨无端，盖得力于风雅，而出之以变化，故能具绮罗之丽，而复得山泽之清，（《别东山词》云："双携纤手别烟萝，红粉清泉相照。"可云自道词品。）此境不可一蹴即几也。世人徒知黄梅雨佳，非真知方回者。

（七）秦观　观字少游，高邮人。登第后，苏轼荐于朝，除太学博士，迁正字，兼国史院编修，坐党籍遣戍。有《淮海词》三卷。录《踏莎行》一首：

雾失楼台，月迷津渡，桃源望断无寻处。可堪孤馆闭春寒，杜鹃声里斜阳暮。　驿寄梅花，鱼传尺素，砌成此恨无重数。郴江幸自绕郴山，为谁流下潇湘去。

晁无咎云："近来作者，皆不及少游，如'斜阳外，寒鸦数点，流水绕孤村。'虽不识字人,亦知是天生好言语。"蔡伯世云:"子瞻辞胜乎情,耆卿情胜乎辞,辞情相称者,惟少游而已。"张绽云:"少游多婉约,子瞻多豪放,当以婉约为主。"叶少蕴云:"少游乐府,语工而入律,知乐者谓之作家歌。子瞻戏之'山抹微云秦学士,露花倒影柳屯田',微以气格为病也。"诸家论断,大抵与子瞻并论。余谓二家不能相合也。子瞻胸襟大,故随笔所之,如怒澜飞空,不可狎视。少游格律细,故运思所及,如幽花媚春,自成馨逸。其《满庭芳》诸阕,大半被放后作,恋恋故国,不胜热中,其用心不逮东坡之忠厚,而寄情之远,措语之工,则各有千古;他作如《望海潮》云:"柳下桃蹊,乱分春色到人家。西园夜饮鸣笳,有华灯碍月,飞盖妨花。"《水龙吟》云:"花下重门,柳边深巷,不堪回首。"《风流子》云:"斜日半山,暝烟两岸,数声横笛,一叶扁舟。"《鹊桥仙》云:"两情若是久长时,又岂在朝朝暮暮。"《千秋岁》云:"春去也,飞红万点愁如海。"《浣溪沙》云:"自在飞花轻似梦,无边丝雨细如愁。"此等句皆思路沉着,极刻画之工,非如苏词之纵笔直书也。北宋词家以缜密之思,得遒炼之致者,惟方回与少游耳。今人以秦、柳并称,柳词何足相比哉。(《高斋诗话》云:"少游自会稽入都,见东坡。东坡曰:'不意别后却学柳七作词。'少游曰:'某虽无学,亦不如是。'东坡曰:'"销魂,当此际",非柳七语乎?'"据此则少游雅不愿与柳齐名矣。)惟通观集中,亦有俚俗处,如《望海潮》云:"妾如飞絮,郎如流水,相沾便肯相随。"《满园花》云:"近日来非常罗皂,丑佛也须眉皱,怎掩得旁人口。"《迎春乐》云:"怎得香香深处,作个蜂儿抱。"《品令》云:"幸自得,一分索,强教人难吃。好好地恶了十来日,恰而今较些不。"又云:"帘儿下时把鞋儿踢,语低低,笑咭咭。"又云:"人前强不欲相沾识,把不定,脸儿赤。"竟如市井荒伧之言，不过应坊曲之请求，留此恶札。词家如此，最是魔道，不得以宋人之作为之文饰也。但全集止此三四首，尚不足为盛名之累。

（八）周邦彦　字美成，钱塘人。元丰中，献《汴都赋》，召为太学正。徽宗朝，仕至徽猷阁待制，提举大晟府，出知顺昌府。晚居明州，卒自号清真居士。有《清真集》。录《瑞龙吟》一首：

  章台路，还见褪粉梅梢，试花桃树。愔愔坊陌人家，定巢燕子，归来旧处。　黯凝伫，因记个人痴小，乍窥门户。侵晨浅约宫黄，障风映袖，盈盈笑语。　前度刘郎重到，访邻寻里，同时歌舞。惟有旧家秋娘，声价如故。吟笺赋笔，犹记燕台句。知谁伴、名园露饮，东城闲步。事与孤鸿去。探春尽是伤离意绪。官柳低金缕。归骑晚，纤纤池塘飞雨。断肠院落，一帘风絮。

陈郁《藏一话腴》云："美成自号清真，二百年来，以乐府独步，贵人学士，市侩妓女，皆知美成词为可爱。"楼攻媿云："清真乐府播传，风流自命，顾曲名堂，不能自已。"《贵耳录》云："美成以词行，当时皆称之。不知美成文章，大有可观，可惜以词掩其文也。"强焕序云："美成词抚写物态，曲尽其妙。"陈质斋云："美成词多用唐人诗，檃括入律，浑然天成。长调尤善铺叙，富艳精工。词人之甲乙也。"张叔夏云："美成词浑厚和雅，善于融化诗句。"沈伯时云："作词当以清真为主，盖清真最为知音，且下字用意，皆有法度。"此宋人论清真之说也。余谓词至美成，乃有大宗，前收苏、秦之终，后开姜、史之始。自有词人以来，为万世不祧之宗祖。究其实亦不外"沉郁顿挫"四字而已。即如《瑞龙吟》一首，其宗旨所在，在"伤离意绪"

一语耳。而入手先指明地点曰章台路,却不从目前景物写出,而云"还见",此即沉郁处也。须知梅梢桃树,原来旧物,惟用"还见"云云,则令人感慨无端,低徊欲绝矣。首叠末句云"定巢燕子,归来旧处",言燕子可归旧处,所谓"前度刘郎"者,即欲归旧处而不得,徒彳亍于惜惜坊陌,章台故路而已,是又沉郁处也。第二叠"黯凝伫"一语为正文,而下文又曲折。不言其人不在,反追想当日相见时状态。用"因记"二字,则通体空灵矣,此顿挫处也。第三叠"前度刘郎"至"声价如故",言个人不见,但见同里秋娘,未改声价。是用侧笔以衬正文,又顿挫处也。"燕台"句,用义山柳枝故事,情景恰合。"名园露饮,东城闲步",当日己亦为之,今则不知伴着谁人,赓续雅举。此"知谁伴"三字,又沉郁之至矣。"事与孤鸿去"三语,方说正文,以下说到归院,层次井然,而字字凄切。末以飞雨风絮作结,寓情于景,倍觉黯然。通体仅"黯凝伫","前度刘郎重到","伤离意绪"三语,为作词主意,此外则顿挫而复缠绵,空灵而又沉郁。骤视之,几莫测其用笔之意,此所谓神化也。他作亦复类此,不能具述。总之,词至清真,实是圣手,后人竭力摹效,且不能形似也。至说部记载,如《风流子》为溧水主簿姬人作,《少年游》为道君幸李师师家作,《瑞鹤仙》为睦州梦中作,此类颇多,皆稗官附会,或出之好事忌名,故作讪笑,等诸无稽。倘史传所谓邦彦疏隽少检,不为州里推重者此欤?

上北宋八家,皆迭长坛坫,为世诵习者也。其有词不甚高,声誉颇盛,题襟点笔,间亦不俗。虽非作家之极,亦在附庸之列,成作咸在,不可废也。因复总述之。

(1)王安石《桂枝香·金陵怀古》:"登楼送目,正故国晚秋,天气初肃。千里澄江似练,翠峰如簇。征帆去棹斜阳里,背西风、酒旗斜矗。彩舟云淡,星河鹭起,画图难足。　念自昔、豪华竞逐,叹门外楼头，悲恨相续。千古凭高，对此漫嗟荣辱。六朝旧事随流水，但寒烟衰草凝绿。至今商女，时时犹唱，《后庭》遗曲。"

荆公不以词见长，而《桂枝香》一首，大为东坡叹赏，各家选本，亦皆采录。第其词只稳惬而已。他如《菩萨蛮》《渔家傲》《清平乐》《浣溪沙》等，间有可观，至《浪淘沙》之"伊吕两衰翁"，《望江南》之"归依三宝赞"，直俚语耳。

（2）晏几道《临江仙》："梦后楼台高锁，酒醒帘幕低垂。去年春恨却来时。落花人独立，微雨燕双飞。　记得小蘋初见，两重心字罗衣。琵琶弦上说相思。当时明月在，曾照彩云归。"

小山词之最著者，如此词之"落花"二句，及《鹧鸪天》之"舞低杨柳楼心月，歌尽桃花扇底风"，又"今宵剩把银釭照，犹恐相逢是梦中"，又"梦魂惯得无拘检，又踏杨花过谢桥"，《浣溪沙》之"户外绿杨春系马，床头红烛夜呼卢"，皆为世人盛称者。余谓艳词自以小山为最，以曲折深婉，浅处皆深也。

（3）李之仪《卜算子》："我住长江头，君住长江尾。日日思君不见君，共饮长江水。　此水几时休，此恨何时已。只愿君心似我心，定不负相思意。"

此词盛传于世，以为古乐府俊语是也，但不善学之，易流于滑易。《姑溪词》中佳者殊鲜，如《千秋岁》之"东风半落梅梢雪"，《南乡子》之"西墙，犹有轻风递暗香"，亦工。此外皆平直而已。

（4）周紫芝《朝中措》："雨余庭院冷萧萧，帘幕度轻飙。鸟语唤回残梦，春寒勒住花梢。　无聊睡起，新愁黯黯，归路迢迢。又是夕阳时候，一炉沉水烟销。"

孙竞谓竹坡乐章清丽婉曲，非苦心刻意为之，此言极是。竹坡少师张耒，行辈稍长李之仪，而词则学小山者也。人第赏其《鹧鸪天》之

"梧桐叶上三更雨,叶叶声声是别离",《醉落魄》之"晓寒谁看伊梳掠,雪满西楼,人在阑干角",《生查子》之"不忍上西楼,怕看来时路"诸语,实皆聪俊句耳。余最爱《品令》登高词,其后半云:"黄花香满,记白苎吴歌软。如今却向乱山丛里,一枝重看。对着西风搔首,为谁肠断",沉着雄快,似非小山所能也。

(5)葛胜仲《鹧鸪天》:"小榭幽园翠箔垂,云轻日薄淡秋晖。菊英露泊渊明径,藕叶风吹叔宝池。 酬素景,泥芳卮,老人痴钝强伸眉。欢华莫遣笙歌散,归路从教灯影稀。"

鲁卿与常之,亦如元献、小山也。然门第誉望,可以齐驱;至论词,则虎贲之与中郎矣。鲁卿以《蓦山溪》《天穿节》二首得盛誉,其词亦平平,盖名高而实不足副也。余爱其《点绛唇》末语"乱山无数,斜日荒城鼓",可与范文正"长烟落日孤城闭"并美,余不称矣。

(6)黄庭坚《虞美人·宜州见梅作》:"天涯也有江南信,梅破知春近。夜阑风细得香迟,不道晓来开遍向南枝。 玉台弄粉花应妒,飘到眉心住。平生个里愿杯深,去国十年老尽少年心。"

晁无咎谓山谷词,不是当行家,乃着腔唱好诗。此言洵是。陈后山乃云:"今代词手,惟秦七与黄九。"此实阿私之论。山谷之词,安得与太虚并称?较耆卿且不逮也。即如《念奴娇》下片,如"共倒金荷家万里,难得尊前相属。老子平生,江南江北,爱听临风曲",世谓可并东坡,不知此仅豪放耳,安有东坡之雄俊哉!

(7)张耒《风流子》:"亭皋木叶下,重阳近,又是捣衣秋。奈愁入庾肠,老侵潘鬓,漫簪黄菊,花也应羞。楚天晚,白蘋烟尽处,红蓼水边头。芳草有情,夕阳无语,雁横南浦,人倚西楼。 玉容知安否,香笺共锦字,两处悠悠。空恨碧云离合,青鸟沉浮。向风前懊恼,芳心一点,寸眉两叶,禁甚闲愁。情到不堪言处,分付东流。"

此词仅"芳草"四语为俊语，通体布局，宛似耆卿，故下片说到本事，即如强弩之末矣。元祐诸公，皆有乐府，惟张仅见《少年游》《秋蕊香》及此词。胡元任以为不在元祐诸公之下，非公论也。（《少年游》《秋蕊香》二词，为营伎刘淑奴作。）

（8）陈师道《清平乐》："秋光烛地，帘幕生秋意。露叶翻风惊鹊坠，暗落青林红子。　微行声断长廊，熏炉衾换生香。灭烛却延明月，揽衣先怯微凉。"

胡元任云："后山自谓他文未能及人，独于词不减秦七、黄九，其自矜如此。"而放翁题跋则云："陈无己诗妙天下，以其余作词，宜其工矣，顾乃不然，殆未易晓也。"余谓后山词，较文潜为优，如《菩萨蛮》云"急雨洗香车，天回河汉斜"，《蝶恋花》云"路转河回寒日暮，连峰不许重回顾"等语皆胜。放翁所云，亦非公也。

（9）程垓《南浦》："金鸭懒薰香，向晚来，春醒一枕无绪。浓绿涨瑶窗，东风外、吹尽乱红飞絮。无言伫立，断肠惟有流莺语。碧云欲暮，空惆怅、韶华一时虚度。　追思旧日心情，记题叶西楼，吹花南浦。老去觉欢疏，伤春恨、多付断云残雨。黄昏院落，问谁犹在凭阑处。可堪杜宇，空只解声声，催他春去。"

毛子晋云："正伯与子瞻，中表兄弟也，故集中多涉苏作，如《意难忘》《一剪梅》之类。"余按今传《书舟词》，已无苏作，子晋已删汰矣。其《酷相思》《四代好》《折红英》诸作，盛为升庵推许。盖其词以凄婉绵丽为宗，为北宋人别开生面。自是以后，字句间凝炼渐工，而昔贤疏宕之致微矣。

（10）毛滂《临江仙·都城元夕》："闻道长安灯夜好，雕轮宝马如云。蓬莱清浅对觚棱。玉皇开碧落，银界失黄昏。　谁见江南惟悴客，端忧懒步芳尘。小屏风畔冷香凝。酒浓春入梦，窗破月寻人。"

滂以《惜分飞》"赠伎词"得盛名。陈质斋且云："泽民他词虽工，未有能及此者。"所见太狭矣。《东堂词》中佳者殊多，如《浣溪沙》云"小雨初收蝶做团，和风轻拂燕泥干，秋千院落落花寒"，《七娘子》云"云外长安，斜晖脉脉，西风吹梦来无迹"，《蓦山溪》"杨花"云"柔弱不胜春，任东风吹来吹去"，皆俊逸可喜，安得云《惜分飞》为最乎？即此词之"酒浓"二句，何减"云破月来"风调？

（11）晁补之《摸鱼儿》："买陂塘、旋栽杨柳，依稀淮岸湘浦。东皋雨足轻痕涨，沙觜鹭来鸥聚。堪爱处，最好是、一川夜月光流渚，无人自舞。任翠幕张天，柔茵藉地，酒尽未能去。　青绫被，休忆金闺故步，儒冠曾把身误。弓兵千骑成何事，荒了邵平瓜圃。君试觑，满青镜、星星鬓影今如许。功名浪语，便做得班超，封侯万里，归计恐迟暮。"

无咎词酷似东坡，不独此作然也。如《满江红》之"东武城南"，《永遇乐》之"松菊堂深"，皆直摩子瞻之垒，而灵气往来，自有天然之秀。胡元任盛称其《洞仙歌》"泗州中秋作"，谓如常山之蛇，救首救尾，可云知无咎者矣。

（12）晁端礼《水龙吟》："倦游京洛风尘，夜来病酒无人问。九衢雪少，千门月淡，元宵灯近。香散梅梢，冻销池面，一番春信。记南城醉里，西城宴阕，都不管人春困。　屈指流年未几，早惊人潘郎双鬓。当时体态，而今情绪，多应瘦损。马上墙头，纵教瞥见，也难相认。凭阑干、但有盈盈泪眼，把罗襟揾。"

次膺为无咎叔，蔡京荐于朝，诏乘驿赴阙。次膺至，适禁中嘉莲生，遂属词以进，名《并蒂芙蓉》。上览称善，除大晟府协律。不克受而卒。今《琴趣外篇》有《鸭头绿》《黄河清慢》，皆所创也。其才亦不亚于清真云。

（13）万俟雅言《昭君怨》："春到南楼雪尽，惊动灯期花信。小雨一番寒，倚阑干。　莫把阑干频倚，一望几重烟水。何处是京华，暮云遮。"

雅言自号词隐，与清真堂名顾曲，其旨相同。崇宁中，充大晟府制撰，又与清真同官。今《大声集》虽不传，而如《春草碧》《三台》《卓牌儿》诸词，固流播千古也。黄叔旸谓其词平而工，和而雅，洵然。

上附录十三家，姑溪、竹坡、丹阳三家，则学晏氏父子者也；文潜、后山、正伯、东堂、无咎，则属于苏门者也；次膺、词隐，为邦彦同官，讨论古音古调，又复增演慢、曲、引、近，或为三犯、四犯之曲，皆知音之士，故当系诸清真之下；荆公、山谷，实非专家，盛誉难没，因附入焉。

第二　南宋人词略

词至南宋，可云极盛时代。黄昇散花庵《中兴以来绝妙词选》十卷，始于康与之，终于洪瑹；周密《绝妙好词》七卷，始于张孝祥，终于仇远，合订不下二百家。二书皆选家之善本，学者必须探讨。顾由博返约，首当抉择，兹选论七家，为南渡词人之表率，即稼轩、白石、玉田、碧山、梅溪、梦窗、草窗是也。此外附录所及，各以类聚，亦可略见大概矣。

（一）辛弃疾　字幼安，历城人。耿京聚兵山东，节制忠义军马，留掌书记。绍兴中，令奉表南归。高宗召见，授承务郎，累官浙东安抚使，进枢密都承旨。有《稼轩长短句》十二卷。

贺新郎　独坐停云作

甚矣吾衰矣，怅平生、交游零落，只今余几。白发空垂三千丈，一笑人间万事。问何物、能令公喜。我见青山多妩媚，料青山见我应如是。情与貌，略相似。　一尊搔首东窗里，想渊明、《停云》诗就，此时风味。江左沉酣求名者，岂识浊醪妙理。回首叫、云飞风起。不恨古人吾不见，恨古人、不见吾狂耳。知我者，二三子。

陈子宏云："蔡元工于词，靖康中陷金。辛幼安以诗词谒见，蔡曰：'子之诗则未也。他日当以词名家。'"刘潜夫云："公所作大声镗鞳，小声铿鍧，横绝六合，扫空万古，自有苍生所未见。其秾纤绵密者，又不在小晏秦郎之下。"毛子晋云："词家争斗秾纤，而稼轩率多抚时感事之作，磊落英多，绝不作妮子态。宋人以东坡为词诗，稼轩为词论，善评也。"陈亦峰云："稼轩词自以《贺新郎》一篇为冠，别茂嘉十二弟，沉郁苍凉，跳跃动荡。古今无此笔力。"余谓学稼轩词，须多读书，不用书卷，徒事叫嚣，便是蒋心余、郑板桥，去"沉郁"二字远矣。辛词着力太重处，如《破阵子》"为陈同甫赋壮诗以寄之"，《瑞鹤仙》"南涧双溪楼"等作，不免剑拔弩张。至如《鹧鸪天》云"却将万字平戎策，换得东家种树书"，读之不觉衰飒。《临江仙》云"别浦鲤鱼何日到，锦书封恨重重。海棠花下去年逢。也应随分瘦，忍泪觅残红"，婉雅芊丽，孰谓稼轩不工致语耶？又《蝶恋花》（元日立春）云"今岁花期消息定，只愁风雨无凭准"，盖言荣辱不定，遭谪无常。言外有多少疑惧哀怨，而仍是含蓄不尽。此等处，虽迦陵且不能知，遑论余子！世以《摸鱼子》一首为最佳，亦有见地，但启讥讽之端。陈藏一之"咏雪"，德祐太学生之《百字令》，往往易招衍尤也。

（二）姜夔　字尧章，鄱阳人。萧东父识之于年少，妻以兄子，因寓居吴兴之武康，与白石洞天为邻，自号白石道人。庆元中，曾上书乞正太常雅乐。有《白石诗》一卷、词五卷。录词一首：

霓裳中序第一

亭皋正望极，乱落江莲归未得，多病却无气力。况纨扇渐疏，罗衣初索。流光过隙。叹杏梁、双燕如客。人何在，一帘淡月，仿佛照颜色。　幽寂，乱蛩吟壁，动庾信、清愁似织。沉思年少浪迹，笛里关山，柳下坊陌。坠红无信息，漫暗水、涓涓流碧。漂零久，而今何意，醉卧酒垆侧。

宋人词如美成乐府，仅注明宫调而已。宫调者，即说明用何等管色也，如仙吕用小工，越调用六字类，盖为乐工计耳。白石词凡旧牌皆不注明管色，而独于自度腔十七支，不独书明宫调，并乐谱亦详载之。宋代曲谱，今不可见，惟此十七阕，尚留歌词之法于一线。因悟宋人歌词之法，皆用旧谱，故白石于旧牌各词，概不申说，而于自作诸谱，不殚详录也。何以明之？白石词《满江红》序云："《满江红》旧词用仄韵，多不协律，如末句云'无心扑'三字，歌者将'心'字融入去声，方谐音律。"又云："末句云'闻珮环'，则协律矣。"是白石明知旧谱心字之不协，乃为此珮字之去声以就歌谱焉，故此词不注旁谱，以见韵虽用平，而歌则仍旧也。又吴梦窗《西子妆》，亦自度腔也，而张玉田和之，且云："梦窗自制此曲，余喜其声调娴雅，久欲效而未能。"又云："惜旧谱零落，不能倚声而歌也。"据此，则宋调之能歌者，皆非旧谱零落之词，梦窗此调，虽娴雅可观，而谱法已佚，无从按拍。苟可不拘旧谱，则玉田尽可补苴罅漏，别订新声。今宁使阙疑，不敢妄作者，正足见宋人歌词之法，概守旧腔，非如南北曲之随字音清浊而为之挪移音节也。是以吴词自制腔九支，以不自作谱。元明以来，赓和者绝少。姜词十七谱具存，故继姜而作者至多。于此见谱之存逸，关系于词之隆替者至重，而宋词谱之守定成式者，亦缘此可悟矣。南渡以后，国势日非，白石目击心伤，多于词中寄慨，不独《暗香》《疏影》发二宋之幽愤，伤在位之无人也。特感慨全在虚处，无迹可寻，人自不察耳。盖词中感喟，只可用比兴体，即比兴中亦须含蓄不露，斯为沉郁。若慷慨发越，终病浅显，如《扬州慢》"自胡马窥江去后，废池乔木，犹厌言兵"，已包涵无数伤乱语。又如《点绛唇》"丁未过吴淞作"，通首只写眼前景物，至结处云"今何许，凭阑怀古，残柳参差舞"，其感时伤事，只用今何许三字提唱。无穷哀感，都在虚处。他如《石湖仙》《翠楼吟》诸作，自是有感而发，特未敢臆断耳。（姜词十七谱，余别有释词，今不论。）

（三）张炎　字叔夏，号玉田，循王后裔。居临安，自号乐笑翁。有《玉田词》三卷，郑思肖为之序。录《南浦》一首：

南浦　春水

波暖绿粼粼，燕飞来，好是苏堤才晓。鱼没浪痕圆，流红去、翻唤东风难扫。荒桥断浦，柳阴撑出扁舟小。回首池塘青欲遍，绝似梦中芳草。　和云流出空山，甚年年净洗，花香不了。新绿乍生时，孤村路，犹忆那回曾到。余情渺渺，茂林觞咏如今悄。前度刘郎归去后，溪上碧桃多少。

玉田词皆雅正，故集中无俚鄙语，且别具忠爱之致。玉田词皆空灵，故集中无拙滞语，且又多婉丽之态。自学之者多效其空灵，而立意不深，即流于空滑之弊。岂知玉田用笔，各极其致，而琢句之工，尤能使意笔俱显。人仅赏其精警，而作者诣力之深，曾未知其甘苦也。如

《忆旧游》"大都长春宫"云"古台半压琪树，引袖拂寒星"，结云"鹤衣散彩都是云"；《壶中天》"夜渡古黄河"云"扣舷歌断，海蟾飞上孤白"；《渡江云》"山阴久客寄王菊存"云"山空天入海，倚楼望极，风急暮潮初"；《湘月》"山阴道中"云"疏风迎面，湿衣原是空翠"；《清平乐》云"只有一枝梧叶，不知多少秋声"；《甘州》"寄沈尧道"云"短梦依然江表，老泪洒西州。一字无题处，落叶都愁"，又云"折芦花赠远，零落一身秋"；又"饯草窗西归"云"料瘦筇归后，闲锁北山云"；《台城路》"送周方山"云"暗草埋沙，明波洗月，谁念天涯羁旅"；又"寄太白山人陈又新"云"虚沙动月，叹千里悲歌，唾壶敲缺"，又云"回潮似咽，送一点愁心，故人天末。江影沉沉，夜凉鸥梦阔"；《长亭怨》"饯菊泉"云"记横笛玉关高处，万叠沙寒，雪深无路"；《西子妆》"江上"云"杨花点点是春心，替风前万花吹泪"；《忆旧游》"登蓬莱阁"云"海日生残夜，看卧龙和梦，飞入秋冥。还听水声东去，山冷不生云"，此类皆精警无匹，可与尧章颉颃。又如《迈陂塘》结处云"深更静，待散发吹箫，鹤背天风冷。凭高露饮，正碧落尘空，光摇半壁，月在万松顶"，沉郁以清超出之，飘飘有凌云气概。自在草窗、西麓之上。至如《长亭怨》"饯菊泉"结云"且莫把孤愁，说与当时歌舞"；《三姝媚》"送舒亦山"云"贺监犹存，还散迹、千山风露"，又云"布袜青鞋，休误入桃源深处"，盖是时菊泉、亦山，各有北游，语带箴规，又复自明不仕之志。君国之感，离别之情，言外自见。此亦足见玉田生平矣。玉田用韵至杂，往往真文、青庚、侵寻同用，亦有寒删间杂覃盐者，此等处实不足法。惟在入声韵，则又谨严，屋沃不混觉药，质陌不混月屑，亦不杂他韵。学者当从其谨严处，勿藉口玉田，为文过之地也。

（四）王沂孙　字圣与，号碧山，又号中仙，会稽人。至元中，曾官庆元路学正。有《碧山乐府》二卷。录词一首：

齐天乐　余闲书院拟赋蝉

一襟遗恨宫魂断，年年翠阴庭宇。乍咽凉柯，还移暗叶，重把离愁低诉。西园过雨。渐金错鸣刀，玉筝调柱。镜掩残妆，为谁娇鬓尚如许。　铜仙铅泪似洗，叹移盘去远，难贮零露。病翼惊秋，枯形阅世，消得斜阳几度。余音更苦。甚独抱清商，顿成凄楚。漫想薰风，柳丝千万缕。

大抵碧山之词，皆发于忠爱之忱，无刻意争奇之意，而人自莫及。论词品之高，南宋诸公，当以《花外》为巨擘焉。其咏物诸篇，固是君国之忧，时时寄托，却无一笔犯复，字字贴切故也。《天香》"龙涎香"一首，当为谢太后作。其前半多指海外事，惟后叠云"荀令如今渐老，总忘却、尊前旧风味"，必有寄托，但不知何所指耳。至如《南浦》"春水"云"帘影蘸楼阴，芳流去，应有泪珠千点。沧浪一舸，断魂重唱蘋花怨"，寄慨处清丽纡徐，斯为雅正。又《庆宫春》"水仙"云"岁华相误，记前度湘皋怨别。哀弦重听，都是凄凉，未须弹彻"，后叠云"国香到此谁辨。烟冷沙昏，顿成愁绝"，结云"试招仙魄，怕今夜瑶簪冻折。携盘独出，空怨咸阳，故宫落月"，凄凉哀怨，其为王清惠辈作乎？（清惠等诗词具见汪水云《湖山类稿》。）又《无闷》"雪意"后半云"清致，悄无似。有照水南枝，已搀春意。误几度凭阑，暮愁凝睇。应是梨云梦好，未肯放东风来人世。待翠管吹破苍茫，看取玉壶天地"，无限怨情，出以浑厚之笔。张皋文《词选》碧山词止取四首，除《齐天乐》"赋蝉"外，有《眉妩》"新月"、《高阳台》"梅花"、《庆清朝》"榴花"三阕，且于每词下各注案语。《眉妩》

云："此喜君有恢复之志，而惜无贤臣也。"《高阳台》云："此伤君臣宴安，不思国耻，天下将亡也。"《庆清朝》云："此言乱世尚有人才，惜世不用也。"是知碧山一片热肠，无穷哀感，小雅怨诽不乱之旨，诸词有焉，以视白石之《暗香》《疏影》，亦有过之无不及。词至此蔑以加矣。

（五）史达祖　字邦卿，汴人。有《梅溪词》。《四朝闻见录》：韩侂胄为平章，专倚省吏史达祖举行文字，拟帖拟旨，皆出其手，侍从柬札，至用申呈。韩败，遂黥焉。有《梅溪词》一卷。录词一首：

三姝媚

烟光摇缥瓦，望晴檐多风，柳花如洒。锦瑟横床，想泪痕尘影，凤弦长下。倦出犀帷，频梦见、王孙骄马。讳道相思，偷理绡裙，自惊腰衩。　惆怅南楼遥夜，记翠箔张灯，枕肩歌罢。又入铜驼，遍旧家门巷，首询声价。可惜东风，将恨与、闲花俱谢。记取崔徽模样，归来暗写。

邦卿为平原堂吏，千古无不惜之。楼敬思云："史达祖南宋名士，不得进士出身。以彼文采，岂无论荐？乃甘作权相堂吏，至被弹章，不亦降志辱身之至耶！"读其书怀《满江红》词"好领青衫，全不向、诗书中得。三径就荒秋自好，一钱不值贫相逼"，亦自怨自艾者矣。又读其出京《满江红》词"更无人擫笛傍宫墙，苔花碧"，又云"老子岂无经世术，诗人不预平边策"，是亦善于解嘲焉。然集中又有留别社友《龙吟曲》"楚江南，每为神州未复。阑干静，慵登眺"，新亭之泣，未必不胜于兰亭之集也。乃以词客终其身，史臣亦不屑道其姓氏，科目之困人如此，岂不可叹。然则词人立品，为尤要矣。戈顺卿谓周清真善运化庸人诗句，最为词中神妙之境，而梅溪亦擅其长，笔意更为相近。又云：若仿张为作《词家主客图》，周为主，史为客，未始非定论也。其倾倒梅溪，可为尽至。余谓白石、梅溪，皆祖清真，白石化矣，梅溪或稍逊耳。至其高者，亦未尝不化，如《湘江静》云"三年梦冷，孤吟意短，屡烟钟津鼓。屐齿厌登临，移橙后几番凉雨"；又《临江仙》结句云"枉教装得旧时多，向来箫鼓地，曾见柳婆娑"，慷慨生哀，极悲极郁，居然美成复生。较"临断岸新绿生时，是落红带愁流处"尤为沉著。此种境地，却是梅溪独到处。

（六）吴文英　字君特，四明人。从吴履斋诸公游。有《梦窗甲乙丙丁稿》四卷。录词一首：

莺啼序

残寒正欺病酒，掩沉香绣户。燕来晚、飞入西城，似说春事迟暮。画船载、清明过却，晴烟冉冉吴宫树。念羁情，游荡随风，化为轻絮。　十载西湖，傍柳系马，趁娇尘软雾。溯红渐、招入仙溪，锦儿偷寄幽素。倚银屏、春宽梦窄，断红湿、歌纨金缕。暝堤空，轻把斜阳，总还鸥鹭。　幽兰旋老，杜若还生，水乡尚寄旅。别后访、六桥无信，事往花委，瘗玉埋香，几番风雨。长波妒盼，遥山羞黛，渔灯分影春江宿，记当时、短楫桃根渡。青楼仿佛，临分败壁题诗，泪墨惨淡尘土。　危亭望极，草色天涯，叹鬓侵半苎。暗点检、离痕欢唾，尚染鲛绡，亸凤迷归，破鸾慵舞。殷勤待写，书中长恨，蓝霞辽海沉过雁，漫相思、弹入哀筝柱。伤心千里江南，怨曲重招，断魂在否。

按梦窗词，以绵丽为尚，运意深远，用笔幽邃，炼字炼句，迥不犹人。貌观之，雕缋满眼，而实有灵气行乎其间，细心吟绎，觉味美于方回，引人入胜，既不病其晦涩，亦不见其堆垛。此与清真、梅溪、白石，并为词学之正宗，一脉真传，特稍变其面目耳。犹之玉溪生之诗，藻采组织，而神韵流转，旨趣永长，未可妄讥其獭祭也。昔人评骘，多有未当，即如尹惟晓以梦窗并清真，不知置东坡、少游、方回、白石等于何地，誉之未免溢量。至沈伯时谓其太晦，其实梦窗才情超逸，何尝沉晦？梦窗长处，正在超逸之中，见沉郁之思，乌得转以沉郁为晦耶？若叔夏七宝楼台之喻，亦所未解。窃谓东坡《水调歌头》，介甫《桂枝香》有此弊病，至梦窗词，合观通篇，固多警策，即分摘数语，亦自入妙，何尝不成片段耶？张皋文《词选》，独不收梦窗词，而以苏、辛为正声，此门户之见，乃以梦窗与耆卿、山谷、改之辈同列，此真不知梦窗也。董氏《续词选》，只取梦窗《唐多令》《忆旧游》两篇。此二篇绝非梦窗高诣，《唐多令》一篇，几于油腔滑调，在梦窗集中最属下乘，《续选》独取此两篇，岂故收其下者，以实皋文之言耶？谬矣。

梦窗精于造句，超逸处则仙骨珊珊，洗脱凡艳；幽索处则孤怀耿耿，别缔古欢。如《高阳台》"落梅"云："宫粉雕痕，仙云堕影，无人野水荒湾。古石埋香，金沙锁骨连环。南楼不恨吹横笛，恨晓风、千里关山。半飘零，庭院黄昏，月冷阑干。"又云："细雨归鸿，孤山无限春寒。"《瑞鹤仙》云："断柳凄花，似曾相识，西风破扇。林卜路，水边石。"《祝英台近》"除夜立春"云："剪红情，裁绿意，花信上钗股。残日东风，不放岁华去。"又"春日客龟溪游废园"云："绿暗长亭，归梦趁风絮。"《水龙吟》"惠山酌泉"云："艳阳不到青山，淡烟冷翠成秋苑。"《满江红》"淀山湖"云："对两蛾犹锁，怨绿烟中。秋色未教飞尽雁，夕阳长是坠疏钟。"《点绛唇》"试灯夜初晴"云："情如水，小楼薰被，春梦笙歌里。"又云："征衫贮，旧寒一缕，泪湿风帘絮。"《八声甘州》"游灵岩"云："箭径酸风射眼，腻水染花腥。"又云："连呼酒，上琴台去，秋与云平。"俱能超妙入神。

（七）周密　字公谨，号草窗，济南人，流寓吴兴，居弁山。自号弁阳啸翁，又号萧斋，又号四水潜夫。淳祐中为义乌令。有《蜡屐集》《草窗词》二卷，一名《蘋洲渔笛谱》。录词一首：

曲游春

禁苑东风外，飏暖丝晴絮，春思如织。燕约莺期，恼芳情、偏在翠深红隙。漠漠香尘隔。沸十里、乱丝丛笛。看画船、尽入西泠，闲却半湖春色。　柳陌，新烟凝碧。映帘底宫眉，堤上游勒。轻暝笼烟，怕梨云梦冷，杏香愁幂。歌管酬寒食，奈蝶怨、良宵岑寂。正恁醉月摇花，怎生去得。

按草窗词，尽洗靡曼，独标清丽，有葱蒨之色，有绵渺之思，与梦窗旨趣相侔。二窗并称，允矣无忝。其于词律，亦极严谨。盖交游甚广，深得切劘之益。如集中所称霞翁，乃杨守斋也。守斋名缵，字继翁，又号紫霞翁，善弹琴，明宫调词法。周美成有《紫霞洞箫谱》，尝著《作词五要》，于填词按谱，随律押韵二条详言之，守律甚细，一字不苟作。草窗与之交，宜其词律之细矣。观其《一萼红》"登蓬莱阁有感"一阕，苍茫感慨，情见乎词，当为草窗集中压卷。虽使美成、白石为之，亦无以过，惜不多觏耳。词云："步深幽，正云黄天淡，雪意未全休。鉴曲寒沙，茂林烟草，俯仰今古悠悠。岁华晚、飘零渐远，谁念我、同载五湖舟。磴古松斜，厓阴苔老，一片清愁。　回首天涯归梦，几魂飞西浦,泪洒东州。故国山川,故园心眼,还似王粲登楼。最负他、秦鬟妆镜,好江山、何事此时游。为唤狂吟老监,共赋销忧。"又《法曲献仙音》"吊雪香亭梅"云:"一片古今愁,但废绿、平烟空远。无语消魂,对斜阳、衰草泪满。又西泠残笛,低送数声春怨。"即杜诗"回首可怜歌舞地"之意,以词发之,更觉凄惋。《水龙吟》"白莲"云:"擎露盘深,忆君凉夜,时倾铅水。想鸳鸯正结,梨云好梦,西风冷,还惊起。"词意兼胜,似此亦不亚碧山也。

上七家皆南宋词坛领袖,历百世不祧者也。其他潜研音吕,敷陈华藻,正不乏人。复择其著者,附录之,得十四家。

(1)陆游 字务观,山阴人。以荫补登仕郎,隆兴初,赐进士出身。范成大帅蜀,为参议官。人讥其颓放,因自号放翁。有《剑南集》,词二卷。录《水龙吟·春日游摩诃池》一首:"摩诃池上追游路,红绿参差春晚。韶光妍媚,海棠如醉,桃花欲暖。挑菜初闲,禁烟将近,一城丝管。看金鞍争道,香车飞盖,争先占,新亭馆。惆怅年华暗换,黯消魂、雨收云散。镜奁掩月,钗梁拆凤,秦筝斜雁。身在天涯,乱山孤垒,危楼飞观。叹春来只有,杨花和恨,向东风满。"

刘潜夫云:"放翁、稼轩,一扫纤艳,不事斧凿,但时时掉书袋,要是一癖。"余谓务观与稼轩,不可并列。放翁豪放处不多,今传诵最著者,如《双头莲》《鹊桥仙》《真珠帘》等,字字馨逸,与稼轩大不相同。至《南园》一记,蒙垢今古,《钗头》别凤,寄慨家庭。平生家国间,真有隐痛矣。

(2)张孝祥 字安国,历阳人。绍兴二十四年,廷试第一,历官至显谟阁直学士。有《于湖词》一卷。录《念奴娇·过洞庭》一首:"洞庭青草,近中秋、更无一点风色。玉界琼田三万顷,着我扁舟一叶。素月分辉,明河共影,表里俱澄澈。悠然心会,妙处难与君说。

应念岭表经年，孤光自照，肝胆皆冰雪。短鬓萧疏襟袖冷，稳泛沧溟空阔。尽吸西江，细斟北斗，万象为宾客。叩舷独啸，不知今夕何夕。"

此作《绝妙好词》冠诸简端，其气象固是豪雄，惟用韵不甚合耳。于湖他作，如《西江月》之"东风吹我过湖船，杨柳丝丝拂面"，《满江红》之"点点不离杨柳外，声声只在芭蕉里"，皆俊妙可喜。陈郡汤衡序《于湖词》云："元祐诸公，嬉弄乐府，寓以诗人句法，无一毫浮靡之气，实自东坡发之也。于湖紫微张公之词，同一关键。"以于湖并东坡，论亦不误，惟才气较薄弱耳。

（3）陈亮　字同甫，婺州人。绍熙四年，擢进士第一。有《龙川集》，词三卷。录《水龙吟》一首："闹红深处层楼，画帘半卷东风软。春归翠陌，平莎茸嫩，垂杨金浅。迟日催花，淡云阁雨，轻寒轻暖。恨芳菲世界，游人未赏，都付与莺和燕。　寂寞凭高念远，向南楼、一声归雁。金钗斗草，青丝勒马，风流云散。罗绶分香，翠绡封泪，几多幽怨。正消魂、又是疏烟淡月，子规声断。"

叶水心云："同甫长短句四卷，每一章成，辄自叹曰：平生经济之怀，略已陈矣。"周草窗云："龙川好谈天下大略，以节气自居，而词亦疏宕有致。"毛子晋云："龙川词读至卷终，不作一妖语媚语，殆所称不受人怜者欤？"余谓龙川与幼安，往来至密，集中《贺新郎》三首，足见气谊，故词境亦近之，而如此作，又复幽秀妍丽，能者固无所不能也。

（4）刘过　字改之，太和人。尝伏阙上书，请光宗过宫，复以书抵时宰，陈恢复方略，不报，放浪湖海间。有《龙洲词》一卷。录《沁园春·寄辛稼轩》一首："古岂无人可以似吾，稼轩者谁。拥七州都督，虽然陶侃，机明神鉴，未必能诗。常衮何如，公羊聊尔，千骑东方候会稽。中原事，总匈奴未灭，毕竟男儿。　平生出处天知，算整顿乾坤终有时。问湖南宾客，侵寻去矣，江西户口，流落何之。尽日楼台，四边屏障，目断江山魂欲飞。长安道，算世无刘表，王粲畴依。"

改之词学幼安，而横放杰出，尤较幼安过之，叫嚣之风，于此开矣。黄花庵云："如'别妾'《天仙子》、'咏画眉'《小桃红》诸阕，稼轩集中能有此纤秀语耶？"毛子晋又述此语为改之辩护。余以为改之诸作，如"美人指甲""美人足"，虽传述人口，实是秽亵，不足为法，至豪迈处又一放不可收。盖学幼安而不从沉郁二字着力，终无是处也。集中《沁园春》至多，"斗酒彘肩"一首尤著名，亦谰语耳。细检一过，惟《贺新郎》"老去相如"一阕，是其最胜者矣。

（5）卢祖皋　字申之，永嘉人，与四灵相唱和，盛称江湖间。庆元五年进士，为军器少监，嘉定十四年，擢直学士。有《蒲江词》。录《水龙吟·淮西重午》一首："会昌湖上扁舟，几年不醉西山路。流光又是，宫衣初试，安榴半吐。千里江山，满川烟草，薰风淮楚。念离骚恨远，独醒人去，阑干外、谁怀古。　亦有鱼龙戏舞，艳晴川、绮罗歌鼓。乡情节意，尊前同是，天涯羁旅。涨绿池塘，翠阴庭院，归期无据。问明年此夜，一眉新月，照人何处。"

蒲江词仅二十五阕，而佳者颇多，如《贺新郎》之"钓雪亭"、《倦寻芳》之"春思"、《西江月》之"中春"、《清平乐》之"春恨"，字字工协。毛子晋谓其有古乐府佳句，犹在字句间求之。论其词境，可与玉田、草窗并美云。

（6）高观国　字宾王，山阴人。有《竹屋痴语》一卷。录《解连环·春水》一首："浪摇新绿。漫芳洲翠渚，雨痕初足。荡霁色、流入横塘，看风外漪漪，皱纹如縠。藻荇萦回，似留恋、鸳飞鸥浴。爱娇云蘸色，媚日挼蓝，远迷心目。　仙源漾舟岸曲。照芳容几树，香浮红玉。记那回、西泠桥边，裙翠传情，玉纤轻掬。三十六陂，锦鳞渺、芳音难续。隔垂杨、故人望断,浸愁万斛。"

宾王与梅溪交谊颇挚,词亦各有长处。集中如《贺新郎》之"赋梅"、《喜迁莺》之"秋怀"、《花心动》之"梅意"、《解连环》之"咏柳"、《瑞鹤仙》之"笻枝",皆情意悱恻,得少游之意。陈恺序其词云:"高竹屋与史梅溪皆出周、秦之词,所作要是不经人道语,其妙处,少游、美成亦未及也。"此论虽推崇过当,惟以竹屋为周、秦之词,是确有见地。大抵南宋以来,如放翁,如于湖,则学东坡;如龙川,如龙洲,则学稼轩;至蒲江、宾王辈,以江湖叫嚣之习,非倚声家所宜,遂瓣香周、秦,而词境亦闲适矣。诸家造诣,固有不同,论其大概,不外乎此。

(7)张辑 字宗瑞,号东泽,鄱阳人,冯深居目为东仙。有《欸乃集》《东泽绮语债》二卷。录《疏帘淡月》一首:"梧桐雨细,渐滴做秋声,被风惊碎。润逼衣篝,线袅蕙炉沉水。悠悠岁月天涯醉,一分秋、一分憔悴。紫箫吹断,素笺恨切,夜寒鸿起。 又何苦、凄凉客里,负草堂春绿,竹溪空翠。落叶西风,吹老几番尘世。从前谙尽江湖味,听商歌、归兴千里。露侵宿酒,疏帘淡月,照人无寐。"

东泽得诗法于姜尧章,词亦学之,但少尧章清刚之气耳。集中词共二十三首,皆摘取词中语标作牌名,与方回《寓声》正同。顾贺、张二家则可,今人则万不能学也。诸作中亦有效苏、辛者,如《貂裘换酒》(即《贺新郎》)"乙未冬别冯可久",《淮甸春》(即《念奴娇》)"访淮海事迹",《东仙》(即《沁园春》)"冯可迁号余为东仙,故赋",皆雄健可喜,不似《疏帘淡月》之婉约矣。惟《杏梁燕》(即《解连环》)则与"梧桐雨细"情韵相类,盖东泽能融合豪放婉丽为一也。

(8)刘克庄 字潜夫,号后村,莆田人。以荫仕,淳祐中赐同进士出身，官至龙图阁直学士。有《后村别调》一卷。录《满江红》一首："赤日黄埃，梦不到、清溪翠麓。空健羡、君家别墅，几株幽独。骨冷肌清偏要月，天寒日暮尤宜竹。想主人、杖履绕千回，山南北。　宁委涧，嫌金屋。宁映水，羞银烛。叹出群风韵，背时装束。竞爱东邻姬傅粉，谁怜空谷人如玉。笑林逋、何逊漫为诗，无人读。"

《后村别调》，张叔夏谓直致近俗，乃效稼轩而不及者，洵然。集中《沁园春》二十五首，《念奴娇》十九首，《贺新郎》四十二首，《满江红》三十一首，可云多矣，而奔放跅弛，殊无含蕴。且寿人自寿诸作，触目皆是，词品实不高也。《古今词话》以《清平乐》"贪与萧郎眉语，不知舞错伊州"二句为妙语，亦不过聪俊人口吻，非词家之极则。惟《南岳》一稿，几兴大狱，诏禁作诗，词学遂盛，此则于倚声家颇有关系。今读"访梅"绝句，虽可发一粲，而当时禁网可知矣。（后村《贺新郎》云："君向柳边花底问，看贞元、朝士谁存者。桃满观，几开谢。"又云："老子平生无他过，为梅花、受取风流罪。"皆为《江湖集》狱而发。）

（9）蒋捷　字胜欲，阳羡人。德祐进士，自号竹山，遁迹不出。有《竹山词》。录《高阳台·送翠英》一首："燕卷晴丝，蜂黏落絮，天教绾住闲愁。闲里清明，匆匆粉涩红羞。灯摇缥缈茸窗冷，语未阑、娥影分收。好伤春，春也难留，人也难留。　芳尘满目悠悠。问紫云佩响，还绕谁楼。别酒才斟，从前心事都休。飞莺纵有风吹转，奈旧家苑已成秋。莫思量，杨柳湾西，且棹吟舟。"

竹山词亦有警策处，如《贺新郎》之"浪涌孤亭起""梦冷黄金屋"二首，确有气度。竹垞《词综》推为南宋一家，且谓源出白石，亦非无见。惟其学稼轩处，则叫嚣奔放，与后村同病。如《水龙吟》"落梅"一首，通体用些字韵，无谓之至。《沁园春》云："若有人寻，只教童道，这屋主人今自居。"又次强云卿韵云："结算平生，风流债负，请一笔勾。盖攻性之兵，花围锦阵，毒身之鸩，笑齿歌喉。"又云："迷因底叹，晴干不去，待雨淋头。"《念奴娇》"寿薛稼堂"云："进退行藏，此时正要，一着高天下。"又云："自古达官酣富贵，往往遭人描画。"《贺新郎》"钱狂士"云："据我看来何所似，一任韩家五鬼，又一似、杨家风子。"此等处令人绝倒，学稼轩至此，真属下下乘矣。大抵后村、竹山未尝无笔力，而风骨气度，全不讲究，是心余、板桥辈所祖，乃词中左道。有志复古者，当从梅溪、碧山用力也。

（10）陈允平　字君衡，四明人。有《日湖渔唱》二卷、《继周集》一卷。录《酹江月》一首："霁空虹雨，傍啼螀莎草，宿鹭汀洲。隔岸人家砧杵急，微寒先到帘钩。步幄尘高，征衫酒润，谁暖玉香篝。风灯微暗，夜长频换更筹。　应是雁柱调筝，鸳梭织锦，付与两眉愁。不似尊前今夜月，几度同上南楼。红叶无情，黄花有恨，孤负十分秋。归心如醉，梦魂飞趁东流。"

张叔夏云："词欲雅而正，志之所之。一为情所役，则失其雅正之音。近代陈西麓所作平正，亦有佳者。"夫平正则难见其佳，平正而有佳者，乃真佳也。其词取法清真，刻意摹效，《继周》一集，皆和周韵，多至百二十一首。（《继周集》共词百二十三首，和周韵者百二十一首，惟《过秦楼》前一首，《琴调相思引》，并非周韵。疑宋本《片玉词》别有存此二首者也。）其倾倒美成，可与方千里、杨泽民并传。然其面目，并不十分相似。此即脱胎法，可见古人用力之方矣。集中诸词，喜改平韵，如《绛都春》《永遇乐》及此词，别具幽秀之致，亦白石法也。"西湖十咏"，多感时之语，时时寄托，忠厚和平，真可亚于中仙，非草窗所可及。其词作于景定癸亥岁，阅十余年宋亡矣。是故读西麓词，一切流荡忘返之失，自然化去耳。

（11）施岳　字仲山，号梅川，吴人。其词无专集。录《曲游春·清明湖上》一首："画舸西泠路，占柳阴花影，芳意如织。小楫冲波，度麹尘扇底，粉香帘隙。岸转斜阳隔，又过尽别船箫笛。傍断桥、翠绕红围，相对半篙晴色。　顷刻，千山暮碧。向沽酒楼前，犹系金勒。乘月归来，正梨花夜缟，海棠烟幂。院宇明寒食，醉乍醒一庭春寂。任满身、露湿东风，欲眠未得。"

梅川词见于《绝妙好词》者，止有六首。其词亦法清真，如《水龙吟》《兰陵王》二作可知也。此清明词，盖与草窗同作者。草窗和词有"看画船、尽入西泠，闲却半湖春色"之句，为一时传诵。此云"相对半篙晴色"，可云工力悉敌。《西湖游幸记》云："西湖，杭人无时不游。凡缔姻赛社，会亲送葬，经会献神，无不在焉。故杭谚有销金锅之号。"观草窗、梅川二词，可见盛况矣。沈义甫云："梅川音律有源流，故其声无舛误。读唐诗多，故语雅淡。"此数语论梅川至当。

（12）孙惟信　字季蕃，号花翁，开封人。尝有官，弃去不仕。录《烛影摇红·牡丹》一首："一朵鞓红，宝钗压鬓东风溜。年时也是牡丹时，相见花边酒。初试夹纱半袖，与花枝、盈盈斗秀。对花临景，为景牵情，因花感旧。　题叶无凭，曲沟流水空回首。梦云不到小山屏，真个欢难偶。别后知他安否，软红街、清明还又。絮飞春尽，天远书沉，日长人瘦。"

花翁集今不传，其词仅见《绝妙好词》所录五首而已。刘后村《花翁墓志》云："始昏于婺，后去婺游，留苏杭最久。一榻之外无长物，躬爨而食，书无乞米之帖，文无逐贫之赋，终其身如此。"是花翁平生亦略见矣。沈伯时云："孙花翁有好词，亦善运意，但雅正中时有一二市井语。"余谓翁集既佚，无可评骘，就弁阳所录，固无此病也。

（13）李清照　自号易安居士，济南人。格非女，赵明诚妻。有

《漱玉集》。录《壶中天》一首："萧条庭院，又斜风细雨，重门须闭。宠柳娇花寒食近，种种恼人天气。险韵诗成，扶头酒醒，别是闲滋味。征鸿过尽，万千心事谁寄。　楼上几日春寒，帘垂四面，玉阑干慵倚。被冷香消新梦觉，不许愁人不起。清露晨梳，新桐初引，多少游春意。日高烟敛，更看今日晴未。"

易安词最传人口者，如《如梦令》之"绿肥红瘦"，《一剪梅》之"红藕香残"，《醉花阴》之"帘卷西风"，《凤凰台》之"香冷金猊"，世皆谓绝妙好词也。其《声声慢》一首，尤为罗大经、张端义所激赏。其实此词收二语，颇有伧气，非易安集中最胜者。大抵易安诸作，能疏俊而少沉着，即如《永遇乐》"元宵"词，人咸谓绝佳，此词感怀京洛，须有沉痛语方佳。词中如"如今憔悴，风鬟雾鬓，怕向花间重去"，固是佳语，而上下文皆不称。上云："铺翠冠儿，撚金雪柳，簇带争济楚。"下云："不如向帘儿底下，听人笑语。"皆太质率，明者自能辨之。惟其论词语绝精，因摘录之。其言曰："本朝柳屯田永，变旧声作新声，出《乐章集》，大得声称于世，虽协音律，而词语尘下。又有张子野、宋子京兄弟，沈唐、元绛、晁次膺辈继出，虽时时有妙语，而破碎何足名家。至晏丞相、欧阳永叔、苏子瞻，学际天人，作为小歌词，直如酌蠡水于大海，然皆句读不茸之诗耳，又往往不协音律。（中略）王介甫、曾子固文章似西汉，若作小歌词，则人必绝倒，不可读也。乃知词别是一家，知之者少。后晏叔原、贺方回、黄鲁直出，始能知之。而晏苦无铺叙，贺苦少典重。秦少游专主情致，而少故实，譬如贫家美女，虽极妍丽丰逸，而终乏富贵态。黄即尚故实，而多疵病，譬如良玉有瑕，价自减半矣。"其讥弹前辈，能切中其病，世不以为刻论也。至玉壶献金之疑，汝舟改嫁之谬，俞理初、陆刚甫、李莼客辈论之详矣，不赘述。

（14）朱淑真　自号幽栖居士，钱塘人，世居姚村，不得志殁。宛陵魏仲恭辑其诗，名《断肠集》。录《清平乐》一首："恼烟撩露，留我须臾住。携手藕花湖上路，一霎黄梅细雨。　娇痴不怕人猜，随群暂遣愁怀。最是分携时候，归来懒傍妆台。"

居士《生查子》一词，为升庵诬谤，今已大白于世，无庸赘论矣。余按《断肠词》止三十一首，且非全真，安得魏端礼原辑，及稽瑞楼注本，重付校雠也？就此三十一首中论之，如《菩萨蛮》之"湿云不度"，《忆秦娥》之"弯弯曲"，《柳梢青》之"玉骨冰肌"，《蝶恋花》之"楼外垂杨"，皆谐婉可诵。朱文公谓本朝妇人能文者，唯魏夫人及李易安，而不及淑真。今魏夫人词，仅有《菩萨蛮》一首，无可评论。而淑真尚存数十首，足资研讨，余故录以为殿焉。

上十四家，南宋词之著者略具矣。竹山、后村，仍复论列者，盖以见苏、辛词，实不可学，虽宋人且不能佳也。至南宋词人之盛，实多不胜数，讲学家如朱元晦、胡澹庵辈，亦有小词流传。（朱有《水调歌头》，胡有《醉落魄》。）大臣如真德秀、魏了翁、周必大等，又各有乐府名世。（真有《蝶恋花》，魏有《寿词》一卷，周有《省斋近体乐府》。）缁流如仲殊、祖可，羽流如葛长庚、丘长春，所作亦冲雅俊迈。（仲殊有《诉衷情》，祖可有《小重山》，长庚有《酹江月》，长春有《无俗念》。）名妓如苏琼、严蕊，复通词翰，斯已奇矣。（苏有《西江月》，严有《卜算子》《鹊桥仙》等。）至《词苑丛谈》载，李全之子瓛《水龙吟》一首，有"投笔书怀，枕戈待旦，陇西年少"之语，是绿林之豪，亦知柔翰，更不胜胪举也。余故约略论之，聊疏流别而已。

第八章　概论三　金元

前述唐五代两宋人之作，为词学极盛之期，自是而后，此道衰矣。金元诸家，惟吴、蔡、遗山为正，余皆略事声歌，无当雅奏。元人以北词见长，文人心力，仅注意于杂剧。且有以词入曲者，虽有疏斋、仁近、蜕岩诸子，亦非专家之业也。今综金元二代略论之。

第一　金人词略

完颜一朝，立国浅陋，金宋分界，习尚不同。程学行于南，苏学行于北，一时文物，亦未谓无人。惟前为宋所掩，后为元所压，遂使豪俊无闻，学术未显，识者惜之。然而《中州》一编，悉金源之文献；《归潜》十卷，实艺苑之掌故，稽古者所珍重焉。至论词学，北方较衰，杂剧挡弹盛行，而雅词几废。间有操翰倚声，亦目为习诗余技，远非两宋可比也。综其传作言之，风雅之始，端推海陵，"南征"之作，豪迈无及。章宗颖悟，亦多题咏，"聚骨扇"词，一时绝唱。密国公璹，才调尤富，《如庵小稿》，存词百首，宗室才望，此其选矣。至若吴、蔡体行，词风始正，于是黄华、玉峰、稷山二妙，诸家并起，而大集其成，实在《遗山乐府》所集三十六家。知人论世，金人小史也，因就裕之所录，略志如下。

（一）章宗　金史称帝天资聪悟，《归潜志》亦云诗词多有可称者，并纪其《宫中绝句》、《命翰林待制朱澜侍夜饮》诗、《擘橙为软金杯》词，皆清逸可诵。要未若"聚骨扇"词之胜也。词云：

蝶恋花　聚骨扇

几股湘江龙骨瘦。巧样翻腾，叠作湘波绉。金缕小钿花草斗，翠绦更结同心扣。　金殿日长承宴久。□□招来，暂喜清风透。忽听传宣须急奏，轻轻褪入香罗袖。

帝词仅见此首，虽为赋物，而雅炼不苟。自来宸翰，率多俚鄙，似此寡矣。他如《铁券行》《送张建致仕归》《吊王庭筠》诸作，今皆不可见。《飞龙记》亦不存。

（二）密国公璹　字仲宝，一字子瑜，世宗之孙，越王允常子。自号樗轩居士。著有《如庵小稿》。录《沁园春》词一首：

壮岁耽书，黄卷青灯，留连寸阴。到中年赢得，清贫更甚；苍颜明镜，白发轻簪。衲被蒙头，草鞋着脚，风雨萧萧秋意深。凄凉否？瓶中匮粟，指下忘琴。　一篇《梁父》高吟，看谷变陵迁古又今。便《离骚》经了，《灵光》赋就；行歌白雪，愈少知音。试问先生，如何即是，布袖长垂不上襟。掀髯笑，一杯有味，万事无心。

公词今止存七首，为《朝中措》《春草碧》《青玉案》《秦楼月》《西江月》《临江仙》及此词也。宣宗南渡，防忌同宗，亲王皆有门禁。公以开府仪同三司，奉朝请家居，止以讲诵吟咏为乐，潜与士大夫唱酬，然不敢彰露，其遭遇亦有可悲者。观其《西江月》云："一百八般佛事，二十四考中书。山林朝市等区区。着甚来由自苦。"《临江仙》云："醉向繁台台上问，满川细柳新荷。"及此词"谷变陵迁古又今"，盖心中有难言之隐也。天兴初，北兵犯河南，公已卧疾，尝语人曰："敌势如此，不能支，止可以降，全吾祖宗。且本边塞，如得完颜氏一族归我国中，使女真不灭，则善矣，余复何望？"其言至沉痛也。公喜与文士游，一时学子如雷希颜、元裕之、李长源、王飞伯，皆游其门。飞伯尝有诗云："宣平坊里榆林巷，便是临淄公子家。寂寞华堂豪贵少，时容词客听琵琶。"一时以为实录。刘君叔亦云："其举止谈笑，真一老儒，殊无骄贵之态。"则其风度可思矣。

（三）吴激　激字彦高，建州人，宋宰相栻子，米芾婿。使金，留不遣，官翰林待制。皇统初，出知深州。卒。有《东山集》，词一卷。录《风流子》一首，盖感旧作也。

> 书剑忆游梁。当时事，底处不堪伤。念兰楫嫩漪，向吴南浦，杏花微雨，窥宋东墙。凤城外、燕随青步障，丝惹紫游缰。曲水古今，禁烟前后，暮云楼阁，春草池塘。　回首断人肠。流年去如电，镜鬟成霜。独有蚁尊陶写，蝶梦悠扬。听出塞琵琶，风沙淅沥，寄书鸿雁，烟月微茫。不似海门潮信，犹到浔阳。

按"游梁"云云，即指使金事，故有寄书鸿雁，潮信浔阳之语。盖亦故国之思也。彦高以《人月圆》一词得盛名，见《中州乐府》。先是，宇文叔通主文盟，视彦高为后进，止呼为小吴。会饮酒间有一妇人，宋宗室子流落。诸公感叹，皆作乐章一阕。宇文作《念奴娇》

有云:"宗室家姬,陈王幼女,曾嫁钦慈族。干戈浩荡,事随天地翻覆。"次及彦高,彦高作《人月圆》词云:"南朝千古伤心事,犹唱后庭花。旧时王谢,堂前燕子,飞向谁家。恍然一梦,仙肌胜雪,宫鬓堆鸦。江州司马,青衫泪湿,同是天涯。"虚中览之,大惊,自后人求乐府者,叔通即云:"吴郎近以乐府名天下,可径求之。"余谓彦高词,篇数不多,皆精美尽善。虽多用前人语,而点缀殊自然也。

(四)蔡松年　松年字伯坚,真定人。累官至吏部尚书,参知政事。卒。封吴国公。著有《萧闲公集》。词名《明秀集》,见四印斋刻本,已残矣。录《石州慢》一首:

云海蓬莱,风鬟雾鬓,不假梳掠。仙衣卷尽云霓,方见宫腰纤弱。心期得处,世间言语非真,海犀一点通寥廓。无物比情浓,觅无情相博。　离索。晓来一枕余香,酒病赖花医却。滟滟金尊,收拾新愁重酌。片帆云影,载将无际关山,梦魂应被杨花觉。梅子雨疏疏,满江干楼阁。

按此词为高丽使还日作。故事,上国使至,设有伎乐,此首即为伎作也。《明秀集》今止见残本,惟目录尚全(见四印斋刊词)。此词止载《中州乐府》而已。余尝考元以北散套见长,而杨朝英《阳春白雪》集,别有大乐一阕,以东坡《念奴娇》、无名氏《蝶恋花》、晏叔原《鹧鸪天》、邓千江《望海潮》、吴彦高《春草碧》、辛稼轩《摸鱼子》、柳耆卿《雨霖铃》、朱淑真《生查子》、张子野《天仙子》及伯坚此词实之。盖当时此词,固盛传歌者之口也。元人杂剧有《蔡儵闲醉写石州慢》,当即演此事。今虽不传,而其词之声价可知矣。伯坚他词尚富,《中州乐府》选十二首,多有四印斋刊本中未见者。

（五）刘仲尹　仲尹字致君，辽阳人。正隆中进士，以潞州节度副使召为都水监丞。有《龙山集》。录《鹧鸪天》四首：

满树西风锁建章，官黄未里贡前霜（句疑有误字）。谁能载酒陪花使，终日寻香过苑墙。　修月客，弄云娘，三吴清兴入琳琅。草堂人病风流减，自洗铜瓶煮蜜尝。（其一）

骑鹤峰前第一人，不应着意怨王孙。当年艳态题诗处，好在香痕与泪痕。　调雁柱，引蛾颦，绿窗弦管合筝篆。砌台歌舞阳春后，明月朱扉几断魂。（其二）

楼宇沉沉翠几重，辘轳亭下落梧桐。川光带晚虹垂雨，树影涵秋鹊唤风。　人不见，思何穷，断肠今古夕阳中。碧云犹作山头恨，一片西飞一片东。（其三）

璧月池南剪木犀，六朝宫袖窄中宜。新声麽巧蛾颦黛，纤指移篆雁着丝。　朱户小，画帘低，细香轻梦隔涪溪。西风只道悲秋瘦，却是西风未得知。（其四）

按《中州乐府》录龙山作十一首，而《词综》仅选其二。遗山选择至严，此十一首，无一草草，不知竹垞如何去取也。致君为李钦叔外祖，少擢第，终管义军节度副使。能诗，学江西诸公。其《墨梅》《梅影》二诗，尤为人称重，世人知者鲜矣。

（六）王庭筠　字子端，熊岳人。大定中登第，官至翰林修撰。晚年卜居黄华山，自称黄华老人。《中州乐府》录词十二首。子端词无

集,止以元选为准。录一首:

百字令　癸巳莫冬小雪家集作

山堂溪色,满疏篱寒雀,烟横高树。小雪轻盈如解舞,故故穿帘入户。扫地烧香,团圆一笑,不道因风絮。冰澌生砚,问谁先得佳句。　有梦不到长安,此心安稳,只有归耕去。试问雪溪无恙否,十里淇园佳处。修竹林边,寒梅树底,准拟全家住。柴门新月,小桥谁扫归路。

按黄华得名最早,赵闲闲曾赋赠一诗云:"寄语雪溪王处士,年来多病复何如。浮云世态纷纷变,秋草人情日日疏。李白一杯人影月,郑虔三绝画诗书。情知不得文章力,乞与黄华作隐居。"时闲闲尚未有盛名,由是益著称也。

(七) 赵可　字献之,高平人。贞元二年进士,仕至翰林直学士。有《玉峰散人》集。

蓦山溪　赋崇福荷花,崇福在太原晋溪

云房西下,天共沧波远。走马记狂游,正芙蕖、平铺镜面。浮空阑槛,招我倒芳尊,看花醉,把花归,扶路清香满。　水枫旧曲,应逐歌尘散。时节又新凉,料开遍、横湖清浅。冰姿好在,莫道总无情,残月下,晓风前,有恨何人见。

按献之少时赴举,及御试《王业艰难赋》,程文毕于席屋上戏书小词云:"赵可可,肚里文章可可。二场捱了两场过,只有这番解火。　恰如合眼跳黄河,知他是过也不过。试官道、王业艰难,好交

你知我。"时海陵御文明殿，望见之，使左右趣录以来。有旨谕考官，此人中否，当奏之。已而中选，不然，亦有异恩矣。后仕世宗朝，为翰林修撰。因夜览《太宗神射碑》，反覆数四。明日，会世宗亲飨庙，立碑下，召学士院官读之。适有可在，音吐鸿畅，如宿习然。世宗异之，数日迁待制。及册章宗为皇太孙，适可当笔，有云："念天下大器，可不正其本欤？而世嫡皇孙所谓无以易者。"人皆称之。后章宗即位，偶问向者册文谁为之，左右以可对，即擢直学士。可少轻俊，尤工乐章，有《玉峰集》行世。晚年奉使高丽，故事，上国使至馆中，例有侍伎。献之作《望海潮》以赠，为世所传诵，与蔡伯坚后先辉映。惟蔡之"宫腰纤弱"，与赵之"离觞草草"，皆不免为人疵议也。

（八）刘迎　字无党，东莱人。大定中进士，除豳王府记室，改太子司经。有诗文集，乐府号《山林长语》。

乌夜啼

离恨远萦杨柳，梦魂常绕梨花。青衫记得章台月，归路玉鞭斜。　翠镜啼痕印袖，红墙醉墨笼纱。相逢不尽平生事，春思入琵琶。

（九）韩玉　字温甫，北平人。擢第入翰林，为应奉文字，后为凤翔府判官。有《东浦词》。

贺新郎

柳外莺声醉。晚晴天、东风力软，嫩寒初退。花底觅春春已去，时见乱红飞坠。又闲傍、阑干十二。阑外青山烟缥缈，远连空、愁与眉峰对。凝望处，两叠翠。　鸳鸯结带灵犀珮。绮屏深、香罗帐小，宝檠灯背。谁道彩云和梦断，青鸟阻寻后会。待都把、相思情缀。便做锦书难写恨，奈菱花、都见人憔悴。那更有，函枕泪。

按玉词，《中州乐府》所未见，仅见《词综》。尚有《感皇恩》一首，题作"广东与康伯可"，是玉曾南游者矣。词中有"故乡何在。梦寐草堂溪友"，又"老去生涯殢尊酒"，又"故人今夜月，相思否"之句。则玉殆由南入北者也。

（十）党怀英　字世杰，其先冯翊人，后居泰安。官翰林承旨。有《竹溪集》。

鹧鸪天

云步凌波小凤钩，年年星汉踏清秋。只缘巧极稀相见，底用人间乞巧楼。　　天外事，两悠悠，不应也作可怜愁。开帘放入窥窗月，且尽新凉睡美休。

按世杰得第，适值章宗即位之初。是时诏修辽史，世杰与郝俣同充纂修官。一时辽时碑铭墓志及诸家文集，或记辽事者，悉上送官。至泰和初，诏分纪、志、列传刊修官，世杰寻卒。人咸以不睹全史为恨。其后陈大任继成辽史，或不如世杰远矣。区区词曲，不足见其学也。

（十一）王渥　字仲泽，太原人。擢第，令宁陵，召为省掾。使宋回，为太学助教。天兴中，出援武仙。战殁。录词一首：

水龙吟　从商帅国器猎，同裕之赋

短衣匹马清秋，惯曾射虎南山下。西风白水，石鲸鳞甲，山川图画。千古神州，一时胜事，宾僚儒雅。快长堤万弩，平冈千骑，波涛卷，鱼龙夜。　落日孤城鼓角，笑归来长围初罢。风云惨淡，貔貅得意，旌旗闲暇。万里天河，更须一洗，中原兵马。看辚辇鸣咽，咸阳道左，拜西还驾。

按仲泽使宋至扬州，应对华敏，宋人重之。其擢第时，为奥屯邦献完颜斜烈所知，故多在兵间。后援武仙于郑州，盖从赤盏合喜道遇北兵，殁于军阵，时论惜之。湮性明俊不羁，博学无所不通，长于谈论，工尺牍，字画遒美，有晋人风。诗多佳句，其《过颍亭》云："九山西络烟霞去，一水南吞澜壑流。宾主唱酬空翠琰，干戈横绝自沧洲。"又《赠李道人》云："簿领沉迷嫌我俗，云山放浪觉君贤。"又《颍州西湖》云："破除北客三年恨，惭愧西湖五月春。"世人多称道之。

（十二）景覃　字伯仁，华阳人，自号渭滨野叟。录词一首：

天香

市远人稀，林深犬吠，山连水村幽寂。田里安闲，东邻西舍，准拟醉时欢适。社祈雩祷，有箫鼓喧天吹击。宿雨新晴，陇头闲看，露桑风麦。　无端短亭暮驿，恨连年此时行役。何似临流萧散，缓衣轻帻。炊黍烹鸡自劳，有脆绿甘红荐芳液。梦里春泉，糟床夜滴。

（十三）李献能　字钦叔，河中人。擢第，入翰林，为应奉文字，出为鄜州观察判官。再入，迁修撰。正大末，授河中帅府经历官。词不多作，录一首：

春草碧

紫箫吹破黄州月。簌簌小梅花,飘香雪。寂寞花底风鬟,颜色如花命如叶。千里浣兵尘,凌波袜。 心事鉴影鸾孤,筝弦雁绝。旧时雪堂人,今华发。肠断金缕新声,杯深不觉琉璃滑。醉梦绕南云,花上蝶。

按《金史》,李家故饶财,尽于贞祐之乱,在京师无以自资。其母素豪奢,厚于自奉,小不如意,则必诃谴。人视之殆不堪忧,献能处之自若也。钦叔为人眇小而黑色,颇多髯,善谈论,工诗,有志于风雅,又刻意乐章。在翰院,应机得体。赵闲闲、李屏山尝云:"李钦叔今世翰苑才。"故诸公荐之,不令出馆。词虽不多见,而气度风格,酷似秦少游。《中州乐府》又录其《江梅引》《浣溪沙》二首,卓然名手也。

(十四)赵秉文 字周臣,磁州人。擢第,入翰林,因言事外补。后再入馆,为修撰,转礼部郎中,又出典郡守。南渡后,为直学士,拜礼部尚书。自号闲闲居士。有《滏水集》。

水调歌头

四明有狂客,呼我谪仙人。俗缘千劫不尽,回首落红尘。我欲骑鲸归去,只恐神仙官府,嫌我醉时嗔。笑拍群仙手,几度梦中身。 倚长松,聊拂石,坐看云。忽然黑霓落手,醉舞紫毫春。寄语沧浪流水,曾识闲闲居士,好为濯冠巾。却返天台去,华发散麒麟。

按此词为公述志之作。公尝自拟苏子美,此词自序云:"昔拟栩仙人王云鹤赠余诗云：'寄与闲闲傲浪仙，枉随诗酒堕凡缘。黄尘遮断来时路，不到蓬山五百年。'其后玉龟山人云：'子前身赤城子也。'余因以诗记之云：'玉龟山下古仙真，许我天台一化身。拟折玉莲骑白鹤，他年沧海看扬尘。'吾友赵礼部庭玉说，丹阳子谓余再世苏子美也。赤城子则吾岂敢，若子美则庶几焉，尚愧词翰微不及耳。"据此则公之微尚可见矣。公幼年诗法王庭筠，晚则雄肆跌宕，魁然为一时文士领袖。金源一代，好奖励后进者，惟遗山与公而已。

（十五）辛愿　字敬之，福昌人，自号女几山人，又号溪南诗老。录词一首：

临江仙　河山亭留别钦叔、裕之

谁识虎头峰下客，少年有意功名。清朝无路到公卿。萧萧华屋，白发老诸生。　邂逅对床逢二妙，挥毫落纸堪惊。他年联袂上蓬瀛。春风莲烛，莫忘此时情。

按，敬之以诗名，《金史》入《隐逸传》。而此词"虎头功名""蓬瀛联袂"之句，是亦非忘情仕宦者。惟中年为人连诬，遂无远志耳。（《金史》：愿为河南府治中高廷玉客，廷玉为府尹温迪罕福兴所诬，愿亦被讯掠，几不得免。）平生不为科举计，且未尝至京师，俨然中州一逸士也。尝谓王郁曰："王侯将相，世所共嗜者，圣人有以得之，亦不避。得之不以道，与夫居之不能行己之志，是欲澡其身，而伏于厕也。"其志趣如此。《金史》录其诗，独取"黄绮暂来为汉友，巢由终不是唐臣"二语，以为真处士语，洵然。词则仅见此阕而已。

（十六）元好问　字裕之，秀容人。兴定五年进士，历官左司都事，转行尚书省，左司员外郎。金亡不仕。有《遗山乐府》。

迈陂塘　雁邱

问世间情是何物，直教生死相许。天南地北双飞客，老翅几回寒暑。欢乐趣，离别苦，就中更有痴儿女。君应有语。渺万里层云，千山暮雪，只影向谁去。　横汾路，寂寞当年箫鼓。荒烟依旧平楚。招魂楚些何嗟及，山鬼暗啼风雨。天也妒，未信与、莺儿燕子俱黄土，千秋万古。为留待骚人，狂歌痛饮，来访雁丘处。

按此词裕之自序云："太和五年乙丑岁，赴试并州，道逢捕雁者云：今日获一雁，杀之矣。其脱网者，悲鸣不能去，竟自投于地而死。余因买得之，葬之汾水之上。累石为识，号曰雁邱。"此词即遗山首唱也，诸人和者颇多。而裕之乐府，深得稼轩三昧。张叔夏云："遗山词深于用事，精于炼句，风流蕴藉处，不减周、秦。"余谓遗山竟是东坡后身，其高处酷似之，非稼轩所可及也。其乐府自序云："（客有谓予者云：）'子故言宋诗大概不及唐，而乐府歌词过之。此论殊然。乐府以来，东坡为第一，以后便到辛稼轩。此论亦然。东坡、稼轩即不论，且问遗山得意时，自视秦、晁、贺、晏诸人为何如'？予大笑，拊客背云：'那知许事，且哎蛤蜊。'"是遗山平昔之旨可见也。晚年尤以著作自任，以金源氏有天下，典章法度，庶几汉唐，国亡史作，己所当任。时金国实录，在顺天张万户家，乃言于张，愿为撰述。既而为乐夔所沮。好问曰："不可令一代之迹，泯而不传。"乃构亭于家，著述其上，因名曰野史。凡金源君臣遗言往行，采摭所闻，辄以寸纸细字为记，录至百余万言。其后纂修《金史》，多本其所著焉。是以遗山所作，辄多故国之思，如《木兰花》云："冰井犹残石甃，露盘已失金茎。"《石州慢》云："生平王粲，而今憔悴登楼，江山信美非吾土。"《鹧鸪天》云："三山宫阙空银海，万里风埃暗绮罗。"又云："旧时逆旅黄粱饭，今日田家白板扉。"又云："墓头不要征西字，元是中原一布衣。"皆可见其襟抱也。（邓千江《望海潮》一首，在当时负盛名。元人且以之入大曲，实则寻常语耳。尚不如龙洲"上郭殿帅"之《沁园春》也。）

第二　元人词略

元人以北词登场，而歌词之法遂废。其时作者，如许鲁斋之《满江红》，张弘范之《临江仙》，不过余技及之，非专家之业。即如刘太保之《干荷叶》，冯子振之《鹦鹉曲》，亦为北词小令，非真两宋人之词也。盖入元以来，词曲混而为一。（始自董《西厢》，如《醉落魄》《点绛唇》《哨遍》《沁园春》之类，皆取词名入曲。元人杂剧，仍之不变。）而词之谱法，存者无多，且有词名仍旧，而歌法全非者。是以作家不多，即作亦如长短句之诗，未必如两宋之可按管弦矣。至如解语花之歌《骤雨打新荷》，陈风仪之歌《一络索》，殊不可见也。总一朝论之，开国之初，若燕公楠、程钜夫、卢疏斋、杨西庵辈，偶及倚声，未扩门户；逮仇仁近振起于钱塘，此道遂盛。赵子昂、虞道园、萨雁门之徒，咸有文彩，而张仲举以绝尘之才，抱忧时之念，一身耆寿，亲见盛衰。故其词婉丽谐和，有南宋之旧格。论者谓其冠绝一时，非溢美也。其后如张埜、倪瓒、顾阿瑛、陶宗仪，又复赓续雅音，缠绵赠答。及邵复孺出，合白石、玉田之长，寄"烟柳斜阳"之感，其《扫花游》《兰陵王》诸作，尤近梦窗，殿步一朝，良无愧怍，此其大较也。爰分述之如下。

（一）燕公楠　字国材，江州人。至元初，辟赣州通判，累官至湖广行中书省右丞。

摸鱼儿　答程雪楼见寿

又浮生、平头六十，登楼怅望荆楚。出山小草成何事，闲却竹松烟雨。空自许，早摇落江潭，一似琅玕树。苍苍天路。漫伏枥心长，衔图志短，岁晏欲谁与。　梅花赋，飞堕高寒玉宇。铁肠还解情语。英雄操与君侯耳，过眼群儿谁数。霜鬓缕，只梦听、枝头翡翠催归去。清觞飞羽。且细酌盱泉，酣歌郢雪，风致美无度。

按公楠即芝庵先生也。芝庵有《唱论》行世，历论古帝王善音律者，自唐玄宗至金章宗，得五人。又谓近世大曲，为苏小小《蝶恋花》、邓千江《望海潮》等十词，陶宗仪《辍耕录》所载，即本芝庵旧说也。又论歌之格调、节奏、门户、题目等，皆当行语。又云"词山曲海，千生万熟，三千小令，四十大曲"，亦为明李中麓所本。盖公深通音律，故议论亲切不浮如是也。其词不多见，所著《五峰集》复不传。元人盛推刘太保、卢疏斋，盖就北曲言，非论词也。（刘秉忠有《三奠子》词，张弘范有《鹧鸪天》词，皆非当行语，不备录。）

（二）程钜夫　以字行，建昌人。仕世祖，官至翰林学士承旨，谥文宪。有《雪楼集》。

摸鱼子　次韵卢疏斋题岁寒亭

问疏斋、湘中朱凤，何如江上鹦鹉。波寒木落人千里，客里与谁同住。茅屋趣。吾自爱吾亭，更爱参天树。劳君为赋。渺雪雁南飞，云涛东下，岁晚欲何处。 疏斋老，意气经文纬武。平生握手相许。江南江北寻芳路，共看碧云来去。黄鹄举。记我度秦淮，君正临清句（原注：宣城水名）。歌声缓与。怕径竹能醒，庭花起舞，惊散夜来雨。

按钜夫宏才博学，被遇四朝，忠亮鲠直，为时名臣。所传《雪楼集》，春容大雅，有北宋馆阁余风。所作词不多，《词综》所录，尚有"寿燕五峰"《摸鱼儿》、"送王荩臣"《点绛唇》、"答西野使君"《清平乐》三首。

（三）杨果 字西庵，蒲阴人。金正大中进士。入元为北京宣抚使，出为淮孟路总管，谥文献。

摸鱼儿　同遗山赋雁邱

恨千年、雁飞汾水，秋风依旧兰渚。网罗惊破双栖梦，孤影乱翻波素。还碎羽。算古往今来，只有相思苦。朝朝暮暮。想塞北风沙，江南烟月，争忍自来去。 埋恨处。依约并州旧路。一邱寂寞寒雨。世间多少风流事，天也有心相妒。休说与。还怕却、有情多被无情误。一杯待举。待细读悲歌，满倾清泪，为尔酹黄土。

遗山雁邱词见前，此为西庵和作。同时和者甚多，不让双蕖怨故事也。李仁卿亦有和作，见遗山词集中。西庵词无集，而其北词小令，散见《阳春白雪》《太平乐府》中者至多，如《小桃红》云："采莲人和采莲歌，柳外兰舟过。不管鸳鸯梦惊破，应如何，有人独上江楼卧。伤心莫唱，南朝旧曲，司马泪痕多。"又云："玉箫声断凤凰楼，憔悴人非旧。留得啼痕满罗袖，去来休。楼前风景浑依旧，当初只恨无情烟柳，不解系行舟。"清新俊逸，不亚东篱、小山也。

（四）仇远　字仁近，钱塘人。官溧阳州儒学教授。有《山村集》。

齐天乐　赋蝉

夕阳门巷荒城曲，清音早鸣秋树。薄剪绡衣，凉生影鬓，独饮天边风露。朝朝暮暮。奈一度凄吟，一番凄楚。尚有残声，蓦然飞过别枝去。　齐宫前事漫省，行人犹说与，当日齐女。雨歇空山，月笼古柳，仿佛旧曾听处。离情正苦。甚懒拂冰笺，倦拈琴谱。满地霜红，浅莎寻蜕羽。

按远有《金渊集》，皆官溧阳日所作，故取投金濑事以为名。远在宋末，与白珽齐名，号曰仇白。厥后张翥、张羽，以诗词鸣于元代者，皆出其门。他所与唱和者，如周密、赵孟𫖯、吾丘衍、鲜于枢、方回、黄溍等，皆一时有名之士。故其所作，格律高雅，往往颉颃古人。其词亦清俊拔俗，与南宋诸公相类。盖远虽为元人，而所居在南方，且往来酬酢，多宋代遗臣，故所作与北人不同也。此词见《乐府补题》，是书皆宋末遗民唱和之作，共十三人，中如王沂孙、周密、唐珏、张炎为尤著称。论元词者，当以远为巨擘焉。

（五）王恽　字仲谋，汲县人。官至翰林学士承旨，谥文定。有《秋涧集》，词四卷。

水龙吟　赋秋日红梨花

纤苞淡贮幽香，玲珑轻锁秋阳丽。仙根借暖，定应不待，荆王翠被。潇洒轻盈，玉容浑是，金茎露气。甚西风宛转，东阑暮雨，空点缀，真妃泪。 谁遣司花妙手，又一番、角奇争异。使君高卧，竹亭闲寂，故来相慰。燕几螺屏，一枝披拂，绣帘风细。约洗妆快写玉屏，芳酒枕秋蟾醉。

按恽有《秋涧集》百卷，皆以论事见长。盖恽之文章，源出元好问，故其波澜意度，皆不失前人矩矱。其所作《中堂事纪》《乌台笔补》《玉堂嘉话》，皆足备一朝掌故。文章经济，照耀一时，不徒以词章著焉。其词精密弘博，自出机杼。《春从天上来》一支，尤多故国之感。自制腔如《平湖乐》，直是小令；而《后庭花》《破阵子》，即为北词仙吕《后庭花》之滥觞。词云："绿树远连洲，青山压树头。落日高城望，烟霏翠满楼。木兰舟，彼汾一曲，春风佳叮游。"较吕止庵小令无异。元人词中，往往有与曲相混处，不可不察，非独《天净沙》《翠裙腰》而已也。（赵子昂亦有此调，较多一衬字。）

（六）赵孟頫 字子昂，宋宗室，侨湖州。至元中，以程钜夫荐，授兵部郎中，累官至翰林学士承旨，谥文敏。有《松雪斋词》一卷。

蝶恋花

侬是江南游冶子，乌帽青鞋，行乐东风里。落尽杨花春满地，萋萋芳草愁千里。 扶上兰舟人欲醉，日暮青山，相映双蛾翠。万顷湖光歌扇底，一声吹下相思泪。

按孟頫以宋朝皇族，改节事元，遂不谐于物议。然其晚年和姚子敬诗，有"同学少年今已稀，重嗟出处寸心违"之句，是未尝不知愧悔。且风流文采，冠绝当时，不独翰墨为元代第一，即其文章亦揖让于虞、杨、范、揭之间，固非陋儒所可议也。其词迢逸，不拘拘于法度，而意之所至，时有神韵。邵复孺云："公以承平王孙而婴世变，黍离之感，有不能忘情者。故长短句深得骚人意度。"其在李叔固席上赠歌者贵贵，有《浣溪沙》一首云："满捧金卮低唱词，尊前再拜索新诗。老夫惭愧鬓成丝。罗袖染将修竹翠，粉香须上小梅枝。相逢不似少年时。"说者谓承平结习，未能尽除，不知此正杜牧之鬓丝禅榻，粉碎虚空时也。读公词，宜平恕。

（七）詹正　字可大，一号天游，郢人。官翰林学士。

霓裳中序第一　古镜

一规古蟾魄，瞥过宣和几春色。知那个、柳松花怯，曾搓玉团香，涂云抹月。龙章凤刻，是如何、儿女消得。便孤了，翠鸾何限，人更在天北。　磨灭，古今离别，幸相从蓟门仙客。萧然林下秋叶，对云淡星疏，眉青影白。佳人已倾国，漫赢得痴铜旧画。兴亡事，道人知否，见了也华发。

按此词天游至元间监醮长春宫，见羽士丈室古镜，状似秋叶，背有金刻宣和御宝四字，因赋此阕也。余见天游诸作，如《三姝媚》题云"古卫舟子谓曾载钱塘宫人"，《齐天乐》题云"赠童瓮天兵后归杭"，其故国之思，时流露于笔墨间，盖亦由宋入元者矣。

（八）虞集　字伯生，号邵庵，崇仁人。累官至翰林直学士，兼国子祭酒。有《道园集》。

苏武慢　和冯尊师

放棹沧浪，落霞残照，聊倚岸回山转。乘雁双凫，断芦飘苇，身在画图秋晚。雨送滩声，风摇烛影，深夜尚披吟卷。算离情何必，天涯咫尺，路遥人远。　空自笑、洛阳书生，襄阳耆旧，梦底几时曾见。老矣浮邱，赋诗明月，千仞碧天长剑。雪霁琼楼，春生瑶席，容我故山高宴。待鸡鸣日出，罗浮飞度，海波清浅。

按公诗文，为四家之冠，当时虞、杨、范、揭，并见称一时，而伯生自评所作，拟诸老吏断狱，则其自信有素也。词不多作，《辍耕录》载其《短柱折桂令》，极险窄之苦，而能挥翰自如，不为韵缚。才大者亦工小技，信为一代宗匠焉。

（九）萨都剌　字天锡，雁门人。登泰定进士，官镇江录事，终河北廉访经历。萨都剌者，汉言犹济善也。有《雁门集》，尚书十文传为之序。词学东坡，颇有豪致。

满江红　金陵怀古

六代豪华，春去也、更无消息。空怅望、山川形胜，已非畴昔。王谢堂前双燕子，乌衣巷口曾相识。听夜深、寂寞打孤城，春潮急。　思往事，愁如织。怀故国，空陈迹。但荒烟衰草，乱鸦斜日。玉树歌残秋露冷，胭脂井坏寒螀泣。到如今、只有蒋山青，秦淮碧。

天锡词不多作，而长调有苏、辛遗响。大抵元词之始，实皆受遗山之感化。子昂以故国王孙，留意词翰，涵养既深，英才辈出。云石、海涯，以绮丽清新之派，振起于前，而天锡继之。元词以此时为盛矣。天锡小词，亦有法度，如《小阑干》云："去年人在凤凰池，银烛夜弹丝。沉水消香，梨云梦暖，深院绣帘垂。今年冷落江南夜，心事有谁知。杨柳风柔,海棠月澹,独自倚阑时。"殊清婉可诵。余按天锡以《宫词》得盛名,其诗清新绮丽,自成一家。虞道园作《傅若金诗序》,亦盛推之,而独不言其词。独明宁献王曾品评其词格,盖词为诗名所掩矣。

（十）张翥　字仲举,晋宁人。至正初,以荐为国子助教,累官至河南行省,平章政事,兼翰林学士承旨。有《蜕岩词》三卷。

多丽　西湖泛舟

晚山青,一川云树冥冥。正参差、烟凝紫翠,斜阳画出南屏。馆娃归、吴台游鹿,铜仙去、汉苑飞萤。怀古情多,凭高望极,且将尊酒慰飘零。自湖上、爱梅仙远,鹤梦几时醒。空留得、六桥疏柳,孤屿危亭。　待苏堤、歌声散尽,更须携妓西泠。藕花深、雨凉翡翠,菰蒲软、风弄蜻蜓。澄碧生秋,闹红驻景,采菱新唱最堪听。见一片、水天无际,渔火两三星。多情月,为人留照,未过前汀。

仲举此词,气度冲雅,用韵尤严,较两宋人更细。《多丽》一调,终以此为正格。仲举他作皆佳,至此调三首,亦以此为首也。仲举少时,负才不羁,好蹴鞠,喜音乐,不以家业屑意。一旦翻然悔悟,受业于李存之门,又学于仇仁近,由是以诗文知名。薄游扬州,众闻其名,争延致之。仲举肢体昂藏,行则偏竦一肩,韩介玉以诗嘲之云:"垂柳阴阴翠拂檐,倚阑红袖玉纤纤。先生掉臂长街上,十里朱帘尽下帘。"坐中皆失笑。晚年尝集兵兴以来死节之人为一编,曰《忠义录》,识者韪之。仲举词为元一代之冠,树骨既高,寓意亦远。元词之不亡,赖有此耳。其高处直与玉田、草窗相骖靳,非同时诸家所及。如《绮罗香》

云："水阁云窗，总是惯曾经处。曾信有、客里关河，又怎禁、夜深风雨。"刻意学白石，冲淡有致。又《水龙吟》"蓼花"云："瘦苇黄边，疏蘋白外，满汀烟穟。"用黄边白外四字殊新。又云："船窗雨后，数枝低入，香零粉碎。不见当年，秦淮花月，竹西歌吹。"系以感慨，意境便厚；船窗数语，更合蓼花神理，此等处皆仲举特长。规抚南宋诸家，可云神似。

（十一）倪瓒　字元镇，无锡人。有《清閟阁集》，词一卷。

人月圆

伤心莫问前朝事，重上越王台。鹧鸪啼处，东风草绿，残照花间。　怅然孤啸，青山故国，乔木苍苔。当时明月，依依素影，何处飞来。

此词沉郁悲壮，即南宋诸公为之，亦无以过。吴彦高以此调得盛名，实不及元镇作也。他词如《江城子》"感旧"、《柳梢青》、《小桃红》诸作，亦蕴藉可喜。盖元镇先世以赀雄于乡，元镇不事生产，强学好修，藏书数千卷，手自勘定，性又好洁，避俗若浼，故所作无尘垢气。句曲张雨、钱塘俞和尝缮录其稿，论者谓如白云流天，残雪在地，洵合其高洁也。元镇与陆友仁善，因得其词学，集中有怀友仁诗云："归扫松阴苔，迟君践幽约。"可见两人之交谊，无怪其词之雅洁也。

（十二）顾阿瑛　字仲瑛，昆山人。举茂才。署会稽教谕，力辞不就，后以子官封武略将军，钱塘县男。晚称金粟道人。有《玉山草堂集》。

青玉案

春寒恻恻春阴薄。整半月，春萧索。晴日朝来升屋角。树头幽鸟，对调新语，语罢还飞却。　红入花腮青入萼。尽不爽，花期约。可恨狂风空自恶。朝来一阵，晚来一阵，难道都吹落。

阿瑛世居界溪之上，轻财结客。年三十，始折节读书，购古书名画，三代以来，彝鼎秘玩，集录鉴赏，殆无虚日。筑玉山草堂，园池亭馆，声伎之盛，甲于天下。四方名人，如张仲举、杨廉夫、柯九思、倪元镇，方外张伯雨辈，常住其家。日夜置酒赋诗，风流文雅，著称东南焉。淮张据吴，遁隐嘉兴之合溪，母丧归。绰溪张氏再辟之，断发庐墓，翻阅释典，自称金粟道人云。其词不多作，竹垞《词综》仅录三首，《青玉案》外，尚有《蝶恋花》《清平乐》二支。词境虽不高，而风趣特胜。遭世乱离，壮怀消歇，尝自题其像云："儒衣僧帽道人鞋，天下青山骨可埋。若说当时豪侠兴，五陵鞍马洛阳街。"其晚境亦可悲焉。

（十三）白朴　字太素，又字仁甫，真定人。有《天籁集》。

水龙吟　遗山先生有醉乡一词，仆饮量素悭，不知其趣，独闲居嗜睡有味，因为赋此

醉乡千古人行，看来直到亡何地。如何物外，华胥境界，升平梦寐。鸾驭翩翩，蝶魂栩栩，俯观群蚁。恨周公不见，庄生一去，谁真解，黑甜味。　闻说希夷高卧，占三峰、华山重翠。寻常美杀，清风岭上，白云堆里。不负平生，算来

惟有，日高春睡。有林间剥啄，忘机幽鸟，唤先生起。

太素少时，鞠养于元遗山。元白为中州世契，两家子弟，每举长庆故事，以诗文相往还。太素为寓斋仲子，于遗山为通家侄。甫七岁，遭壬辰之难，寓斋以事远适。明年春，京城变，遗山遂挈以北渡。自是不茹荤血，人问其故，曰："俟见吾亲，即如故。"尝罹疫，遗山昼夜抱持，凡六日，竟于臂上得汗而愈。盖视亲子弟不啻过之。读书颖悟异常儿，日亲炙遗山謦欬谈笑，悉能默记。数年，寓斋北归，以诗谢遗山云："顾我真成丧家狗，赖君曾护落巢儿。"居无何，父子卜居于滹阳。律赋为专门之学，而太素有能声，号后进之翘楚者。遗山每过之，必问为学次第，尝赠之诗曰："元白通家旧，诸郎独汝贤。"未几，生长见闻，学问博览，然自幼经丧乱，仓皇失母，便有山川满目之叹。逮亡国，恒郁郁不乐，以故放浪形骸，期于适意。中统初，开府史公，将以所业力荐之于朝。再三逊谢，栖迟衡门，视荣利蔑如也。其词出语遒上，寄情高远，音节协和，轻重稳惬。凡当歌对酒，感事兴怀，皆自肺腑流出，真如天籁，因以《天籁》名集。江阴孙大雅云："先生少有志于天下，已而事乃大谬。顾其先为金世臣，既不欲高蹈远引，以抗其节，又不欲使爵禄以干其身，于是屈己降志，玩世滑稽，徙家金陵，从诸遗老，放情山水间，日以诗酒优游，用示雅志，以忘天下。"是仁甫身世亦可悯也。词中如"咸阳怀古""感南唐故宫"诸作，颇多故国之感，赋咏金陵名胜，亦有狡童禾黍之意；而《沁园春》辞谢辟召一词，竟拟诸嵇康、山涛绝交故事，是其志尚，非同时诸子所能默契也。今人读仁甫《梧桐雨》杂剧，仅目为词人，又乌知先生出处之大节哉！

（十四）邵亨贞　字复孺，号清溪，华亭人。著有《野处集》及《蛾术词选》四卷。

兰陵王　岁晚忆王彦强而作

暮天碧，长是登临望极。松江上，云冷雁稀，立尽斜阳耿相忆。凭阑起太息，人隔吴王故国。年华晚，烟水正深，难折梅花寄寒驿。　东风旧游历。记草暗书帘，苔满吟展，无情征桥催离席。嗟月堕寒影，夜移清漏，依稀曾向梦里识，恍疑见颜色。空惜，鬓毛白，恨莫趁金鞍，犹误尘迹。何时弭棹苏台侧。共漉酒纱帽，放歌瑶瑟。春来双燕，定到否，旧巷陌。

按复孺以眉目《沁园春》二词，得盛名于时，实是侧艳语，不足见复孺之真面也。其自序云："龙洲先生以此词咏指甲、小脚，为绝代脍炙，继其后者，独未之见。"是复孺仅学龙洲耳。不知龙洲二词，亦非刘改之最得意作，而世顾盛推之。世人遂以二词概复孺，亦可谓不知复孺者矣。复孺通博敏赡，虽阴阳医卜佛老书，靡弗精核。元时训导松江府学，以子诖误戍颍上，久乃赦还，入明方卒，年九十三。其词如拟古十首，凡清真、白石、梅溪、稼轩，学之靡不神似，即此可见词学之深。又和赵文敏十词，自序云："余生十有四年而公薨，每见先辈谈公典型学问，如天上人，未尝不神驰梦想。昔东坡先生自谓不识范文正公为平生遗恨，其意盖可想见。"是复孺托契古人，足征微尚，岂仅词章云尔哉！

第九章　概论四　明清

明词芜陋，清词则中兴时也。流派颇繁，疏论如下。

第一　明人词略

论词至明代，可谓中衰之期，探其根源，有数端焉。开国作家，沿伯生、仲举之旧，犹能不乖风雅。永乐以后，两宋诸名家词，皆不显于世，惟《花间》《草堂》诸集，独盛一时。于是才士模情，辄寄言于闺闼，艺苑定论，亦揭櫫于香奁。托体不尊，难言大雅。其蔽一也。明人科第，视若登瀛，其有怀抱冲和，率不入乡党之月旦，声律之学，大率扣槃。迨夫通籍以还，稍事研讨，而艺非素习，等诸面墙。花鸟托其精神，赠答不出台阁，庚寅揽揆，或献以谀词；俳优登场，亦宠以华藻。连章累篇，不外酬应。其蔽二也。又自中叶，王、李之学盛行，坛坫自高，不可一世。微吾、长夜、于鳞，既跋扈于先；才胜、相如、伯玉，复簸扬于后，品题所及，渊滕随之，廋闻下士，狂易成风。守升庵《词品》一编，读弇州《卮言》半册，未悉正变，动肆诋谟。学寿陵邯郸之步，拾温、韦牙后之慧。衣香百合（用修《如梦令》），止崇祚之余音；落英千片（弇州《玉蝴蝶》），亦草堂之坠响。句撦字掜，神明不属。其弊三也。况南词歌讴，遍于海内，白苎新奏，盛推昆山；宁庵吴歇,蚤传白下。一时才士,竞尚侧艳。美谈极于利禄,雅情拟诸桑濮。以优孟缠达之言,作乐府风雅之什。小虫机杼,义仍只工回文;细雨窗纱,圆海惟长绮语。好行小慧,无当雅言。其蔽四也。作者既雅郑不分,读者亦泾渭莫辨。正声既绝,繁响遂多,删汰之责,是在后贤。爰自青田、青邱而下,及于卧子,略为论次之。

（一）刘基　字伯温,青田人,元进士。洪武初,官至御史中丞,论佐命功,封诚意伯,为胡惟庸毒死,正德中追谥文成。有《覆瓿集》《犁眉公集》。

千秋岁

淡烟平楚,又送王孙去。花有泪,莺无语。芭蕉心一寸,杨柳丝千缕。今夜雨,定应化作相思树。　忆昔欢游处,触目成前古。口良会,知何许。百杯桑落酒,三叠阳关句。情未与,月明潮上迷津渚。

公诗为开国第一,词则与季迪并称。其佳处虽不逮宋人,固足为朱明冠冕也。小令颇有思致,如《临江仙》《小重山》《少年游》诸作,清逸可诵,惟气骨稍薄耳。盖明初诸家,尚不失正宗。所可议者,气度之间,终不如两宋。降至升庵辈,句琢字炼,枝枝叶叶为之,益难语于大雅。自马浩澜、施阆仙辈,淫词秽语,无足置喙。词至于此,风雅扫地矣。迨季世陈卧子出,能以秾丽之笔,传凄婉之神,始可当一代高手。此明词大略也。公词于长调不擅胜场,小令如《谒金门》云:"风袅袅,吹绿一庭春草。"《转应曲》云:"秋雨秋雨,窗外白杨自语。"《青门引》云:"相怜自有明月,照人肺腑清如水。"《渔家傲》云:"乱鸦啼破楼头鼓。"《踏莎行》云:"愁如溪水暂时平,雨声一夜依然满。"《渡江云》云："定巢新燕子，睡起雕梁，对立整乌衣。"此皆清俊绝伦者也。公在元时，有和王文明诗云："夜凉月白西湖水，坐看三台上将星。"好事者遂傅会之，谓公望西湖云气，语坐客云："后十年有帝者起，吾当辅之。"此妄也。当公羁管绍兴时，感愤至欲自杀，藉门人密里沙抱持，得不死。明祖既定婺州，犹佐石抹宜孙相守，是岂预计身为佐命者耶？其题太公钓渭图云："偶应飞熊兆，尊为帝者师。"则公自道也。世多以前知目公，至凡纬谶堪舆，动多妄托，岂其然乎？

（二）高启　字季迪，长洲人，隐吴淞江之青邱，自号青邱子。洪武初，召修《元史》，授编修，擢户部侍郎，坐魏观苏州府《上梁文》罪腰斩。有《扣舷词》一卷。

沁园春　雁

木落时来，花发时归，年又一年。记南楼望信，夕阳帘外，西窗惊梦，夜雨灯前。写月书斜，战霜阵整，横破潇湘万里天。风吹断，见两三低去，似落筝弦。　相呼共宿寒烟。想只在芦花浅水边。恨呜呜戍角，忽催飞起，悠悠渔火，长照愁眠。陇塞间关，江湖冷落，莫恋遗粮犹在田。须高举，教弋人空慕，云海茫然。

青邱乐府，大致以疏旷见长。《行香子》"赋芙蓉"，亦一时传诵者也。世传青邱贾祸，因题宫女图，其诗云："女奴扶醉踏苍苔，明月西园侍宴回。小犬隔花空吠影，夜深宫禁有谁来。"孝陵猜忌，容或有之，然集中又有《题画犬》诗云："猧儿初长尾茸茸，行响金铃细草中。莫向瑶阶吠人影，羊车半夜出深宫。"此则不类明初掖庭事。二诗或刺庚申君而作，好事者因之傅会也。总之明祖猜疑群下，恐有不臣之心，故于魏观罪且不赦，因波及青邱耳。假令观建府治，不在淮张故基，虽有谗者，亦未必入太祖之耳也。吾乡明初有北郭十友之名，今传者无一二矣。

（三）杨基　字孟载，嘉州人，大父仕江左，遂家吴中。洪武初，知荥阳县，历山西按察副使。有《眉庵集》，词附。

烛影摇红　帘

花影重重，乱纹匝地无人卷。有谁惆怅立黄昏，疏映宫妆浅。只有杨花得见。解匆匆、寻芳觅便。多情长在，暮雨回廊，夜香庭院。　曾记扬州，红楼十里东风软。腰肢半露玉娉婷，犹恨蓬山远。闲闷如今怎遣。看草色青青似翦。且教高揭，放数点残春，一双新燕。

孟载少时，曾见杨廉夫，命赋铁笛诗成，廉夫喜曰："吾意诗境荒矣，今当让子一头地。"当时因有老杨小杨之目。眉庵词更新俊可喜，尤宜于小令，如《清平乐》《浣溪沙》诸调，更为擅场。盖眉庵聪慧，故出语便媚，其佳处并不摹临《花间》《草堂》，与中叶后元美、升庵诸作，不可同日语矣。《静志居诗话》云："孟载诗'芳草渐于歌馆密，落花偏向舞筵多'，'细柳已黄千万缕，小桃初白两三花'，'布谷雨晴宜种药，葡萄水暖欲生芹'，'雨颔风颃枝外蝶，柳遮花映树头莺'，'燕子绿芜三月雨，杏花春水一群鹅'，'江浦荷花双鹭雨，驿亭杨柳一蝉风'诸联，试填入《浣溪沙》，皆绝妙好词也。"洵然。

（四）瞿佑　字宗吉，钱塘人。洪武中，以荐历仁和、临安、宜阳训导，升周府长史，永乐间谪保安，洪熙元年放还。有《乐府遗音》五卷，《余情词》一卷。

摸鱼子　苏堤春晓

望西湖、柳烟花雾，楼台非远非近。苏堤十里笼春晓，山色空濛难认。风渐顺，忽听得、鸣榔惊起沙鸥阵。瑶阶露润。把绣幕微寒，纱窗半启，未审甚时分。　凭阑处，水影初浮日晕，游船未许开尽。卖花声里香尘起，罗帐玉人犹困。君莫问，君不见、繁华易觉光阴迅。先寻芳信。怕绿叶成阴，红英结子，留作异时恨。

宗吉风情丽逸，著《剪灯新话》及乐府歌词，多偎红倚翠之语，为时传诵。及谪戍保安，当兴安失守，边境萧条，永乐己亥，降佛曲于塞外，选子弟唱之。时值元宵，作《望江南》五首，词旨凄绝，闻者皆为泣下。又凌彦翀于宗吉为大父行，曾作"梅词"《霜天晓角》、"柳词"《柳梢青》各一百首，号梅柳争春。宗吉一日尽和之，彦翀大惊叹，呼为小友。宗吉以此知名。后彦翀自南荒归葬西湖，宗吉以诗送之云："一去西川隔夜台，忽看白璧瘗苍苔。酒朋诗友凋零尽，只有存斋冒雨来。"其敦友谊如此。词不多作，四声平仄，时有舛失，而琢语固精胜也。

（五）王九思　字敬夫，鄠县人。弘治丙辰进士，选庶吉士，授检讨，调吏部主事，升郎中，坐刘瑾党，降寿州同知，寻勒致仕。有《碧山乐府》。

蝶恋花　夏日

门外长槐窗外竹。槐竹阴森，绕屋重重绿。人在绿阴深处宿，午风枕簟凉如沐。　　树底辘轳声断续。短梦惊回，石鼎茶方熟。笑对碧山歌一曲，红尘不到人间屋。

敬夫与德涵，俱以词曲见长。德涵之《中山狼》，敬夫之《杜甫游春》，皆盛年屏弃、无聊泄愤之作，而敬夫尤称能手，词则多酬应率意。集中寿词多至数十首，亦可知其颓唐不经意矣。此《蝶恋花》一首，虽随笔所之，而集中尚是上乘者。大抵康、王虽以词曲著名，实皆注意散套，故论曲家则不可不推上座，论词则未曾升堂也。世传敬夫将填词，以厚赀募国工，杜门学习琵琶三弦，熟按诸曲，尽其技而后出之。故其词雄放奔肆，俨然有关马之遗。余读其《游春记》及康德涵《中山狼》，嬉笑谑浪，力诋西涯，无怪为世人诟病也。德涵小令云："真个是不精不细丑行藏，怪不得没头没脑受灾殃。从今后花底朝朝醉，人间事事忘。刚方，奚落了膺和滂，荒唐，周旋了籍与康。"颇有东篱遗响，词亦不称盛名云。

（六）杨慎　字用修，新都人。正德辛未赐进士第一，授翰林修撰，以议大礼泣谏，杖谪永昌。天启初，追谥文宪。有《升庵集》。

水调歌头　牡丹

春宵微雨后，香径牡丹时。雕阑十二，金刀谁剪两三枝。六曲翠屏深掩，一架银筝缓送，且醉碧霞卮。轻寒香雾重，酒晕上来迟。　　席上欢，天涯恨，雨中姿。向人欲诉飘泊，粉泪半低垂。九十春光堪惜，万种心情难写，彩笔寄相思。晓看红湿处，千里梦佳期。

用修所著书百余种，号为"百洽金华"。胡应麟嫌其熟于稗史，不娴于正史，作《笔丛》以驳之。然杨所辑《百琲真珍》《词林万选》，亦词家功臣也。所著《词品》，虽多偏驳，顾考核流别，研讨正变，确有为他家所不如者。在永昌日，曾红粉傅面，作双丫髻插花，令诸妓扶觞游行，了不愧怍。吴江沈自晋曾为谱《簪花髻》杂剧，词场艳称之。大抵用修文学，一依茶陵衣钵。自北地哆言复古，力排茶陵，用修乃沉酣六朝，览采晚唐，创为渊博靡丽之词，其意欲压倒李、何，为茶陵别张壁垒。其用力固至正也。惟措辞运典，时出轻心，援据博则乖误良多，摹仿惯则瑕疵互见，窜改古人，假托往籍，英雄欺人，亦时有之。要其钩索渊深，藻彩繁会，自足牢笼一世。即以词曲论之，如《转应曲》云："花落花落，日暮长门寂寞。"又："门掩门掩，数尽寒城漏点。"《昭君怨》云："楼外东风到早，染得柳条黄了。低拂玉阑干，怯春寒。"皆不弱两宋人之作。他如《陶情乐府》，警句尤多，如"费长房缩不尽相思地，女娲氏补不完离恨天"，又"别泪铜壶共滴，愁肠兰焰同煎"，又"和愁和闷，经岁经年"，又"傲霜雪镜中紫髯，任光阴眼前赤电。仗平安头上青天"，诸语皆未经人道者。

（七）王世贞　字元美，太仓州人。嘉靖丁未进士，历官至刑部尚书。有《弇州四部稿》。

渔家傲

细雨轻烟装小暝，重衾不耐春寒横。袅尽博山孤篆影。闲自省，天涯有个人同病。　十二巫峰围昼永，黄莺可唤梨花醒。雨点芳波揩不定。临晚镜，真珠簌簌胭脂冷。

《弇州四部稿》，盛行海内，毁誉翕集，弹射四起，实则晚年亦自深悔也。世皆以王李并称，然元美才气，十倍于鳞。惟病在爱博，笔削千兔，诗载两牛，自以为靡所不有，方成大家，究之千篇一律，安在其靡所不有也！《艺苑卮言》为弇州少作，其中论词诸篇，颇多可采。其自言云："作《卮言》时，年未四十，与于鳞辈是古非今，此长彼短，未为定论。行世已久，不能复秘，惟有随事改正，勿误后人。"元美之虚心克己，不自掩护如此。又《自述》诗云："野夫兴到不复删，大海回风生紫澜。"言虽夸大，亦实语也。其词小令特工，如《浣溪沙》云："权把来书钩午梦，起沽村酿泼春愁。"《虞美人》云："鸭头虚染最长条，酝造离亭清泪几时消。"又："珊瑚翠色新丰酒，解醉愁人否。"皆当行语。独世传《鸣凤记》，谱介溪相国杨忠愍公事，则时有失律欠当处。或云，为同时人假托者，要亦可信也。

（八）张綖　字世文，高邮人。正德癸酉举人，官武昌通判，迁知光州。有《南湖集》。

风流子

新阳上帘幕，东风转，又是一年华。正驼褐寒侵，燕钗春袅，句翻词客，簪斗宫娃。堪娱处，林莺啼暖树，渚鸭睡晴沙。绣阁轻烟，剪灯时候，青旌残雪，卖酒人家。　此时应重省，瑶台畔，曾遇翠盖香车。惆怅尘缘犹在，密约还赊。念鳞鸿不见，谁传芳信，潇湘人远，空采蘋花。无奈疏梅风景，碧草天涯。

世文学词曲于王西楼。西楼名磐，亦高邮人，为南湖外舅。今南湖《西楼乐府》弁言所云"不肖甥张守中者"，即綖也。中论西楼家世甚详，不啻王博文之序《天籁集》也。南湖词所可见者，仅《词综》所录《风流子》《蝶恋花》两首。《古今词话》亦盛推之，目为风流蕴藉，足以振起一时，亦非溢美。惟所著《诗余图谱》一书，略有可议而已。《四库提要》云："是编取宋人歌词，择声调合节者一百十首，汇而谱之。各图其平仄于前，而缀词于后，有当平当仄、可平可仄二例，而往往不据古词，意为填注。于古人故为拗句，以取抗坠之节者，多改谐诗句之律。又校雠不精，所谓黑围为仄、白围为平、半黑半白为平仄通者，亦多混淆，殊非善本。"此言确中张氏之弊，宜为万氏所讥也。

（九）马洪　字浩澜，仁和人。有《花影集》三卷。

东风第一枝　梅花

饵玉餐香，梦云惜月，花中无此清莹。俨然姑射仙人，华珮明珰新整。五铢衣薄，应怯瑶台凄冷。白骖鸾来下人间，几度雪深烟暝。　孤绝处，江波流影。憔悴也，春风销粉。相思千种闲愁，声声翠禽啼醒。西湖东阁，休说当时风景。但留取一点芳心，他日调羹翠鼎。

《词品》云："鹤窗善咏诗，尤工长短句，虽皓首韦布，而含吐珠玉，锦绣胸肠，褎然若贵介王孙也。词名《花影》，盖取月下灯前、无中生有之意。"余案，明有二《花影集》，一为鹤窗，一为施子野也。鹤窗气度春容，不入小家态。子野则流于纤丽矣。鹤窗《少年游》云："原来却在瑶阶下，独自踏花行。笑摘朱樱，微揎翠袖，枝上打流莺。"《行香子》云："惜月前宵，病酒今朝。"《满庭芳》"落花"云："谁道天机绣锦，都化作、紫陌尘埃。"颇有隽永意味，非子野所及也。

（十）陈子龙　字卧子，青浦人。崇祯十年进士，官兵科给事中，进兵部侍郎。明亡殉节，清谥忠裕。有《湘真阁词》。

蝶恋花

雨外黄昏花外晓。催得流年，有恨何时了。燕子乍来春又老，乱红相对愁眉扫。　午梦阑珊归梦杳。醒后思量，踏遍闲庭草。几度东风人意恼，深深院落芳心小。

大樽文宗两汉，诗轶三唐，苍劲之色，与节义相符。乃《湘真》一集，风流婉丽，言内意外，已无遗议。柴虎臣所谓华亭肠断，宋玉魂销，惟卧子有之。所微短者，长篇不足耳。余尝谓明词非用于酬应，即用于闺闼。其能上接风骚，得倚声之正则者，独有大樽而已。三百年中，词家不谓不多，若以沉郁顿挫四字绳之，殆无一人可满意者。盖制举盛而风雅衰，理学炽而词意熄，此中消息，可以参核焉。至卧子则屏绝浮华，具见根柢，较开国时伯温、季迪，别有沉着语，非用修、弇州所能到也。他作如《山花子》云："杨柳凄迷晓雾中，杏花零落五更钟。寂寂景阳宫外月，照残红。　蝶化彩衣金缕尽，虫衔画粉玉楼空。惟有无情双燕子，舞东风。"凄丽近南唐二主，词意亦哀以思矣。又《江城子》后半叠云："楚宫吴苑草茸茸，恋芳丛，绕游蜂。料得来年相见画屏中。人自伤心花自笑，凭燕子，骂东风。"亦绵邈凄恻，不落凡响。先生于诗学至深，曾选明人诗，其自序略云："一篇之收，互为讽咏，一韵之疑，互相推论。览其色矣，必准绳以观其体；符其格矣，必吟诵以求其音；协其调矣，必渊思以研其旨。"论诗能于色泽气韵中辨之，自是深得甘苦语，宜其词之渊懿大雅，为一代知音之殿也。丹徒陈亦峰云："明末陈人中，能以浓艳之笔，传凄惋之神，在明代便算高手。然视国初诸老，已难同日而语，更何论唐宋哉！"寓贬于褒，持论未免过刻矣。

第二　清人词略

词至清代，可谓极盛之期，惟门户派别，颇有不同。二百八十年中，各遵所尚，虽各不相合，而各具异采也。其始沿明季余习，以《花》《草》为宗，继则竹垞独取南宋，而分虎、符曾佐之，风气为之一变，至樊榭而浙中诸子，咸称彬彬焉。皋文、朗甫，独工寄托，去取之间，号为严密，于是毗陵遂树帜骚坛矣。鹿潭雄才，得白石之清，而俯仰身世，动多感喟，庾信萧瑟，所作愈工，别裁伪体，不附风气，骎骎入两宋之室。幼霞之与小坡，南北不相谋也，而幼霞之严，小坡之精，各抒称心之言，咸负出尘之誉，风尘澒洞，家国飘摇，读其词者，即可知其身世焉。一代才彦，迥出朱明之上。迨及季世，彊村、蘷笙，并称瑜亮，而新亭故国之感，尤非烟柳斜阳所可比拟矣。（朱、况两家，以人皆生存，未便辑入云。）盖尝总而论之：清初辇毂诸公，尊前酒边，借长短句以吐其胸中之气，始而微有寄托，久则务为谐邕。而吴越操觚家闻风竞起，选者、作者，妍媸糅杂。渔洋数载广陵，实为此道总持。迨纳兰容若才华门地，直欲牢笼一世，享年不永，同声悲惋，此一时也。竹垞以出类之才，平生宗尚，独在乐笑，江湖载酒，尽扫陈言，而一时裙屐，亦知趋武姜、张，叫嚣奔放之风，变而为敦厚温柔之致。二李继轨，更畅宗风，又得太鸿羽翼，如万花谷中，杂以芳杜。扬州二马，太仓诸王，具臻妙品。而东坡词诗，稼轩词论，肮脏激扬之调，遂为世所诟病。此一时也。自樊榭之学盛行，一时作家，咸思拔帜于陈、朱之外，又遇大力者负之以趋，窈曲幽深，词格又非曩比。武进张氏，别具论古之怀，大汰言情之作，词非寄托不入。皋文已揭橥于前，言非宛转不工，子远又联骖于后，而黄仲则、左仲甫、恽子居、张翰风辈，操翰铸辞，绝无饾饤之习。又有介存周子，接武毗陵，标赵宋为四家，合诸宗于一轨。其壮气毅力，有非同时哲匠可并者。此一时也。洪、杨之乱，民苦锋镝，《水云》一卷，颇多伤乱之语。以南宋之规模，写江东之兵革，平生自负，接步风骚。论其所造，直得石帚神理。复堂雅制，品骨高骞，窥其胸中，殆将独秀。而艺非专嗜，难并鹿潭。《箧中词》品题所及，亦具巨眼，开比兴之端，结浙中之局，礼义不愆，根柢具在。月坡樵风，无所不赅。持较半塘，未云才弱。其精到之处，雅近玉田。而《苕雅》一卷，又有《狡童》《离黍》之悲焉。此又一时也。至于论律诸家，亦以清代为胜，红友订词，实开橐钥；顺卿论韵，亦推输墨。而其所作，率皆颓唐，不称其才。岂知者未必工，工者未必尽知之欤？于是综核一代之言，复为论次之。

（一）曹溶　字洁躬，嘉兴人。崇祯十年进士，清官至户部侍郎。有《静惕堂集》，词附。

满江红　钱塘观潮

浪涌蓬莱，高飞撼、宋家宫阙。谁荡激、灵胥一怒，惹冠冲发。点点征帆都卸了，海门急鼓声初发。似万群、风马骤银鞍，争超越。　江妃笑，堆成雪。鲛人舞，圆如月。正危楼湍转，晚来愁绝。城上吴山遮不住，乱涛穿到严滩歇。是英雄、未死报仇心，秋时节。

先生为浙词之最先者，故竹垞最为心折，其言曰："余壮日从先生南游岭表，西北至云中，酒阑灯灺，往往以小令慢词更迭唱和。念倚声虽小道，当其为之，必崇尔雅，斥淫哇，极其能事，则亦以宣昭六义，鼓吹元音。往者明三百祀，词学失传，先生搜辑遗传，余曾表而出之。

数十年来，浙西填词者，家白石而户玉田，春容大雅，风气之变，实由于此。"观竹垞此言，亦犹惜抱之与海峰也。其词虽不尽工，然颇得空灵之趣。如"题静志居琴趣后"《凤凰台上忆吹箫》云："无限柔肠，宛转秋雨，夜想朱唇。"又："真真者番瘦也，酒醒后，新词只索休频。"雅有玉田遗意。

（二）王士禛　字贻上，号阮亭，新城人。顺治十八年进士，官至刑部尚书。有《衍波词》。

浣溪沙　红桥

北郭清溪一带流，红桥风物眼中秋。绿杨城郭是扬州。

西望雷塘何处是，香魂零落使人愁。澹烟芳草旧迷楼。

渔洋小令，能以风韵胜，仍是做七绝惯技耳。然自是大雅，但少沉郁顿挫之致。昔人谓渔洋词为诗掩，非笃论也。词固以含蓄为主，惟能含蓄，而不能深厚，亦是无益。若谓北宋皆如是，为文过之地，正清初诸子之失，不独渔洋也。长调殊不见佳，《词综》所录，《拜星月》"踏青"一乎，亦非《衍波》集中妙文，惟《凤凰台上忆吹箫》一首和漱玉韵者，可云集中之冠，因并录之："镜影圆冰，钗痕却月，日光又上楼头。正罗帏梦觉，红褪绁钩。睡眼初瞑未起，梦里事、寻忆难休。人不见，便须含泪，强对残秋。悠悠。断鸿南去，便潇湘千里，好为侬留。又斜阳声远，过尽西楼。颠倒相思难写，空望断、南浦双眸。伤心处，青山红树，万点新愁。"思深意苦，几欲驾易安而上之。《衍波集》中，仅见此篇。

（三）曹贞吉　字升六，安邱人。顺治十七年举人，官礼部郎中。有《珂雪词》二卷。

水龙吟　白莲

平湖烟水微茫，个人仿佛横塘住。碧云乍起，羽衣初试，靓妆楚楚。露下三更，月明千里，悄无寻处。想芦花蘋叶，空濛一色，迷玉井，峰头路。　莫是苎萝未嫁，曳明珰、若耶归去。游仙梦杳，瑶天笙鹤，凌波微步。宿鹭飞来，依稀难认，风吹一缕。泛木兰舟小，轻绡掩映，问谁家女。

浙派词喜咏物，征故实，为后人操戈之地在此，升六固不居此例。然如"龙涎香""白莲""莼""蝉"等篇，嘉道以后，词家率喜学步，而所作未必工也。余故谓律不可不细，咏物题可不作。至于借守律之严，恕临文之拙，吾不愿士夫效之。清初诸老，惟《珂雪》最为大雅，才力虽不逮朱、陈，而取径则正大也。其词大抵风华掩映，寄托遥深，古调之中，纬以新意。盖其天分于此事独近耳。至咏物诸作，为陈迦陵推挹者，吾甚无取也。

（四）吴绮　字薗次，江都人。由选贡生官湖州知府。有《艺香词》。

钗头凤　冬闺

灯花滴，炉香熄，屏风静掩遥山碧。箫难弄，衾长空，五更帘幕，月和霜重。冻，冻，冻。　闲寻觅，无消息，泪痕冰惹红绵湿。愁难送，情还种，巫云昨夜，同骑双凤。梦，梦，梦。

小令学《花间》，长调学苏、辛，清初词家通例也。然能情语者，未必工壮语，菌次则两者皆工，故竹垞论其词，谓选调寓声，各有旨趣，其和平雅丽处，绝似西麓，亦非溢美。余读其《满江红》"醉吟"，有"髀肉晚销燕市马，乡心秋冷扬州鹤"，又云"海上文章苏玉局，人间游戏东方朔"，出语又近迦陵。盖菌次与迦陵为异姓昆季，是以词境有相同处。

（五）顾贞观　字华峰，号梁汾，无锡人。康熙五年举人，官国史院典籍。有《弹指词》。

双双燕　用史邦卿韵

单衣小立，正秋雨槐花，鬓丝吹冷。屏山几曲，犹忆画眉人并。残叶暗飘金井，问燕子、归期未定。伤心社日辞巢，不是隔年双影。　碧甃生怜苔润。伴欲折垂条，越加轻俊。为他萦系，絮语一帘烟暝。容易雕梁占稳，待二十四番风信。重来唤取疏狂，半刻玉肩偷凭。

梁汾词，以《金缕曲》二首"寄汉槎"为最著，词云："季子平安否。便归来、生平万事，那堪回首。行路悠悠谁慰藉，母老家贫子幼。记不起、从前杯酒。魑魅搏人应见惯，料输他，覆雨翻云手。冰与雪，周旋久。　泪痕莫滴牛衣透。数天涯、依然骨肉，几家能彀。比似红颜多命薄，更不如今还有。只绝塞、苦寒难受。廿载包胥承一诺，盼乌头马角终相救。置此札，君怀袖。"次章云："我亦飘零久。十年来、深恩负尽，死生师友。宿昔齐名非忝窃，试看杜陵消瘦，曾不减、夜郎僝僽。薄命长辞知己别，问人生、到此凄凉否。千万恨，为兄剖。　兄生辛未吾丁丑。共些时、冰霜摧折，早衰蒲柳。词赋从今须少作，留取心魂相守。但愿得、河清人寿。归日急翻行戍稿，把空名、料理传身后。言不尽，观顿首。"二词纯以性情结撰而成，悲之深，慰之至，丁宁告语，无一字不从肺腑流出。此华峰之胜处也。惟不悟沉郁之致，终非上乘。

（六）彭孙遹　字骏孙，号羡门，海盐人。康熙十八年鸿博第一，历官至吏部侍郎。有《延露词》三卷。

绮罗香　春尽日有寄

翠远浮空，红残欲滴，帘掩青山无数。旧事难寻，春色半归尘土。扑蝶会、如梦光阴，砑花笺、相思图谱。怪东风、不为吹愁，凝眸又见碧云暮。　年来沦落已惯，任一身长是，飘零吴楚。珠泪缄题，恨字分明寄与。想南楼、柳絮飞时，是玉人、夜来凭处。应望断、远水归帆，濛濛江上雨。

清初诸家，羡门较为深厚。严绳孙云："羡门惊才绝艳，长调数十阕，固堪独步江左。至其小词啼香怨粉，怯月凄花，不减南唐风格。"此朋友标榜之语，原非定论。余谓羡门长调小令，咸有可观，惟不能沉着，故仍以聪明见长。盖力量未足，不得不以巧胜也。《忆王孙》"寒食"、《苏幕遮》"娄江寄家信"等篇，颇得北宋人遗韵。

（七）陈维崧　字其年，宜兴人。康熙十八年举鸿博，授检讨。有《迦陵词》三十卷。

江南春　和倪云林韵

风光三月连樱笋，美人踟蹰白日静。小楼空翠飐东风，不见其余见衫影。无端料峭春闺冷，忽忆青骢别乡井。长将妾泪氎红巾，愿作征夫车畔尘。　人归迟，春去急，雨丝满院流光湿。锦书远道嗟奚及，坐守吴山一春碧。何日功成还马邑，双倚琵琶花树立。夕阳飞絮化为萍，揽之不得徒营营。

清初词家，断以迦陵为巨擘。曹秋岳云："其年与锡鬯，并负轶世才，同举博学鸿词，交又最深。其为词，亦工力悉敌。《乌帽》《载酒》，一时未易轩轾也。"后人每好扬朱而抑陈，以为竹垞独得南宋真脉，盖亦偏激之论。世之所以抑陈者，不过诋其粗豪耳。而迦陵不独工于壮语也，《丁香》"竹菇"，《齐天乐》"辽后妆楼""过秦楼疏香阁""愁春未醒春晓"，《月华清》诸阕，婉丽娴雅，何亚竹垞乎？即以壮语论之，其气魄之壮，古今殆无敌手。《满江红》《金缕曲》多至百余首，自来词家有此雄伟否？虽其间不无粗率处，而波澜壮阔，气象万千，即苏、辛复生，犹将视为畏友也。短调《点绛唇》云："悲风吼，临洺驿口，黄叶中原走。"《醉太平》云："估船运租，江楼醉呼。西风流落丹徒，想刘家寄奴。"《好事近》云："别来世事一番新，只吾徒犹昨。话到英雄失路，忽凉风索索。"平叙中峰峦叠起，力量最雄，非余子所能及也。长调《满江红》诸曲，纵笔所之，无不雄大。如"生子何须李亚子，少年当学王昙首"（"为陈九之字题扇"），又"被酒我思张子布，临江不见甘兴霸"，"汴京怀古樊楼"一章下半云："风月不须愁，变换江山，到处堪歌舞。恰西湖甲第又连天，申王府。"此类皆极苍凉，又极雄丽，而老辣处几驾稼轩而上之，其年真人杰哉！至如《月华清》后半云："如今光景难寻，似晴丝偏脆，水烟终化。碧浪朱阑，愁杀隔江如画。将半帙、南国香词，做一夕、西窗闲话。吟写，被泪痕占满，银笺桃帕。"《沁园春》"题徐渭文钟山梅花图"后半云："如今潮打孤城，只商女、船头月自明。叹一夜啼乌，落花有恨，五陵石马，流水无声。寻去疑无，看来似梦，一幅生绡泪写成。携此卷，伴水天闲话，江海余生。"情词兼胜，骨韵都高，几合苏、辛、周、姜为一手矣。

（八）性德　原名成德，字容若，满洲正白旗人。康熙十二年进士。有《饮水词》三卷。

一丛花　咏并蒂莲

阑珊玉飒罢霓裳，相对绾红妆。藕丝风送凌波去，又低头、软语商量。一种情深，十分心苦，脉脉背斜阳。　色香空尽转生香，明月小银塘。桃根桃叶终相守，伴殷勤、双宿鸳鸯。菰米漂残，沉云乍黑，同梦寄潇湘。

容若小令，凄惋不可卒读，顾梁汾、陈其年皆低首交称之。究其所诣，洵足追美南唐二主。清初小令之工，无有过于容若者矣。同时佟世南有《东白堂》词，较容若略逊，而意境之深厚，措词之显豁，亦可与容若相勒，然如《临江仙》"寒柳"、《天仙子》"渌水亭秋夜"、《酒泉子》"荼蘼谢后作"，非容若不能作也。又《菩萨蛮》云："杨柳乍如丝，故园春尽时。"凄惋闲丽，较驿桥春雨，更进一层。或谓容若是李煜转生，殆专论其词也。承平宿卫，又得通儒为师，搜辑旧籍，刊布艺林，其志尚自足千古，岂独琢词之工已哉！

（九）朱彝尊　字锡鬯，号竹垞，秀水人。康熙十八年以布衣召试鸿博，授检讨。有《江湖载酒集》三卷、《静志居琴趣》一卷、《茶烟阁体物集》二卷、《蕃锦集》一卷。

解佩令　自题词集

十年磨剑，五陵结客，把平生涕泪都飘尽。老去填词，一半是、空中传恨，几曾围、燕钗蝉鬓。　不师秦七，不师黄九,倚新声、玉田差近。落拓江湖,且分付、歌筵红粉,料封侯、白头无分。

竹垞诸作,《载酒集》洒落有致,《茶烟阁》组织甚工,《蕃锦集》运用成语,别具匠心,皆无甚大过人处。惟《静志居琴趣》一卷,尽扫陈言,独出机杼,艳词有此,不独晏、欧所不能,即李后主、牛松卿,亦未易过之。生香真色,得未曾有。其前后次序,略可意会,不必穿凿求之也。余尝谓竹垞自比玉田,故词多浏亮;惟秦七与黄九,不可相提并论。秦之工处,北宋殆无与抗,非黄九所能望其肩背。竹垞不学秦,而学玉田,盖独标南宋之帜耳。然而竹垞词托体之不能高,即坐此病。知音者当以余言为然也。近人慑丁陈、朱之名,以为国朝冠冕,不知陈、朱虽足弁冕一朝,究其所诣,尚未绝伦。有志于古者,当宜取法乎上也。

(十)李良年　字符曾,秀水人。康熙十八年举鸿博。有《秋锦山房词》二卷。

疏影　黄梅

岁阑记否,著浅檀宫样,初染庭树。懒趁群芳,雪后春前,年年点缀寒圃。横斜月淡蜂黄影,长只傍、短垣低护。倚茜裙、欲拈苕枝,冻鸟一双飞去。　依约荷圆磬小,剪来越镜里,先映眉妩。蓓蕾匀拈,细绞银丝,钗冷玉鱼偏处。还愁羯鼓催无力,沸蟹眼、胆瓶新注。正暖香、梦惹江南,忘了陇头人苦。

秋锦论词,必尽扫蹊径,尝谓南宋词人,梦窗之密,玉田之疏,必兼之乃工。斯言最确。然秋锦自作诸词,不能践此言也。梦窗固密,惟有灵气往来；玉田固疏，而其沉着处，虽白石亦且不及。浙词专学玉田之疏，于是打油腔格，摇笔即来，如"别有一般天气"，"禁得天涯羁旅"等语，一时词稿中，几几触目皆是。又好运用书卷，秋锦催雪之红梅，用《比红儿》诗，必注明罗虬，《解连环》"送孙以恺使朝鲜"，用雎图别叙，又须注明《孝经纬》，不知词之佳处，不必以书卷见长。搬运类书，最无益于词境也。符曾所作，纯疵互见，如《好事近》云："五十五船旧事，听白头人语。"《高阳台》云："一笛东风，斜阳淡压荒烟。"《踏莎行》云："游人休吊六朝春，百年中有伤心处。"胜国之感，妙于淡处描写，味隽意长，似非竹垞所能到者。

（十一）李符　字分虎，一字耕客，嘉兴人。布衣。有《耒边词》二卷。

齐天乐　苕南道中

野塘水漫孤城路，晓来载诗移槛。柳悴汀荒，邱迟宅坏，急雨鸣蓑千点。绿芜如染。映翠藻参差，鹈鹕能占。沽酒何村，花明独树小桥店。　昔游如昨日耳，记深深院宇，罗绮春艳。妆阁悬蛛，舞衫化蝶，满目繁华都减。湿云乍敛，露浮玉遥峰，相看无厌。渔唱沧浪，荻根灯又闪。

竹垞论分虎词云："分虎游屐所向，南朔万里，词帙繁富，殆善学北宋者。顷复示我近稿，益精研于南宋诸名家词，乃变而愈上矣。"斯言也，盖即为自己张旗鼓也。是时长调词学南宋者不多，分虎与竹垞同旨，宜其水乳交融矣。案南宋词，格律居音先，而《齐天乐》四处去上，分虎竟未遵守，是词律亦有舛误也。惟集中佳句颇多，赋物体亦有弦外意，较秋锦诚不愧弟兄耳。如《河满子》"经阮司马故宅"云：

"惨淡君王去国,风流司马无家。歌扇舞衣行乐地,只余衰柳栖鸦。赢得名传乐部,春灯燕子桃花。"《疏影》"帆影"云:"忽遮红日江楼暗,只认是、凉云飞度。待翠蛾帘底凭看,已过几重烟浦。"《钓船笛》云:"曾去钓江湖,腥浪黏天无际。浅岸平沙自好,算无如乡里。从今只住鸭儿边,远或泛苔水。三十六陂秋到,宿万荷花里。"此等随手挥洒,别具天然风骨。

(十二)厉鹗　字太鸿,钱塘人。康熙五十九年举人,乾隆元年荐举鸿博。有《樊榭山房词》二卷,续集二卷。

齐天乐　秋声馆赋秋声

箪凄灯暗眠还起,清商几处催发。碎竹虚廊,枯莲浅渚,不辨声来何叶。桐飙又接,尽吹入潘郎,一簪愁发。已是难听,中宵无用怨离别。　阴虫还更切切。玉窗挑锦倦,惊响檐铁。漏断高城,钟疏野寺,遥送凉潮呜咽。微吟渐怯,讶篱豆花开,雨筛时节。独自开门,满庭都是月。

清朝词人,樊榭可谓超然独绝者矣。论者谓其沐浴白石、梅溪,洵是至言。大抵其年、锡鬯、太鸿三人,负其才力,皆欲于宋贤外,别树一帜;而窈曲幽深,当以樊榭为最。学者循是以求深厚,则去姜、史不远矣。集中佳处,指不胜缕,如《国香慢》"素兰"云:"月中何限怨,念王孙草绿,孤负空香。冰丝初弄清夜,应诉悲凉。玉斫相思一点,算除是、连理唐昌。闲阶澹成梦,白凤梳翎,写影云窗。"声调清越,是其本色,亦是其所长。又《百字令》云:"万籁生山,一星在水,鹤梦疑重续。挐音遥去,西岩渔父初宿。"无一字不清俊。下云:"林净藏烟,峰危限月,帆影摇空绿。随风飘荡,白云还卧深谷。"炼字炼句，归于纯雅，此境亦未易到。至于造句之工，亦雅近乐笑翁，世有陆辅之，定录入《词眼》也。如《齐天乐》云："将花插帽，向第一峰头，倚空长啸。"《高阳台》云："秘翠分峰，凝花出土。"《忆旧游》云："溯溪流云去，树约风来，山蹙秋眉。"又云："又送萧萧响，尽平沙霜信，吹上僧衣。凭高一声弹指，天地入斜晖。"诸如此类，是樊榭独到处。

（十三）江炳炎　字研南，钱塘人。有《琢春词》。江昱、江昉附。

垂杨　柳影

轻寒乍暖，算碧阴占地，昼闲庭院。欲折偏难，巧莺空送声千啭。休嫌云暗章台畔，怕纤雨楚腰吹断。正依稀低映江潭，共夕阳飘乱。　辛苦长亭夜半，是摇漾瘦魂，兔华初满。误了闺人，也曾描出春前怨。还教学缀修蛾浅，但漠漠、如烟一片。秋来待写疏痕，愁又远。

研南在清代不甚显，然学南宋处，颇有一二神解，与宾谷音趣相同。宾谷得南宋之意趣，研南得南宋之神理。若橙里则句琢字炼，归于纯雅，惟不能深厚。此三江词之工力，皆不能到沉郁地步也。清朝词家多犯此病，故骤览之，居然姜、史复生；深求之，皆姜、史之糟粕而已。

（十四）王策　字汉舒，太仓人。诸生。有《香雪词钞》二卷。时翔附。

薄幸　秋槎题余香雪词，似有宋玉之疑，赋此奉答

心花落艳，似寂寞、枯禅退院。便吟出、晓风残月，那

是兰陵真面。只钧天、一梦消魂,颜凭泪洗肠轮转。叹雨絮前缘,霜兰现业,负尽三生恩眷。　却是诗因墨果,休猜做、世间情恋。况天荒地老,名闻影隔,东风不认楼中燕。秋坟露溅,倘知音怜我,客嘲肯制招魂换。装来玳瑁,留抵返生香片。

太仓诸王,皆工词翰,汉舒尤为杰出,惜其享年不永,未尽所长,其笔分固甚高也。作词贵在悲郁中见忠厚,若悲怨而激烈,则其人非穷则夭。汉舒《念奴娇》"秋思"一首,颇有衰飒气象,如"浮生皆梦,可怜此梦偏恶",又云"看取西去斜阳,也如客意,不肯多耽搁",皆悲惨语耳。卒至早夭,言为心声,便成词谶矣。汉舒外惟小山为佳,小山工为绮语,才不高而情胜,措语亦自婉雅,无绮罗恶态,如"病容扶起淡黄时",又云"燕子寻人巷口,斜阳记不真",又云"一双红豆寄相思,远帆点点春江路",又云"灯微屏背影,泪暗枕留痕",皆情词凄惋,晏、欧之流亚也。

（十五）史承谦　字位存,宜兴人。诸生。有《小眠斋词》四卷。

双双燕　过红桥怀立甫

春愁易满,记红到樱桃,乍逢欢侣。几番携手,醉里听残杜宇。曾向花源问渡,是水国、风光多处。可应酒滞香留,不记江南春雨。　南浦清阴如故。谁料得重来,暗添凄楚。月蓬烟棹,载了冷吟人去。可惜千条弱柳,更难系、轻帆频住。如今绿遍桥头,尽作情丝恨缕。

清词中其年雄丽,竹垞清丽,樊榭幽丽,位存则雅丽,皆一代艳才。位存稍得其正而已。如《团扇》:"先秋生薄怨,小池风不断。"

神似温、韦语，然非心中真有怨情，亦不能如此沉挚。他词如《采桑子》云："泪滴寒花，渐渐逢人说鬓华。"《满江红》云："更不推辞花下酒，最难消受黄昏雨。"非天才学力兼到者不能。同时如朱云翔、吴荀叔、朱秋潭、汪对琴诸君，皆以词名东南，然概不如位存也。

（十六）任曾贻　字淡存，荆溪人。诸生。有《矜秋阁词》一卷。

百字令　立春前一日寄怀储文涡津

短篷听雨，共江干秋晚，几番潮汐。不道烟帆分别浦，一水迢迢长隔。贳酒当垆，敲诗午夜，弹指成今昔。双鱼何处，飘摇尺素难觅。　又是雪霁明窗，炉温小阁，残腊余今夕。想到南枝初破蕊，一点新春消息。稳卧湖林，鬓丝无恙，肯便闲吟笔。甚时花底，玉尊同醉春碧。

储长源云："淡存词删削靡曼，独抒性灵，于宋人不沾沾袭其面貌，而能吸其神髓。一语之工，令人寻味无穷。"余按淡存与位存、遂佺（朱云翔，字遂佺，元和人，有《蝶梦词》。），工力相等，《矜秋》一集，卓有声誉，而律以沉着两字，尚未能到，一览便知清人之词，然其用力亦勤矣。宜兴多彦，二史储任，皆负清才，承红友之律，而能以妍丽语出之，至周介存，遂得独辟奥窍，自抒伟论，其于阳湖，洵可揖让坛坫，不得以附庸目之也。淡存他作如《临江仙》云："砧声今夜月，灯影昔年情。"《高阳台》云："何因得似红襟燕，认朱楼飞入伊家。"《西子妆》云："相思一点落谁家，叹匆匆、欲留难住。"皆佳。惟《买陂塘》云："花开常怕春归早，那更几经烟雨。"《祝英台》云："眼看红紫飘残，蔷薇开也，尚留得、春光几许。"则摹仿稼轩，太觉形似矣。

（十七）过春山　字葆中，吴县人。诸生。有《湘云遗稿》二卷。

倦寻芳　过废园见牡丹盛开有感

絮迷蝶径，苔上莺帘，庭院愁满。寂寞春光，还到玉阑干畔。怨绿空余清露泣，倦红欲倩东风浣。听枝头、有哀音凄楚，旧巢双燕。　漫伫立，瑶台路杳，月珮云裳，已成消散。独客天涯，心共粉香零乱。且共花前今夕酒，洛阳春色匆匆换。待重来、只有断魂千片。

湘云笔意骚雅，为吾乡词家之秀。论其品格，雅近樊榭。吴竹屿称其词如雪藕冰桃，沁人醉梦。此言是也。余谓湘云词，聪秀在骨，咀嚼无厌。其人独立不惧，当时坛坫，皆未尝附和，所谓不随风气者是也。吾乡词人至多，论不附声气，独行其是者，仅葆中一人而已。他如潘氏诸子，问梅七子，贵胄标榜，皆不如湘云矣。葆中词如《明月生南浦》云："几点萍香鸥梦稳，柳棉吹尽春波冷。"又："回首桃源仙路迥，一声欸乃川光暝。"《瑞鹤仙》云："凄恻，西泠春晚，天竺云深，空怀孤洁。荷衣未茸，天涯愁倚岩石。念幽人去后，峰南峰北，多少啼猿唤客。暗伤心、欲荐江蓠，夜凉露白。"皆不事雕琢，以气度胜者，是之谓大雅。

（十八）张惠言　字皋文，武进人。有《茗柯词》。琦附

木兰花慢　杨花

尽飘零尽了，谁人解当花看。正风避重帘，雨回深幕，云护轻幡。寻他一春伴侣，只断红、相识夕阳间。未忍无声坠地，将低重又飞还。　疏狂情性，算凄凉、耐得到春阑。但月

地和梅，花天伴雪，合称清寒。收将十分春恨，做一天、愁影绕云山。看取青青池畔，泪痕点点凝斑。

皋文《词选》一编，扫靡曼之浮音，接风骚之真脉，直具冠古之识力者也。词亡于明，至清初诸老，具复古之才，惜未能穷究源流。乾嘉以还，日就衰颓，皋文与翰风出，而溯源竟委，辨别真伪，于是常州词派成，与浙词分镳争先矣。皋文《水调歌头》五章，既沉郁，又疏快，最是高境。论者辄以为疏于律度，洵然，然不得以此少之。如首章云："难道春花开落，又是春风来去，便了却繁华。花外春来路，芳草不曾遮。"次章云："招手海边鸥鸟，看我胸中云梦，蒂芥近如何。楚越等闲耳，肝胆有风波。"三章云："珠帘卷春晓，胡蝶忽飞来。游丝飞絮无绪，乱点碧云钗。肠断江南春思，黏着天涯残梦，剩有首重回。银蒜且深押，疏影任徘徊。"五章云："晓来风，夜来雨，晚来烟。是他酿就春色，又断送流年。"热肠郁思，全自风骚中来，所以不可及也。茗柯存词止四十六首，可谓简而又简。仁和谭仲修，拟为评注，而迄未能就，甚可惜也。

弟琦，字翰风，与皋文同撰宛邻《词选》，虽町畦未尽，而奥窔始开。其所作诸词，亦深美闳约，振北宋名家之绪，如《南浦》云："惊回残梦，又起来、清夜正三更。花影一枝枝瘦，明月满中庭。道是江南绮陌，却依然、小阁倚银屏。怅海棠已老，心期难问，何处望高城。忍记当时欢聚，到花时、长此托春酲。别恨而今谁诉，梁燕不曾醒。帘外依依杏絮，算东风、吹到几时停。向鸳衾无奈，啼鹃又作断肠声。"妍丽流转，雅近少游，宜其负盛名于江南也。其子仲远，序《同声集》有云："嘉庆以来名家，皆从此出。"信非虚语。周止斋益穷正变，潘四农又持异论，要之倚声之学，至二张而始尊，此可为定论耳。

（十九）周济　字保绪，荆溪人。有《止庵词》。

渡江云　杨花

春风真解事，等闲吹遍，无数短长亭。一星星是恨，直送春归，替了落花声。凭阑极目，荡春波、万种春情。应笑人、春粮几许，便要数征程。　冥冥，车轮落日，散绮余霞，渐都迷幻景。问收向、红窗画箧，可算飘零。相逢只有浮萍好，奈蓬莱东指，弱水盈盈。休更惜、秋风吹老蒓羹。

茗柯《词选》出，倚声之学日趋正鹄。张氏甥董晋卿，亦能踵美。止庵又切磋于晋卿，而持论益精，其言曰："慎重而后出之，驰骋而变化之，胸襟酝酿，乃有所寄。"又曰："词非寄托不入，专寄托不出。一物一事，引伸触类，意感偶生，假类必达，斯入矣。万感横集，五中无主，赤子随母笑啼，乡人缘剧悲喜，能出矣。"至其所撰《词辨》及《宋四家词筏》，推明张氏之旨而广大之。此道遂与于著作之林，与诗赋文笔，同其正变也。止庵自作诸词，亦有寄旨，惟能入而不能出耳。如《夜飞鹊》之"海棠"、《金明池》之"荷花"，虽各有寓意，而词涉隐晦，如索枯谜，亦是一蔽。余谓词本于诗，当知比兴，固已，究之《尊前》《花间》，岂无即景之篇？必欲深求，殆将穿凿。皋文与止庵，虽所造之诣不同，而大要在有寄托，尚蕴藉，然而不能无蔽。故二家之说，可信而不可泥也。

（二十）项鸿祚　字莲生，钱塘人。有《忆云词》四卷。

兰陵王　春晚

晚阴薄，人在酴醾院落。秋千罢，还倚琐窗，花雨和烟冷银索。近来情绪恶。遮莫青春过却，单衣减，沉水自薰，酒病经年怯孤酌。　低低燕穿幕，任笺绿绡红，心事难托。柳丝系梦轻飘泊。叹衾凤羞展，镜鸾空掩，思量睡也怎睡着。恨依旧寂寞。妆阁，闭鱼钥。怕唱到阳关，箫谱慵学。夜占蛛喜朝灵鹊。只目断千里，锦帆天角。玲珑帘月，照见我，又瘦削。

莲生词甲乙丙丁稿，意学梦窗，集中拟体至多。其才力固高人一等，持律亦细，惟其措辞终伤滑易。余始喜读之，与郭频伽等，继知频伽不可学，遂屏不复观，独爱《忆云》矣。又见同时词家推崇甚至，谭仲修云："有白石之幽涩而去其俗，有玉田之秀折而无其率，有梦窗之深细而化其滞，殆欲前无古人。"黄韵甫曰："《忆云词》古艳哀怨，如不胜情，猿啼断肠，鹃泪成血，不知其所以然也。"初不知一入其彀，必至儇薄也。盖莲生天资聪俊，故出语能沁人心脾，且律度谐合，涩体诸词，一经炉锤，无不谐妥。于是论频伽则严，论忆云则宽。实则词律之细，固郭不如项，而词品之差，则相去无几也。（集中如《河传》云："梧桐叶儿风打窗。"《南浦》"咏柳"云："且去西泠桥畔等。"《卜算子》云："也似相思也似愁。"《减兰》云："只有垂杨，不放秋千影过墙。"《百字令》云："归期自问，也应芍药开矣。"诸如此类，皆徒作聪明语，与南北曲几不能辨。）其丁稿自序云："不为无益之事，何以遣有涯之生。"亦可哀其志矣。以成容若之贵，项莲生之富，而词皆悲艳哀怨，所谓伤心人别有怀抱也。

（二一）蒋春霖　字鹿潭，江阴人。有《水云楼》词二卷。

扬州慢　癸丑十一月二十七日贼趋京口报官军收扬州

野幕巢乌，旗门噪鹊，谯楼吹断笳声。过沧桑一霎，又旧日芜城。怕双燕归来恨晚,斜阳颓阁,不忍重登。但红桥风雨,梅花开落空营。　劫灰到处,便遗民见惯都惊。问障扇遮尘,围棋赌墅,可奈苍生。月黑流萤何处,西风黯、鬼火星星。更伤心南望,隔江无限峰青。

嘉庆以前词家大抵为其年、竹垞所牢笼,皋文、保绪,标寄托为帜,不仅仅摹南宋之垒,隐隐与樊榭相敌,此清朝词派之大概也。至鹿潭而尽扫葛藤,不傍门户,独以风雅为宗,盖托体更较皋文、保绪高雅矣。词中有鹿潭,可谓止境。谭仲修虽尊庄中白,陈亦峰亦崇扬之,究其所诣,尚不足与鹿潭相抗也。词有律有文,律不细非词,文不工亦非词。有律有文矣,而不从沉郁顿挫上着力,或以一二聪明语见长,如《忆云词》类,尤非绝尘之技也。鹿潭律度之细,既无与伦,文笔之佳,更为出类,而又雍容大雅,无搔头弄姿之态。有清一代,以水云为冠,亦无愧色焉。复堂论水云曰:"文字无大小,必有正变,必有家数。《水云楼词》,固清商变徵之声,而流别甚正,家数颇大,与成容若、项莲生,二百年中,分鼎三足。咸丰兵事,天挺此才,为倚声家老杜,而晚唐两宋,一唱三叹之意,则已微矣。"(《箧中词》五)余谓复堂以鹿潭得流别之正,此言极是,惟以成、项二君并论,则鄙意殊不谓然。成、项皆以聪明胜人,乌能与水云比拟?且复堂既以杜老比水云,试问成、项可当青莲、东川欤?此盖偏宕之论也。鹿潭不专尚比兴,《木兰花》《台城路》,固全是赋体。即一二小词,如《浪淘沙》《虞美人》,亦直言本事,经不寄意帷闼,是真实力量。他人极力为之,不能工也。至全集警策处,则又指不胜偻,如《木兰花慢》云:"云埋蒋山自碧,打空城、只有夜潮来。"又云:"看莽莽南徐,苍苍北固,如此山川。钩连,更无铁锁,任排空、樯橹自回旋。寂寞鱼龙睡稳,伤心付与秋烟。"又《甘州》云："避地依然沧海，随梦逐潮还。一样貂裘冷，不似长安。"又云："引吴钩不语，酒罢玉犀寒。总休问、杜鹃桥上，有梅花、且向醉中看。南云暗，任征鸿去，莫倚阑干。"《凄凉犯》云："疏灯晕结，觉霜逼帘衣自裂。"《唐多令》云："哀角起重关，霜深楚塞寒。背西风、归雁声酸。一片石头城上月，浑怕照旧江山。"皆精警雄秀，决非局促姜、张范围者可能出此也。

（二二）周之琦　字稚圭，祥符人。嘉庆十三年进士，官广西巡抚。有《金梁梦月词》（应在鹿潭前）。

三姝媚　海淀集贤院

交枝红在眼。荡帘波香深，镜澜痕浅。费尽春工，占胜游惟许，等闲莺燕。步靥廊回，盈褪粉、蛛丝偷罥。小影玲珑，冷到梨云，便成秋苑。　容易题襟吹散。又酒逐花迷，梦将天远。马系垂杨，但翠眉还识，旧时人面。暗数韶华，空笑我、樱桃三见。剩有盈盈胡蝶，西窗弄晚。

《梦月词》浑融深厚，语语藏锋，北宋瓣香，于斯未坠（黄韵甫语）。余谓稚圭词，托体至高，诚有如韵甫之言者。近时论者与鹿潭并称，似尚非确当。鹿潭集中，无酬应之作，《梦月》则社课特多，即此而论，已不如《水云》矣。且悼亡诸作，专录一卷，虽元相才多，未免士衡辞费。至心日斋《十六家词选》，截断众流，金针暗度，纵不如皋文、保绪之高，要亦倚声家疏凿手也。

（二三）戈载　字顺卿，吴县人。诸生。官国子监典簿。有《翠薇花馆词》三十九卷。

兰陵王　和周清真韵

画桥直，明镜波纹绉碧。轻烟绕，歌榭舞楼，一派迷离黯春色，东风遍故国。吹老关津怨客，长堤畔，千缕翠条，时见流莺度金尺。　萍踪半陈迹。记侧帽题襟，香蔼瑶席。天涯今又逢寒食。叹携手人远，俊游难再，飞花飞絮散旧驿，送潮过江北。悲恻，乱愁积。对孤馆残灯，无限凄寂。青门望断情何极。乍倚枕寻梦，怕闻邻笛。那堪窗外，更细雨，夜半滴。

清代词集之富，莫如迦陵，顺卿《翠薇词》，乃更过之。而泥沙不除，亦与迦陵相等。集中佳构，如《山亭宴》"秋晚游天平山"，《霜叶飞》"落叶"，《垂杨》"题吴伊人白门杨柳图"，《春霁》"柳影"，《露华》"苔痕"，《南浦》"春水秋水"二首，《步月》"春夜闲步"，《惜红衣》"皇甫墩观荷"，《琐寒窗》"秋晚"，《秋宵吟》"题箬石老人秋叶图"等作，精心结撰，文字音律，两臻绝顶，宜其独步江东，一时无与抗衡也。顺卿论词律极精，于旋宫八十四调之旨，研讨至深。故其自称在能辨阴阳，能分宫调。又白石旁谱，当时词家，不甚明了，顺卿能一一按管。数百年聚讼纷如，望而却步者，一旦大畅其理，此诚绝顶聪明也。惟集中平庸芜浅诸作，触目皆是，读者亦以其守律之严，反恕其行文之劣，无怪为谢枚如所讥也。顺卿词开卷即有"龙涎香""白莲""莼""蝉"等题，此当日学南宋者几成例作习气，愈觉可厌。且顺卿一贡士耳，太学典簿，未尝一履任也，而自十三卷后，交游渐广，攀援渐高，中丞、方伯、观察、太守、司马、明府，历碌满纸，所作无非应酬，虚声愈大，心灵愈短，岂芝麓之于迦陵乎？抑何其不惮烦也？至为麟见亭河帅题《鸿雪因缘图》，前后合一百六十阕，多至四卷，观其自述，知配合雕镂，费尽苦心。然以《花间》《兰婉》之手笔，加以引商刻羽之工夫，乃为巨公谱荣华之录，摹德政之碑也。言之不足，又长言之，若以为有厚幸焉。此真极词场之变矣。

（二四）庄棫　字中白，丹徒人。有《蒿庵词》。

高阳台　长乐渡

长乐溪边，秦淮水畔，莫愁艇子曾携。一曲西河，尊前往事依稀。浮萍绿涨前溪遍，问六朝、遗迹都迷。映颇黎，白下城南，武定桥西。　行人共说风光好，爱沙边鸥梦，雨后莺啼。投老方回，练裙十幅谁题。相思子夜春还夏，到欢闻、先已凄凄。更休提，柳外斜阳，烟外长堤。

中白与谭复堂并称，其词穷极高妙，为道咸间第一作手。平生论词宗旨，见于《复堂词序》。其言云："夫义可相附，义即不深；喻可专指，喻即不广。托志房帏，眷怀身世，温、韦以下，有迹可寻。然而自宋及今，几九百载，少游、美成而外，合者鲜矣。又或用意太深、义为辞掩，虽多比兴之旨，未发缥缈之音。近世作者，竹垞撷其华，而未芟其芜；茗柯溯其源，而未竟其委。"又曰："自古词章，皆关比兴，斯义不明，体制遂舛。狂呼叫嚣，以为慷慨，矫其弊者，流为平庸，风诗之义，亦云渺矣。"（《谭复堂词序》）先生此论，实具冠古之识，非大言欺人也。其词深得比兴之致，如《蝶恋花》四章，即所谓托志房帏，眷怀身世也。首章云："城上斜阳依绿树。门外斑骓，过了偏相顾。玉勒珠鞭何处住，回头不觉天将暮。""回头"七字，感慨无限。下云："风里余花都散去。不省分开，何日能重遇。凝睇窥君君莫误，几多心事从君诉。"声情酸楚，却又哀而不伤。次章云："百丈游丝牵别院。行到门前，忽见卞郎面。欲待回身钗乍颤，近前却喜无人见。"心事曲曲传出，钗颤身回，见得非常周折。下云:"握手匆匆难久恋。还怕人知,但弄团团扇。强得分开心暗战,归时莫把朱颜变。"韬光匿彩,忧谗畏讥,可为三叹。三章云:"绿树阴阴晴昼午。过了残春,红萼谁为主。宛转花旛勤拥护,帘前错唤金鹦鹉。"词殊怨慕,所遇不合也。故下云:"回首行云迷洞户。不道今朝,还比前朝苦。"悲怨已极。结云:"百草千花羞看取,相思只有侬和汝。"怨慕之深,却又深信不疑,非深于风骚者,不能如此忠厚。四章云:"残梦初回新睡足。忽被东风,吹上横江曲。寄语归期休暗卜,归来梦亦难重续。"决然舍去,中有怨情。下云:"隐约遥峰窗外绿。不许临行,私语频相属。过眼芳华真太促,从今望断横江目。"天长地久之情,海枯石烂之恨,不难得其缠绵沉着,而难得温厚和平耳。故先生之词,确自皋文、保绪中出,而更发挥光大之也。

(二五)谭廷献　字仲修,仁和人。有《复堂类稿》,词附。

金缕曲　唐栖月夜怀劳平甫

木叶飞如雨。绕空舟、惟闻暗浪,悄无人语。篷背新霜侵衣袂,冷压釭花不吐。料此际、微吟闭户。三径萧萧蓬蒿满,记往前、裙屐欢谁补。春去也,惜迟暮。　飘零我亦泥中絮。叹明明、入怀月色,夜深还去。芳草变衰浮云改,况复美人黄土。算生作、有情原误。莫倚平生丹青手,看寻常、颜面皆行路。哀与乐,等闲度。

仲修词取径甚高,源委深达,窥其胸中眼中,非独不屑为陈、朱,抑且上溯唐五代。此浙词之变也。仲修之言曰:"南宋词敝,琐屑饾饤,朱、厉二家,学之者流为寒乞。枚庵高朗,频伽清疏,浙词为之一变。"余谓吴、郭二子,不足当此语。变浙词者,复堂也。其《蝶恋花》六章，美人香草，寓意甚远。余最爱"玉枕醒来追梦语，中门便是长亭路"，又"惨绿衣裳年几许，争禁风日争禁雨"，又"语在修眉成在目，无端红泪双双落"，又"一握鬟云梳复裹，半庭残日匆匆过"，又"连理枝头侬与汝，千花百草从渠许"，又"遮断行人西去道，轻躯愿化车前草"，此等词直是温、韦，决非专学南宋者可拟，而又非迦陵、西堂辈轻率伎俩也。所录《箧中词》二集，搜罗富有，议论正大。其论浙词之病，尤为中肯。余故谓变浙词者复堂也。

（二六）王鹏运　字幼遐，临桂人。有《半塘词稿》。

齐天乐　秋光

新霜一夜秋魂醒，凉痕沁人如醉。叶染新黄，林凋暗绿，野色犹堪描绘。危楼倦倚，对一抹斜阳，冷鸦翻背。怅触愁心，莫烟明灭断霞尾。　遥山青到甚处。淡云低蘸影，都化秋水。蟹籪灯疏，雁汀月小，滴尽鲛人清泪。孤荣绽蕊。算夜读秋窗，尚饶滋味。秋落江湖，曙光摇万苇。

幼遐早岁官中书，与上元端木埰，吴县许玉瑑，临桂况周颐，更叠唱和，有《薇省同声集》之刻。其时子畴、鹤巢，年齿已高，夔笙最年少。继而子畴、鹤巢相继徂谢，幼遐又以直谏去官，客死吴下，独夔笙屑涕新亭，栖迟海澨，而身亦垂垂老矣。广西词境之高，实王、况二公之力也。《四印斋词刻》尚在京帅，时仅有《东坡乐府》至戈顺卿《词林正韵》耳，其后日益增刊，遂成巨制。晚年又自订《半塘定稿》，体备众制，无一不工。近三十年中，南则小坡，北则幼遐，当时作者，未能或之先也。朱丈沤尹从半塘游，而专力梦窗，其所诣尤出夔笙之上。粤使归后，即息影吴门，尝与小坡往返酬和，极一时盍簪之乐。迨辛壬以后，身经丧乱，词不轻作。（朱丈尝谓"理屈词穷"，此虽戏言，亦寓感喟焉。）又值小坡作古，吟侣益稀，适夔笙寓沪，数过从谈艺。春江花月，间及倚声，无非汐社遗民之泪矣。因论幼遐，并及朱、况，藉见三十年来词学之消息焉。

（二七）郑文焯　字叔问，汉军。有《瘦碧》《冷红》《比竹余音》《苕雅》诸集，晚订《樵风乐府》。

寿楼春　秋感次冯梦华同年韵

听吴讴消魂。正江城角冷，雨驿灯昏。记得残鹃啼遍，乱山红春。明镜老，如花人。寄故裙、遥遥乌孙。念浊酒谁呼，零烟自语，愁满一筝尘。　沧波苑，空林瞋。渐题香秀笔，不点歌尊。最忆烟沉荒戍，月孤长门。砧杵急，悲从军。赋楚萍、飘飘无根。怎说与黄华，西风泪痕吹满巾。

叔问于声律之学，研讨最深，所著《词源斠律》，取旧刻图表，一一厘正；又就八十四调住字，各注工尺，皆精审可从。至其所作词，炼字选声，处处稳洽，而语语缠绵宕动。清末论词笔之清，无逾叔问者矣。道咸以来，六十年中，南国才人，雅词日出，审音订律，独有翠薇。而孙月坡掉鞅词坛，分题唱和，不欲为筝琶俗响。叔问以承平贵胄，接继其武，虎山、邓尉间，时见吟屐，较枚庵、频伽，相去不可道里计也。先是，湘中王壬秋以文字雄一世，自负词笔不亚时彦。及见叔问作，遂敛手谢不及，始壹意于选诗。故湘社词人，知程子大、易实甫弟兄、陈伯弢辈，咸颣首请益，而叔问临文感发，不少假借。宦隐吴皋，声溢四宇。晚近词人之福，未有如叔问者也。小城葺宇，老鹤寄音，握手笑言，一如昨日。人琴俱杳，能无慨然。

中国词史

下编　中国戏曲概论

卷 上

一 金元总论

乐府亡而词兴，词亡而曲作，大率假仙佛、里巷、任侠及男女之词，以舒其磊落不平之气。宋人大曲，为内廷赓歌扬拜之言，不足见民风之变，虽《武林旧事》所记官本杂剧段数，多市井琐屑，非尽庙堂雅奏；然其辞尽亡，无从校理。今所存者，仅乐府致语，散见诸家文集而已。苏轼、王珪诸作，敷扬华藻，岂可征民情风俗哉！自杂剧有十二科，而作者称心发言，不复有冠带之拘束。论隐逸则岩栖谷汲，俨然巢许之风。言神仙则霞佩云裾，如骖鸾鹤之驾。其他万事万物，一一可上氍毹。余尝谓天下文字，惟曲最真，以无利禄之见，存于胸臆也。今日流传古剧，其最古者出于金元之间，而其结构，合唐之参军、代面，宋之官剧、大曲而成，故金元一代始有剧词可征。第参军、代面，以言语、动作为主。官剧、大曲，虽兼歌舞，而全体亦复简略。若合诸曲以成全书，备纪一人之始末，则诸宫调词，实为元明以来杂剧传奇之鼻祖。且金代院本，今皆不存，独诸宫调词，犹存规范，未始非词家之幸也。余今论次，首从金代云。

二　诸杂院本

两宋戏剧，均谓之杂剧，至金而有院本之名。院本者，《太和正音谱》云："行院之本也。"初不知行院为何语，后读元刊《张千替杀妻》剧云："你是良人良人宅眷，不是小末小末行院。"则行院者，大抵金元人谓倡伎所居，其所演唱之本，即谓之院本云尔。（王国维《宋元戏曲史》六章）余按陶九成《辍耕录》云："金有杂剧、院本、诸宫调，院本杂剧，其实一也。国朝院本杂剧，始厘而二之。"又按《太和正音谱》："倡夫词不入群贤乐府。"则静庵此说，足破数百年之疑。今就《辍耕录》所载，则皆为金人所作，其中名目诡谲，未必尽出文人，而九成概称曰院本，所谓院本杂剧其实一也。更就子目分析之，曰和曲院本者十有四种，其所著曲名，皆大曲、法曲，则和曲殆大曲、法曲之总名也。曰上皇院本者十有四种，中如《金明池》《万岁山》《错入内》《断上皇》等，皆明示徽宗时事，则上皇者谓徽宗也。曰题目院本者二十种，按题目即唐以来合生之别名。（高承《事物纪原》卷九，引《唐书·武平一传》："平一上书，比来妖伎胡人于御座之前，或言妃主情貌，或列王公名质，咏歌舞踏，名曰合生。始自王公，稍及闾巷。"即合生之原起于唐中宗时也，今人亦谓之唱题目。）曰霸王院本者六种，疑演项羽之事。曰诸杂大小院本者一百八十有九。曰院幺者二十有一种。曰诸杂院爨者一百有七种。陶氏云："院本又谓之五花爨弄"，则爨亦院本之异名也。曰冲撞引首者一百有十种。曰拴搐艳段者九十有二种。案《梦粱录》云："杂剧先做寻常熟事一段，名曰艳段，次做正杂剧。"则引首与艳段，疑各相类。艳段，《辍耕录》又谓之"焰段"，曰："焰段亦院本之意，但差简耳。取其如火焰，易明而易灭也。"曰打略拴搐者八十有八种。曰诸杂砌者三十种。案《芦浦笔记》谓"街市戏谑，有打砌打调之类。"疑杂砌亦滑稽戏之流。然其目则颇多故事，则又似与打砌无涉。今列其目如下。

（一）和曲院本

《月明法曲》《郓王法曲》《烧香法曲》《送香法曲》《上坟伊州》《浇花新水》《熙州骆驼》《列良瀛府》《病郑逍遥乐》《四皓逍遥乐》《四酸逍遥乐》《贺贴万年欢》《掙凛降黄龙》《列女降黄龙》。

（二）上皇院本

《壶堂春》《太湖石》《金明池》《恋鳌山》《六变妆》《万岁山》《打草阵》《赏花灯》《错入内》《问相思》《探花街》《断上皇》《打球会》《春从天上来》。

（三）题目院本

《柳絮风》《红索冷》《墙外道》《共粉泪》《杨柳枝》《蔡消闲》《方偷眼》《呆太守》《画堂前》《梦周公》《梅花底》《三笑图》《窄布衫》《呆秀才》《隔年期》《贺方回》《王安石》《断三行》《竞寻芳》《双打梨花院》。

（四）霸王院本

《悲怨霸王》《范增霸王》《草马霸王》《散楚霸王》《三官霸王》《补塑霸王》。

（五）诸杂大小院本

《乔托孤》《旦判孤》《计算孤》《双判孤》《百戏孤》《哨啩孤》《烧枣孤》《孝经孤》《菜园孤》《货郎孤》《合房酸》《麻皮酸》《花酒酸》《狗皮酸》《还魂酸》《别离酸》《三缠酸》《谒食酸》《三揲酸》《哭贫酸》《插拨酸》《酸孤旦》《毛诗旦》《老孤遗

旦》《缠三旦》《禾哨旦》《哮卖旦》《贫富旦》《书柜儿》《纸栏儿》《蔡奴儿》《剎毛儿》《喜牌儿》《卦册儿》《绣箧儿》《粥碗儿》《似娘儿》《卦铺儿》《师婆儿》《教学儿》《鸡鸭儿》《黄丸儿》《棱角儿》《田牛儿》《小丸儿》《丑奴儿》《病襄王》《马明王》《闹学堂》《闹浴堂》《宽布衫》《泥布衫》《赶汤瓶》《纸汤瓶》《闹旗亭》《芙蓉亭》《坏食店》《闹酒店》《坏粥店》《庄周梦》《花酒梦》《蝴蝶梦》《三出舍》《三入舍》《瑶池会》《八仙会》《蟠桃会》《洗儿会》《藏阄会》《打五脏》《兰昌宫》《广寒宫》《闹结亲》《俵成亲》《强风情》《大论情》《三园子》《红娘子》《太平还乡》《衣锦还乡》《四论艺》《殿前四艺》《竞敲门》《都子撞门》《呆大郎》《四酸摇》《问前程》《十样锦》《长庆馆》《癞将军》《两相同》《竞花枝》《五变妆》《白牡丹》《洪福无疆》《赤壁鏖兵》《穷相思》《金坛谒宿》《调双渐》《官吏不和》《闹巡铺》《判不由己》《大勘力》《同官不睦》《闹平康》《赶门不上》《卖花容》《同官贺授》《无鬼论》《四酸讳偌》《闹棚阑》《双药盘街》《闹文林》《四国来朝》《双捉婿》《酒色财气》《医作媒》《风流药院》《监法童》《渔樵问话》《斗鹌鹑》《杜甫游春》《鸳鸯简》《四酸提候》《满朝欢》《月夜闻筝》《鼓角将》《闹芙蓉城》《双斗医》《张生煮海》《赊馒头》《文房四宝》《谢神天》《陈桥兵变》《双揭榜》《蒙哑质库》《双福神》《院公狗儿》《告和来》《佛印烧猪》《酸卖俫》《琴剑书箱》《花前饮》《五鬼听琴》《白云庵》《迓鼓二郎》《坏道场》《独脚五郎》《卖花声》《进奉伊州》《错上坟》《医五方》《打五铺》《拷梅香》《四道姑》《隔帘听》《硬行蔡》《义养娘》《唔师姨》《论秋蝉》《刘盼盼》《墙头马》《刺董卓》《锯周村》《四拍板》《大论谈》《牵龙舟》《击梧桐》《㴔蓝桥》

《入桃园》《双防送》《海棠春》《香药车》《四方和》《九头顶》《闹元宵》《赶村禾》《眼药孤》《两同心》《更漏子》《阴阳孤》《提头巾》《三索债》《防送哨》《偌买旦》《是耶酸》《怕水酸》《回回梨花院》《晋宣成道记》。

（六）院幺

《海棠轩》《海棠园》《海棠怨》《海棠院》《鲁李王》《庆七夕》《再相逢》《风流婿》《王子端卷帘记》《紫云迷四季》《张与孟梦杨妃》《女状元春桃记》《粉墙梨花院》《妮女梨花院》《庞方温道德经》《大江东注》《吴彦举》《不抽关》《不掀帘》《红梨院》《玎珰天赐暗姻缘》。

（七）诸杂院爨

《闹夹棒六幺》《闹夹棒法曲》《望瀛法曲》《分拐法曲》《送宣道人欢》《逍遥乐打马铺》《撺采延寿乐》《讳老长寿仙》《夜半乐打明皇》《欢呼万里》《山水日月》《集贤宾打三教》《打白雪歌》《地水火风》《夜深深三磕胞》《佳景堪游》《琴棋书画》《喜迁莺刹草鞋》《太公家教》《十五郎》《滕王阁闹八妆》《春夏秋冬》《风花雪月》《上小楼衮头子》《喷水胡僧》《汀注论语》《恨秋风鬼点偌》《诗书礼乐》《论语谒食》《下角瓶大医淡》《再游恩地》《累受恩深》《送羹汤放火子》《擂鼓孝经》《香茶酒果》《船子和尚四不犯》《徐演黄河》《单兜望梅花》《皇都好景》《四偌大提猴》《双声叠韵》《上皇四轴画》《二偌一卜》《调猿挂铺》《偬刀馒头》《河转迓鼓》《背箱伊州》《酒楼伊州》《蓑衣百家诗》《埋头百家诗》《偷酒牡丹香》《雪诗打樊哙》《抹面长寿仙》《四偌贾浑》《四偌祈雨》《松竹龟鹤》《王母祝寿》《四偌抹紫粉》《四偌劈马桩》《截红闹浴堂》《和燕归梁》《苏武和番》《羹汤六幺》《河阳舅舅》《偌请

都子》《双女赖饭》《一贯质库儿》《私媒质库儿》《清朝无事》《丰稔太平》《一人有庆》《四海民和》《金皇圣德》《皇家万岁》《背鼓千字文》《变龙千字文》《摔盒千字文》《错打千字文》《木驴千字文》《埋头千字文》《讲来年好》《讲圣州序》《讲乐章序》《讲道德经》《神农大说药》《食店提猴》《人参脑子爨》《断朱温爨》《变二郎爨》《讲百果爨》《讲百花爨》《讲蒙求爨》《讲百禽爨》《讲心字爨》《变柳七爨》《三跳涧爨》《打王枢密爨》《水酒梅花爨》《调猿香字爨》《三分食爨》《煎布衫爨》《赖布衫爨》《双揲纸爨》《谒金门爨》《跳布袋爨》《文房四宝爨》《开山五花爨》。

（八）冲撞引首

《打三十》《打谢乐》《打八哥》《错打了》《错取儿》《说狄青》《憨郭郎》《枝头巾》《小闹捆》《鹦哥猫儿》《大阳唐》《小阳唐》《歇贴韵》《三般尿》《大惊睡》《小惊睡》《大分界》《小分界》《双雁儿》《唐韵六贴》《我来也》《情知本分》《乔捉蛇》《铛锅釜灶》《代元保》《母子御头》《觜苗儿》《山梨柿子》《打淡的》《一日一个》《村城诗》《胡椒虽小》《蔡伯喈》《遮截架解》《窄砖儿》《三打步》《穿百倬》《盘榛子》《四鱼名》《四坐山》《提头带》《天下乐》《四怕水》《四门儿》《说古人》《山麻秸》《乔道场》《黄风荡荡》《贪狼观》《通一母》《串梆子》《拖下来》《哑伴哥》《刘千刘义》《欢会旗》《生死鼓》《捣练子》《三群头》《酒糟儿》《净瓶儿》《卖官衣》《苗青根白》《调笑令》《斗鼓笛》《柳青娘》《调刘衮》《请车儿》《身边有艺》《论句儿》《霸王草》《难古典》《左必来》《香供养》《合五百》《奶奶喷》《一借一与》《已巳巳》《舞秦始皇》《学像生》《支道馒头》《打调劫》《驴城自守》《呆木大》《定魂刀》《说罚钱》《年纪大小》《打扇》《盘蛇》《相

眼》《告假》《捉记》《照淡》《蒙哑》《投河》《略通》《调贼》《多笔》《金押》《扯状》《罗打》《记水》《求楞》《烧奏》《转花枝》《计头儿》《长娇怜》《歇后语》《芦子语》《回且语》《大支散》。

（九）拴搐艳段

《襄阳会》《驴轴不了》《鞭敲金镫》《门帘儿》《天长地久》《衙府则例》《金含楞》《天下太平》《归塞北》《春夏秋冬》《斗百草》《叫子盖头》《大刘备》《石榴花诗》《哑汉书》《说古棒》《唱柱杖》《日月山河》《胡饼大》《觜搵地》《屋里藏》《骂吕布》《张天觉》《打论语》《十果顽》《十般乞》《还故里》《刘金带》《四草虫》《四厨子》《四妃艳》《望长安》《长安住》《骂江南》《风花雪月》《错寄书》《睡起教柱》《打婆束》《三文两扑》《大对景》《小护乡》《少年游》《打青提》《千字文》《酒家诗》《三拖旦》《睡马杓》《四生厉》《乔唱诨》《桃李子》《麦屯儿》《大菜园》《乔打圣》《杏汤来》《谢天地》《十只脚》《请生打纳》《建成》《缚食》《球棒艳》《破巢艳》《开封艳》《鞍子艳》《打虎艳》《四王艳》《蝗虫艳》《撅子艳》《七捉艳》《修行艳》《般调艳》《枣儿艳》《蛮子艳》《快乐艳》《慈乌艳》《眼里乔》《访戴》《众半》《陈蔡》《范蠡》《扯休书》《鞭寨》《枕扒扫竹》《感吾智》《诸宫调》《金铃》《雕出板来》《套靴》《舌智》《俯饮》《钗发多》《襄阳府》《仙哥儿》。

（十）打略拴搐，分目类列如下：

（1）星象名　缺

（2）果子名　缺

（3）草　名　缺

(4)军器名　缺

(5)神道名　缺

(6)灯火名　缺

(7)衣裳名　缺

(8)铁器名　缺

(9)书集名　缺

(10)节令名　缺

(11)菡菜名　缺

(12)县道名　缺

(13)州府名　缺

(14)相扑名　缺

(15)法器名　缺

(16)门　名　缺

(17)草　名　缺（与前三项重复，疑衍文）

(18)军　名　缺

(19)鱼　名　缺

(20)菩萨名　缺（以上二十种有目无曲，原书列入曲名中，误。今分排之）

(21)赌扑名　《照天红》《琴家弄》。

(22)著棋名　《衮骰子》《闷葫芦》《握龟》。

(23)乐人名　缺（以上二种，在赌扑名内，实亦子目，非曲也。因分排之）

(24)官职名　《说驾顽》《敲待制》《上官赴任》《押刺花赤》。

(25)飞禽名　《青鹪》《老鸦》《斯料》《鹰鹞雕鹘》。

(26)花　名　《石竹子》《调狗》《散水》。

（27）吃食名　《厨难偌》《蘑菇菜》。

（28）佛　名　《成佛板》《爷娘佛》。

（29）难字儿　《盘驴》《害字》《刘三》《一板子》。

（30）酒下栓　《数酒》《三元四子》。

（31）唱尾声　《孟姜女》《遮盖了》《诗头曲尾》《虎皮袍》。

（32）猜　谜　《杜大伯》《大黄》。

（33）和尚家门　《秃丑生》《窗下僧》《坐化》《唐三藏》。

（34）先生家门　《入口鬼》《则要胡孙》《大烧饼》《清闲真道本》。

（35）秀才家门　《大口赋》《六十八头》《拂袖便去》《绍运图》《十二月》《胡说话》《风魔赋》《疗丁赋》《牵着骆驼》《看马胡孙》。

（36）列良家门　《说卦象》《由命赋》《混星图》《柳簸箕》《二十八宿》《春从天上来》。

（37）禾下家门　《万民快乐》《咬的响》《莫延》《九斗一石》《共牛》。

（38）大夫家门　《三十六风》《伤寒》《合死汉》《马屁勃》《安排锹镢》《三百六十骨节》《便痛赋》。

（39）卒子家门　《针儿线》《甲仗库》《军闹》《阵败》。

（40）良头家门　《方头赋》《水龙吟》。

（41）邦老家门　《脚言脚语》《则是便是贼》。

（42）都子家门　《后人收》《桃李子》《上一上》。

（43）孤下家门　《朕闻上古》《刁包待制》《绢儿来》。

（44）司吏家门　《罢笔赋》《是故榜》。

（45）（作作）行家门　《一遍生活》。

（46）撅俫家门　《受胎成气》。

（十一）诸杂砌

《模石江》《梅妃》《浴佛》《三教》《姜武》《救驾》《赵娥娥》《石妇吟》《变猫》《水母》《玉环》《走鹦哥》《上料》《瞎脚》《易基》《武则天》《告子》《拔蛇》《鹿皮》《新太公》《黄巢》《恰来》《蛇师》《没字碑》《卧草》《衲袄》《封涉》《锯周村》《史弘肇》《悬头梁上》。

上杂剧院本，共六百九十种，诸宫调词不在内，虽拴搐艳段中有诸宫调目，然是院本之名，非诸宫调词体也。又打略拴搐内共列四十九目，九成原书，颇有淆乱。如星象等名二十门，误列剧名内。著棋名、乐人名二目，列入赌扑名内。今已一一厘正。细按此目，虽诙奇万状，而其中分配亦有端倪。如诸杂大小院本内，以孤名者十，孤为装官者（见《太和正音谱》）。以酸名者十一，金元间以秀才为细酸，又谓措大（见《少室山房笔丛》）。以旦名者七，旦为装女者，元曲中有《切脍旦》《货郎旦》，即本此格。凡此皆以角色名者也。又以爨名者二十一，盖出宋官本杂剧。《武林旧事》所载杂剧，以爨标目者颇多，金剧即依此例。宋徽宗见爨国人来朝，衣服诡异，令优人效之，此爨之原起也。又有说唱杂戏，混入其内，如《讲来年好》《讲圣州序》《讲道德经》等是也。至剧中事实，虽已久佚，而元剧中时有祖述之者，如《蔡消闲》一本，元李文蔚有《蔡萧闲醉写石州慢》，当从此出。案金蔡相松年，号萧闲老人，奉使高丽还，作此词赠伎（《明秀集》残本，未载此作，见杨朝英《阳春白雪》卷首）。则是剧与戴善夫之《陶学士风光好》剧相类矣。又《芙蓉亭》一本，元王实甫有《韩彩云丝竹芙蓉亭》，当从此出，今略存古本《西厢》校注中。又《蝴蝶梦》一本，元关汉卿有《包待制三勘蝴蝶梦》。《兰昌宫》一本，元庾天锡有《薛昭误入兰昌宫》。《十样锦》一本，元无名氏有《十样锦诸葛论功》。《杜甫游春》一本，元范康有《曲江池杜甫游春》。《鸳鸯简》一本，元白朴有《鸳鸯简墙头马上》。《月夜闻筝》一本，元郑光祖亦有此剧。《张生煮海》一本，元尚仲贤、李好古亦有此剧。《刘盼盼》一本，元关汉卿有《刘盼盼闹衡州》。《㳠蓝桥》一本，元李直夫有《水㳠蓝桥》。诸如此类，不胜枚举。凡此皆足考古今剧情之沿革也。若夫此等剧曲，概定为金人所作者，亦有数证。目中有《金皇圣德》一本，明为金人所作，一也。目中故事，关涉开封者颇多。开封为宋之东都，金之南都，《上皇院本》且勿论，他如郓王、蔡奴，汴京之人也；金明池、陈桥，汴京之地也。敷衍故事，必在事过未久之日，而又为当时人民所共知共见者，方足鼓动人心，故决为金人所作，二也。中如〔水龙吟〕〔双声叠韵〕等牌，仅见董词，不见元曲，足证此等剧曲，在元曲之先，三也。第此等剧曲，今皆不传，无研究之法，今可见者，止诸宫调词，董解元《西厢》是也。

三　诸宫调

　　诸宫调者，小说之支流，而被之以乐曲者也。《碧鸡漫志》《梦粱录》《东京梦华录》皆载泽州孔三传，始作诸宫调古传，则其来已久矣。董词据《正音谱》，以为创作北曲，胡元瑞、焦理堂、施研北均有考订，讫不知为何体，实则诸宫调词而已。本书卷一〔太平赚〕词云："俺平生情性好疏狂，疏狂的情性难拘束。一回家想么，诗魔多。爱选多情曲，比前贤乐府不中听，在诸宫调里却着数。"此开卷自叙作词缘起，而自云在诸宫调，其证一也。元凌云翰《柘枝轩词》有〔定风波〕词，赋《崔莺莺传》云："翻残金旧日诸宫调本，才入时人听。"则金人所赋《西厢》词，自为诸宫调，其证二也。此书体例。求之古曲，无一相似，独元王伯成《天宝遗事》，见于《雍熙乐府》《九宫大成谱》所选者，大致相同。而元钟嗣成《录鬼簿》，于王伯成条下，注云："有《天宝遗事》诸宫调行于世。"王词既为诸宫调，则董词之为诸宫调，更无疑义，其证三也。其所以名诸宫调者，则由宋人所用大曲转踏，不过用一牌回环作之，其在同一宫调中甚明。惟此编每宫调中多或十余曲，少或一二曲，即易他宫调。合若干宫调以咏一事，故谓之诸宫调。今列数词于下。

〔黄钟出队子〕最苦是离别，彼此心头难弃舍。莺莺哭得似痴呆，脸上啼痕多是血，有千种恩情何处说。夫人道天晚教郎疾去，怎奈红娘心似铁，把莺莺扶上七香车。君瑞攀鞍空自撅，道得个冤家宁耐些。

〔尾〕马儿登程，坐车儿归舍。马儿往西行，坐车儿往东拽。两口儿一步儿离得远如一步也。

〔仙吕点绛唇缠令〕美满生离，据鞍兀兀离肠痛。旧欢新宠，变作高唐梦。回首孤城，依约青山拥。西风送，戍楼寒重，初品梅花弄。

〔瑞莲儿〕衰草凄凄一径通，丹枫索索满林红。平生踪迹无定着，如断蓬。听塞鸿，哑哑的飞过暮云重。

〔风吹荷叶〕忆得枕鸳衾凤，今宵管半壁儿没用，触目凄凉千万种。见滴流流的红叶，浙零零的微雨，飒刺刺的西风。

〔尾〕驴鞭半袅吟肩双耸，休问离愁轻重，向个马儿上驮也驮不动。

〔仙吕赏花时〕落日平林噪晚鸦，风袖翩翩催瘦马，一径入天涯。荒凉古岸，衰草带霜滑。瞥见个孤林端入画，篱落萧疏带浅沙，一个老大伯捕鱼虾，横桥流水，茅舍映荻花。

〔尾〕驼腰的柳树上有鱼槎，一竿风旆茅檐上挂。淡烟潇洒横锁着两三家。

以上八曲，已易三宫调，全书体例皆如是，故名诸宫调也。施国祁《礼耕堂丛说》云："此本为海阳黄嘉惠刻，定为《董西厢》，分上下二卷，无出名关目，行间全载宫调、引子、尾声，率填乐府方言，不采类书故实，曲多白少，不注工尺，是流传读本，与院伎刘丽华口授者不同。"余谓此书体格，固属诸宫调，实为北曲之开山。元词中所用词牌，如〔仙吕点绛唇〕〔越调斗鹌鹑〕〔正宫端正好〕，与此书全合，故《太和正音谱》谓解元始作北曲，亦非不经之论也。又诸宫调套数至短，最多不过七八曲，元剧套数，有多至十七八支者，顾每支止用一叠，如〔点绛唇〕〔斗鹌鹑〕〔端正好〕等，仅用上叠，而后叠换头不用，故诸宫调虽短，词牌则全，元剧虽长，而每牌止有其半，此又可见金元间词体之变矣。又董词中各调，较元曲略多。元词诸牌，董词中多有之，董词各牌，如〔倬倬戚〕〔墙头花〕〔渠神令〕〔哈哈令〕等，皆元人所不用。清代《九宫大成谱》始采录入谱，然板式腔格，率多可疑，是北曲之不能完备，不在明嘉隆昆腔盛行以后，反在元人继述之不周，乃至解元各谱，无形消灭，迨康乾时欲掇拾坠绪，已难免杜撰之讥焉。凌廷堪作《燕乐考原》，先列董词，次及元曲，可云特识。惟不知元曲即出于董词，强分疆界，不可谓非贤者之过。至《正音谱》《辍耕录》各宫曲数，仅就北剧厘订之，尤不知董词为何物矣。至张、崔之事，谱入弦管，实不始于解元，宋赵令畤已有〔商调蝶恋花〕十章，取《会真记》逐段分配，略具搬演形式，但不如解元之作，自布局势，别造伟词也。（按解元名号，今无可考，《辍耕录》谓金章宗时人。《西河词话》谓解元为金章宗学士。《正音谱》谓其仕元，初制北曲，皆未深考，不足为据。余谓解元之称，为金元人通称，凡读书应举者，皆以此呼之。如《鬼董》五卷末，有泰定丙寅临安钱孚跋云"关解元之所传"，是汉卿亦称解元也。又王实甫《西厢》第一折云："风魔了张解元"，是君瑞亦称解元也。此等称谓至多，如公子称衙内，夫人称院君，和尚称洁郎，盗贼称帮老，概为一时方言，不必狃于旧习，以乡举首列者为解元也。）

四　元人杂剧

戏曲至元代，可为最盛时期。据《正音谱》卷首所录杂剧，共五百六十六本。钟嗣成《录鬼簿》所载，共四百五十八本，洋洋乎一代巨观也。第今人所见者，如臧晋叔《元曲选》百种外，日本西京大学《覆刊杂剧三十种》内，有十七种，为臧选本所未及，而臧选本中，亦有六种为明初人作（《儿女团圆》《金安寿》《城南柳》《误入桃源》《对玉梳》《萧淑兰》），去之合百十有一种。再加《西厢》五剧、罗贯中《风云会》、费唐臣《赤壁赋》、杨梓《豫让吞炭》，实得一百十有九种。吾人研究元曲尽此矣。或已佚各种，他日得复行于世者，要亦不多耳。今将仅存各种列目如下。

元人杂剧，就可见者列目如下。

关汉卿十三本：《西蜀梦》《拜月亭》《谢天香》《金线池》《望江亭》《救风尘》《单刀会》《玉镜台》《诈妮子》《蝴蝶梦》《窦娥冤》《鲁斋郎》《续西厢》。

高文秀三本：《双献功》《谇范叔》《遇上皇》。

郑廷玉五本：《楚昭王》《后庭花》《忍字记》《看钱奴》《崔府君》。

白朴二本：《梧桐雨》《墙头马上》。

马致远六本：《青衫泪》《岳阳楼》《陈抟高卧》《汉宫秋》《荐福碑》《任风子》。

李文蔚一本：《燕青博鱼》。

李直夫一本：《虎头牌》。

吴昌龄二本：《风花雪月》《东坡梦》。

王实甫二本：《西厢记》（四本）、《丽春堂》。

武汉臣三本：《老生儿》《玉壶春》《生金阁》。

王仲文一本：《救孝子》。

李寿卿二本：《伍员吹箫》《月明和尚》。

尚仲贤四本：《柳毅传书》《三夺槊》《气英布》《尉迟恭》。

石君宝三本：《秋胡戏妻》《曲江池》《紫云庭》。

杨显之二本：《临江驿》《酷寒亭》。

纪君祥一本：《赵氏孤儿》。

戴善甫一本：《风光好》。

李好古一本：《张生煮海》。

张国宾三本：《汗衫记》《薛仁贵》《罗李郎》。

石子章一本：《竹坞听琴》。

孟汉卿一本：《魔合罗》。

李行道一本：《灰阑记》。

王伯成一本：《贬夜郎》。

孙仲章一本：《勘头巾》。

康进之一本：《李逵负荆》。

岳伯川一本：《铁拐李》。

狄君厚一本：《介子推》。

孔文卿一本：《东窗事犯》。

张寿卿一本：《红梨花》。

马致远、李时中、花李郎、红字李二合作一本：《黄粱梦》。

宫天挺一本：《范张鸡黍》。

郑光祖四本：《倩梅香》《周公摄政》《王粲登楼》《倩女离魂》。

金仁杰一本：《萧何追韩信》。

范康一本：《竹叶舟》。

曾瑞一本：《留鞋记》。

乔梦符三本：《玉箫女》《扬州梦》《金钱记》。

秦简夫二本：《东堂老》《赵礼让肥》。

萧德祥一本：《杀狗劝夫》。

朱凯一本：《昊天塔》。

王晔一本：《桃花女》。

杨梓二本：《霍光鬼谏》《豫让吞炭》。

李致远一本：《还牢末》。

杨景贤一本：《刘行首》。

罗贯中一本：《风云会》。

费唐臣一本：《赤壁赋》。

无名氏二十七本：《七里滩》《博望烧屯》《替杀妻》《小张屠》《陈州粜米》《鸳鸯被》《风魔蒯通》《争报恩》《来生债》《朱砂担》《合同文字》《冻苏秦》《小尉迟》《神奴儿》《谢金吾》《马陵道》《渔樵记》《举案齐眉》《梧桐叶》《隔江斗智》《盆儿鬼》《百花亭》《连环计》《抱妆盒》《货郎旦》《碧桃花》《冯玉兰》。

杂剧体格，与诸宫调异。诸宫调不分出目，此则通例四折。虽纪君祥之《赵氏孤儿》统计五折，张时起之《赛花月秋千记》统计六折，顾不多见也。诸宫调不分角目，总以一人弹唱，与后世评话略同。此则分末、旦、外、丑等诸目，而以末、旦为主，元人所谓旦、末双全是也。

诸宫调无动作状态，此则分为三类：纪动作者曰科，纪言语者曰白，纪歌唱者曰曲，是合歌舞言动而一之也，是剧曲之进境也。至论文字，则止有本色一家，无所谓词藻缤纷纂组缜密也。王实甫作《西厢》，以研炼浓丽为能，此是词中异军，非曲家出色当行之作。观其《丽春堂》剧〔满庭芳〕云："这都是托赖着大人虎势，赢的他急难措手，打的他马不停蹄。"又云："则你那赤瓦不剌强嘴，犹自说兵机。"〔耍孩儿〕云："这泼徒怎敢将人戏，你托赖着谁人气力？睁开你那驴眼可便觑着阿谁，我便歹杀者波，是将相的苗裔。"（节录原曲）可云绝无文气，而气焰自不可及。即如《西厢》，亦不尽作绮语，如〔四边静〕云："怕我是赔钱货，两当一便成合。凭着他举将除贼，消得个家缘过活。费了甚么，古那便结丝萝。休波，省人情的奶奶忒虑过，恐怕张罗。"〔满庭芳〕云："你休要呆里撒奸。您待恩情美满，教我骨肉摧残。他手搭着檀棍摩娑看，麓麻线怎过针关。直待教我挂着拐帮闲钻懒，缝合唇送暖偷寒。待去呵，消息儿踏着犯。待不去，教甜话儿热趱。教我左右作人难。"（据古本，与通行金批本异）诸曲文字，亦非雅人吐属，顾亦令黠可喜。王元美以〔挂金索〕一支为佳，殊非公允。（词云："裙染榴花，睡损胭脂皴。钮结丁香，掩过芙蓉扣。线脱珍珠，泪湿香罗袖。杨柳眉颦，人比黄花瘦。"）仍不脱七子高华之习，是故知元人以本色见长，方可追论流别也。当时擅此技者，以大都、东平及浙中最盛，其散处各行省者，又皆浮沉下僚不得志之士。（见李中麓《小山小令序》）而江西嘌唱，尤能变易故常，别创南北合套之格。繁声一启，词法大备，此其大较也。今更备论之。大抵元剧之盛，首推大都。自实甫继解元之后，创为研炼艳冶之词。而关汉卿以雄肆易其赤帜，所作《救风尘》《玉镜台》《谢天香》诸剧（见《元曲选》），类皆雄奇排奡，无搔头弄姿之态。东篱则以清俊开宗，《汉宫孤雁》，臧晋叔以为元剧之冠，论其风格，卓尔大家。自是三家鼎盛，矜式群英。后起如王仲文、杨显之，并称瑜亮，《救孝子》《临江驿》《酷寒亭》，（见《元曲选》）足使已斋俯首，实甫服膺。石子章《竹坞听琴》，颇得东篱神髓，而幽艳过之。真定一隅，作者至富，《天籁》一集，质有其文。《秋雨梧桐》，实驾碧云黄花之上。盖亲炙遗山謦咳，斯咳唾不同流俗也。文蔚《博鱼》（李文蔚作曲十二种，为《张子房圯桥进履》《汉武帝死哭李夫人》《谢安东山高卧》《蔡萧闲醉写石州慢》《谢玄破苻坚》《卢亭亭担水浇花旦》《金水题红怨》《秋夜芭蕉雨》《燕青射燕》《同乐院燕青博鱼》《风月推车旦》《濯锦江鱼雁传情》等名。今《燕青博鱼》见《元曲选》，余皆不传），摹绘市井，声色俱肖，尤非寻常词人所及。尚仲贤《柳毅》《英布》二剧，状难状之境，亦非《蜃中楼》可比拟（尚仲贤作曲十种，为《陶渊明归去来辞》《海神庙王魁负桂英》《凤凰坡越娘背灯》《洞庭湖柳毅传书》《张生煮海》——非李好古本、《崔护谒浆》《没兴花前秉烛旦》《武成庙诸葛论功》《尉迟恭三夺槊》《汉高祖濯足气英布》等名。今《柳毅传书》《三夺槊》《气英布》三种，见《元曲选》，余不传）。戴善甫《风光好》（善甫作曲五种，为《陶秀实醉写风光好》《柳耆卿诗称玩江楼》《关大王三捉红衣怪》《伯俞泣杖》《诸宫调风月紫云亭》等名。今仅存《风光好》），俊语翩翩，不亚实甫也。东平高氏，力追汉卿，毕生绝艺，雕绘梁山（高文秀，东平府学生，作曲三十四种，为《黑旋风斗鸡会》《黑旋风诗酒丽春园》《黑旋风穷风月》《黑旋风大闹牡丹园》《黑旋风乔教学》《黑旋风敷衍刘耍和》《黑旋风双献功》《老郎君养子不及父》《病樊哙打吕胥》《黑旋风借尸还魂》《刘先主襄阳会》《禹王庙霸王举鼎》《穷秀才双弃瓢》《忠义士班超投笔》《烟月门神诉冤》《五凤楼潘安掷果》《须贾大夫谇范叔》《好酒赵元遇上皇》

《周瑜谒鲁肃》《木叉行者锁水母》《伍子胥弃子走樊城》《豹子尚书谎秀才》《豹子秀才不当差》《豹子令史干请俸》《太液池儿女并头莲》《风月害夫人》《相府门廉颇负荆》《郑元和风雪打瓦罐》《御史台赵尧辞金》《醉秀才戒酒论杜康》《志公和尚问哑禅》《宣帝问张敞画眉》《双献头武松大报仇》《保成公竞赴渑池会》等名。今仅存《双献功》《诤范叔》《遇上皇》三种，余皆不传），享年不永，悼惜尤深，锲而不舍，并辔王关矣。时起擅名，在《昭君出塞》一剧（张时起字才英，东平府学生，居长芦，作曲四种，为《霸王垓下别虞姬》《昭君出塞》《赛花月秋千记》《沉香太子劈华山》等名，今皆不传）。其《垓下别姬》即为明人《千金》之本，其词散佚，无可评骘，丹邱谓其"雁阵惊寒"，意者植基不厚欤。此外如顾仲清之《纪信》《伏剑》（仲清作曲二种，为《荥阳城火烧纪信》《陵母伏剑》等名，今不传），张寿卿之《诗酒红梨》（见《元曲选》），风格翩翩，皆东平之秀也。大名宫天挺（天挺字大用，大名开州人，历学官，除钓台书院山长，为权豪所中，卒于常州。作曲六种，为《严子陵钓鱼台》《会稽山越王尝胆》《死生交范张鸡黍》《济饥民汲黯开仓》《宋仁宗御览讹公书》《宋上皇御赏凤凰楼》等名。今仅存《范张鸡黍》，见《元曲选》），襄陵郑光祖（光祖字德辉，平阳襄陵人，以儒补杭州路吏。作曲十九种，为《李太白醉写秦楼月》《丑齐后无盐破连环》《陈后主玉树后庭花》《放太甲伊尹扶汤》《三落水鬼泛采莲船》《秦赵高指鹿为马》《㑇梅香翰林风月》《崔怀宝月夜闻筝》《醉思乡王粲登楼》《周公辅成王摄政》《王太后摔印哭孺子》《迷青琐倩女离魂》《虎牢关三战吕布》《齐景公哭晏婴》《谢阿蛮梨园乐府》《周亚夫细柳营》《紫云娘》《哭孙子》《钟离春智勇定齐》等名。今仅存《㑇梅香》《王粲登楼》《倩女离魂》三种，余不传），名播省台，声振闺闼，或以豪迈相高，或以俳谐玩世，要皆不越三家范围焉。至江州沈和，作《潇湘八景》《欢喜冤家》，以南北词合腔，极为工巧（和字和甫，杭州人，后徙江州。作曲六种，为《祈甘雨货郎朱蛇记》《徐驸马乐昌分镜记》《郑玉娥燕山逢故人》《闹法场郭兴阿阳》《潇湘八景》《欢喜冤家》等名，今皆不传）。参军代面，"蛮子关卿"，开后代传奇之先，结金元剧曲之局，可谓不随风气，自辟蹊径者矣。浙中词学，凤称彬彬，一时名家，指不胜数。金志甫《西湖梦》（金仁杰字志甫，杭州人，授建康崇宁务官。作曲七种，为《蔡琰还朝》《秦太师东窗事犯》——非孔文卿作、《周公旦抱子设朝》《萧何月夜追韩信》《长孙皇后鼎镬谏》《玉津园智斩韩太师》《苏东坡夜宴西湖梦》等名，今皆不传），范子安《竹叶舟》（范康字子安，杭人。作曲二种，为《陈季卿悟道竹叶舟》《曲江池杜甫游春》等名，今仅存《竹叶舟》），陈存甫《锦堂风月》（陈以仁字存甫，作曲二种，为《十八骑误入长安》《锦堂风月》等名，今不传），皆脍炙人口也。而鲍天祐《史鱼尸谏》，流播诸路，腾誉宫廷，尤极文人之荣遇（天祐字吉甫，杭人，昆山州吏。作曲七种，为《王妙妙死哭秦少游》《史鱼尸谏卫灵公》《忠义士班超投笔》《贪财汉为富不仁》《摘星楼比干剖腹》《英雄士杨震辞金》《汉丞相宋弘不谐》等名，而《史鱼尸谏》，尤盛传于世。周定王《元宫词》云："尸谏灵公演传奇，一朝传到九重知。奉宣赍与中书省，诸路都教唱此词。"其盛可思也。今皆不传）。王晔《桃花女》《卧龙冈》《双买花》，亦怪谲可诵（晔三种惟《桃花女》尚存，见《元曲选》）。人文蔚起，他方莫逮焉。流寓中，如乔梦符（乔吉字梦符，太原人，号笙鹤翁，又号惺惺道人，居杭州太乙宫前。作曲十一种，为《怨风月娇云认玉钗》《杜牧之诗酒扬州梦》《玉箫女两世姻缘》《死生交托妻寄子》《马光祖勘风情》《荆公遣妾》《唐明皇御断金钱记》《节妇牌》

《贤孝妇》《九龙庙》《燕乐毅黄金台》等名。今惟《扬州梦》《金钱记》《两世姻缘》，见《元曲选》，余不传）。曾瑞卿（曾瑞字瑞卿，大兴人，寓杭州。有《才子佳人误元宵》一剧，颇负盛名，见《元曲选》，又名《留鞋记》）等，又皆一时彦士，雍容坛坫，啸傲湖山，极裙屐之胜概矣。尝谓元人剧词，约分三类：意豪放者学关卿，工锻炼者宗实甫，尚轻俊者号东篱。一代才彦，绝少达官，斯更足见人民之崇尚，迥非台阁文章以颂扬藻绘者可比也。因疏论如此。至其剧词，世皆见之，故不赘云。

五　元人散曲

元人散曲，作者至多，其词清新俊逸，与唐诗宋词可以鼎足。其有别集可考者，略记如下。

张养浩：《云庄乐府》。曾瑞：《诗酒余音》。吴中立：《本道斋乐府小稿》。吴弘道：《金缕新声》。钱霖：《醉边余兴》。顾德润：《九山乐府》。朱凯：《升平乐府》。周月湖：《月湖今乐府》。沈子厚：《沈氏今乐府》。张可久：《北曲联乐府》《吴盐》《苏堤渔唱》《小山小令》。乔吉：《惺惺道人乐府》《梦符小令》《文湖州集词》。汪元亨：《小隐余音》《云林清赏》。耶律铸：《双溪醉隐乐府》。郑杓次：《夹漈余声乐府》。冯华：《乐府》。沈禧：《竹窗乐府》。

全元人所编散曲总集，远不如明人之多，第就闻见所及，亦略记之。

《南北宫词》《中州元气》《仙音妙选》《曲海》《百一选曲》《乐府群珠》《乐府群玉》《自然集》、杨朝英《太平乐府》《阳春白雪》。

元人乐府，盛称关、马、郑、白，其次为酸、甜乐府，而乔梦符、张小山、杨西庵辈，亦戛戛独造，洵文学界之奇观也。关、郑二家，以剧曲著，不以散曲名，兹不论。马致远小令，以〔天净沙〕为最，词云："枯藤老树昏鸦，小桥流水人家，古道西风瘦马。夕阳西下，断肠人在天涯。"明人辄喜摹此词，而终无佳者，于此见元人力厚。其套曲以《秋思》为最，词云："〔夜行船〕百岁光阴如梦蝶，重回首往事堪嗟。昨日春来，今朝花谢，急罚盏夜阑灯灭！〔乔木查〕秦宫汉阙，都做了衰草牛羊野。不恁渔樵无话说。纵荒坟横断碑，不辨龙蛇。〔庆宣和〕投至狐踪与兔穴，多少豪杰！鼎足三分半腰折，魏也，晋也。〔落梅风〕天教富，莫太奢，无多时好天良夜。看钱奴硬将心似铁，空辜负锦堂风月。〔风入松〕眼前红日又西斜，疾似下坡车。晓来清镜添白雪，上床与鞋履相别。莫笑鸠巢计拙，葫芦提一任装呆。〔拨不断〕利名竭，是非绝，红尘不向门前惹，绿树偏宜屋角遮，青山正补墙头缺，竹篱茅舍。〔离亭宴带歇指煞〕蛩吟罢一枕才宁贴，鸡鸣后万事无休歇，争名利何年是彻？密匝匝蚁排兵，乱纷纷蜂酿蜜，闹穰穰蝇争血。裴公绿野堂，陶令白莲社。爱秋来那些？和露摘黄花，带霜烹紫蟹，煮酒烧红叶。人生有限杯，几个登高节。嘱咐俺顽童记者：便北海探吾来，道东篱醉了也。"〔天净沙〕小令纯是天籁，仿佛唐人绝句；《秋思》一套，则直似长歌矣。且通篇无重韵，尤较作诗为难。周德清评为元词之冠，洵定论也。白有《天籁集》，诗词皆佳，末附《摭遗》一卷，皆北词。首录〔恼杀人〕一套，盖赋双渐、苏小卿事，元人常有之，第白作拙朴，雅近董词，与东篱异矣。词云："〔恼杀人〕又是红轮西堕，残霞万顷银波。江上晚景寒烟，雾濛濛，雨细细，阻隔离人萧索。〔幺篇〕宋玉悲秋愁闷，江淹梦笔寂寞，人间岂无成与破。想别离情绪，世界里只有俺一个。〔伊州遍〕为忆小卿，牵肠割肚，凄惶悄然无底末。受尽平生苦,天涯海角,身心无个归着。恨冯魁趋恩夺爱,狗行狼心,全然不怕天折挫。到如今划地吃耽阁,禁不过,更那堪晚来,暮云深锁。〔幺篇〕故人杳杳,长江风送,胡筋呖呖声韵聒。一轮浩月朗,几处鸣榔,时复唱和渔歌。转无那,沙汀蓼岸,渔灯相照如梭。古渡停画舸,无语泪珠堕。呼仆隶,指拨水手,在意扶舵。〔尾〕兰舟定把芦花过,橹声省可里高声和。恐惊散宿鸳鸯,两分飞也似我。"此等词决非明人所能办。至《酸甜乐府》,乃贯酸斋与徐甜斋也。酸斋畏吾人,为阿里海涯之孙,父名贯只哥,遂以贯为氏,自名小云石海涯。甜斋名侁,扬州人。二家并以乐府著名,故有"酸甜乐府"之号。时阿里西瑛新筑别业,名懒云窝,亦善曲词,尝作〔殿前欢〕云:"懒云窝,醒时诗酒醉时歌。瑶琴不理抛书卧,无梦南柯。得清闲尽快活,日月似撺梭过,富贵比花开落。青春去也,不乐如何?"酸斋和之云:"懒云窝,阳台谁与送姮娥。蟾光一任来穿破,遁迹由他。蔽一天星斗多,分半榻蒲团坐,尽万里鹏程挫。向烟霞啸傲,任世事蹉跎。"又云:"懒云窝,云窝客至欲如何?懒云窝里和云卧,打会磨陀,想人生待怎么?贵比我争些大,富比我争些个。呵呵笑我,我笑呵呵。"又云:"懒云窝,懒云窝里客来多。客来时伴我闲些个,酒灶茶锅,且停杯听我歌。醒时节披衣坐,醉后也和衣卧。兴来时玉箫绿绮,问甚么天籁云和。"颇超妙可诵。甜斋词亦佳,如〔折桂令〕咏玉莲云:"荆山一片玲珑,分付冯夷,捧出波中。白羽香寒,琼衣露重,粉面冰融。知造化私加密宠,为风流洗尽娇红。月对芙蓉,人在帘栊。太华朝云,太液秋风。"又《题情》云:"平生不解相思。才会相思,便害相思。身似浮云,心如飞絮,气若游丝。空一缕余香在此,盼千金游子何之?证候来时,正是何时?灯半昏时,月半明时。"正镂心刻骨之作,直开玉茗、粲花一派矣。又有〔水仙子〕二首,一咏《佳人钉鞋》,一咏《红指甲》,亦

169

佳。《钉鞋》云："金莲脱瓣载云轻，红叶香浮带雨行。渍春泥印在苍苔径，三寸中数点星。玉玲珑环佩交鸣，溅越女红裙湿，沁湘妃罗袜冷，点寒波小小蜻蜓。"《红指甲》云："落花飞上笋芽尖，宫叶犹将冰箸粘，抵牙关越显得樱唇艳。怕阳春不卷帘，捧菱花红印妆奁。雪藕丝霞十缕，镂枣斑血半点，掐刘郎春在纤纤。"语语俊，字字艳，直可压倒群英矣。乔梦符（字里见前），博学多能，以乐府称重于时，尝云："作乐府亦有法，曰凤头、猪肚、豹尾，六字是也。大概起要美丽，中要浩荡，终要响亮。尤贵在首尾贯串，意思清新。能若是始可言乐府矣。"尝记其咏竹衫词："〔红绣鞋〕并刀翦龙须为寸，玉丝穿龟背成文，襟袖清凉不染尘。汗香晴带雨，肩瘦冷搜云，是玲珑剔透人。"又咏香茶词："〔卖花声〕细研片脑梅花粉，新剥珍珠豆蔻仁，依方修合凤团春。醉魂清爽，舌尖香嫩，这孩儿那些风韵。"又〔天净沙〕云："莺莺燕燕春春，花花柳柳真真，事事风风韵韵。娇娇嫩嫩，停停当当人人。"诸作秀丽，无愧大家。若张可久则用全力于散曲，生平未作一剧，不屑戾家生活也。所作小令至多，美不胜录，录〔一半儿〕数首，藉见一斑云。《秋日宫词》云："花边娇月静妆楼，叶底沧波冷翠沟，池上好风闲御舟。可怜秋，一半儿芙蓉一半儿柳。"又云："数层秋树隔雕檐，万朵晴云拥玉蟾，几缕夜香穿绣帘。等潜潜，一半儿开门一半儿掩。"又酬耿子春海棠词云："海棠香雨污吟袍，薜荔空墙闲酒瓢，杨柳晓风凉野桥。放诗豪，一半儿行书一半儿草。"又云："梅枝横翠暮寒生，花淡纱窗残月明，人倚画楼羌笛声。恼诗情，一半儿清香一半儿影。"小山词佳处，约可见矣。杨西庵名果，词无专集，散见《阳春白雪》及各家选本者甚富。今录《春情》一套，词云："〔赏花时〕花点苍苔绣不匀，莺唤杨枝语未真，帘外絮纷纷。日长人困，风暖兽烟喷。〔幺篇〕一自檀郎共锦茵，再不会暗掷金钱卜远人。

香脸笑生春。旧时衣裙,宽放出二三分。〔赚煞〕调养就旧精神,妆点出娇风韵,将息好护春纤一双玉笋。拂绰了香冷妆奁宝镜尘,舒展开系东风两叶眉颦。晓妆新高绾起乌云,再不管暖日珠帘鹊噪频。从今后鸦鸣不嗔,灯花休问,一任他子规声啼破海棠魂。"此套语语柔媚,可与《两世姻缘》《萧淑兰》等剧媲美。他作亦相称。元人套数,见诸总集者,不下数百家,取其著者论之而已。

卷 中

一 明总论

　　一代之文，每与一代之乐相表里，其制度虽定于瞽宗，而风尚实成于社会。天然之文，反胜于乐官之造作。故尼山正乐，雅颂始得所，而国风则不烦厘定。即后世禴祀符瑞歌功颂德之作，亦每视为官样文章，不如闾巷琐碎，儿女尔汝之争相传述。由斯以例列代乐府之真际，于周代则属风骚，于汉则属古诗，于晋唐则属房中、竹枝、子夜、边调等，于两宋则属诗余，于金元则属杂剧。其作者每多不知谁何之人，而流传特甚；若其摹赓扬而仿咸英者，徒为一时粉饰，供儒生之考订而已。盖与社会之风尚性情绝不相入，不合于天然之乐，即不能为乐府之代表也。有明承金元之余波，而寻常文字，尤易触忌讳，故有心之士，寓志于曲。则诚《琵琶》，曾见赏于太祖，亦足为风气之先导。虽南北异宜，时有凿枘，而久则同化，遂能以欧、晏、秦、柳之俊雅，与关、马、乔、郑之雄奇相调剂，扩而充之，乃成一代特殊之乐章，即为一代特殊之文学。当时作者虽多，以实甫、则诚二家为宗，而制腔尚留本色，不尽藻饰词华，立意能关身世，不独铺张故实，以较北部之音，似有积薪之势焉。大抵开国之初，半沿元季余习，其后南剧日盛，家伶点拍，踵事增华，作家辈出，一洗古鲁兀剌之风。于是海内向风遂得与古法部相骖靳，此一时也。澉川杨康惠公梓在元时，得贯云石之传，尝作《豫让》《霍光》《尉迟敬德》诸剧（见前），流传宇内，与中原弦索抗行。而长子国材，复与鲜于去矜交游，以乐府世其家，总得南声之秘奥，别创新声，号为海盐调，西江两京间翕然和之，此一时也。嘉隆间，太仓魏良辅、昆山梁辰鱼，以善讴名天下。良辅探讨声韵，坐卧一小楼者几二十年，考订《琵琶》板式，造水磨调。辰鱼作《浣纱记》付之，流丽稳协，远出弋阳、海盐旧调之上，历世三百，莫不俯首倾耳，奉为雅乐。此犹宋代嘌唱家，就旧声而加以泛艳者也，此又一时也。若夫论列词品，派别至繁，粗就管窥，述之于后。

二　明人杂剧

明人杂剧至多，苦无详备总目。今就近世可得见者录之，得若干种，列下。

宁献王今皆失传。

周宪王二十五本：《天香圃》《十美人》《兰红叶》《义勇辞金》《小桃红》《乔断鬼》《豹子和尚》《庆朔堂》《桃源景》《复落娼》《仙官庆会》《得驺虞》《仗义疏财》《半夜朝元》《辰勾月》《悟真如》《牡丹仙》《踏雪寻梅》《曲江池》《继母大贤》《团圆梦》《香囊怨》《常椿寿》《献赋题桥》《苦海回头》。

王子一一本：《误入桃源》。

谷子敬一本：《城南柳》。

贾仲名三本：《金童玉女》《对玉梳》《萧淑兰》。

杨文奎一本：《儿女团圆》。

王九思二本：《沽酒游春》《中山狼》。

康海一本：《中山狼》。

徐渭五本：《渔阳弄》《翠乡梦》《雌木兰》《女状元》《歌代啸》。

梁辰鱼一本：《红线女》。

汪道昆四本：《远山戏》《高唐梦》《洛水悲》《五湖游》。

冯惟敏二本：《不伏老》《僧尼共犯》。

陈与郊三本：《昭君出塞》《文姬入塞》《义犬记》。

梅鼎祚一本：《昆仑奴》。

王衡二本：《郁轮袍》《真傀儡》。

许潮八本：《武陵春》《兰亭会》《写风情》《午日吟》《南楼月》《赤壁游》《龙山宴》《同甲会》。

叶宪祖九本：《北邙说法》《团花凤》《易水寒》《夭桃纨扇》《碧莲绣符》《丹桂钿盒》《素梅玉蟾》《使酒骂座》《寒衣记》。

沈自征三本：《鞭歌伎》《簪花髻》《霸亭秋》。

凌初成一本：《虬髯翁》。

徐元晖二本：《有情痴》《脱囊颖》。

汪廷讷一本：《广陵月》。

孟称舜二本：《桃花人面》《死里逃生》。

卓人月一本：《花舫缘》。

王应遴一本：《逍遥游》。

陈汝元一本：《红莲债》。

祁元儒一本：《错转轮》。

车任远一本：《蕉鹿梦》。

徐复祚一本：《一文钱》。

徐士俊二本：《络水丝》《春波影》。

王淡翁一本：《樱桃园》。

来集之三本：《碧纱》《红纱》《挑灯剧》。

王夫之一本：《龙舟会》。

叶小纨一本：《鸳鸯梦》。

僧湛然二本：《曲江春》《鱼儿佛》。

蘅芜室一本：《再生缘》。

竹痴居士一本：《齐东绝倒》。

吴中情奴一本：《相思谱》。

共九十六种，皆今世所可见者。若余所未知，而世有藏弆者，当亦不少，闻见有限，不敢增饰也。明人杂剧，与元剧相异处，颇有数端。元剧多四折，明则不拘。如徐渭《四声猿》，沈自晋《秋风三叠》，则每种一折者。王衡《郁轮袍》，孟称舜《桃花人面》，多至七折、五折者。是折数不定也。元剧多一人独唱，明则不守此例，如《花舫缘》第三折是旦唱，《春波影》第二折杨夫人唱，第四折老尼唱，是唱角亦不定也。元剧多用北词，明人尽多南曲。如汪道昆《高唐梦》，来集之《挑灯剧》皆是，是南北词亦可通用也。至就文字论，大抵元词以拙朴胜，明则研丽矣。元剧排场至劣，明则有次第矣。然而苍莽雄宕之气，则明人远不及元，此亦文学上自然之趋向也。今略述之。

周宪王诸剧，余得见者有二十五本，已见前目。而二十五本中，尤以《献赋题桥》暨《烟花梦》为佳。《献赋题桥》中，如首折〔煞尾〕云："莫不是月神乖，又不是花妖圣，元来是此处湘妃显灵，怎生得宋玉多才作赋成？静巉巉、悄悄冥冥，支愣楞，风轧窗棂。他那里卧看牵牛织女星，一会儿步香阶暗行，一会儿凭危栏独听。只落个曲终江上数峰青。"第二折〔梁州〕云："到今日可意种新婚燕尔，一回价上心来往事成空。穷则穷落一觉团圆梦，我和你知心可腹，百纵千容，声声相应,步步相从,赤紧地与才郎两意相浓。想天仙三事相同:恰便似行云雨阳台,梦神女和谐,赠玉杵蓝桥驿娇娥眷宠,泛桃花天台山仙子相逢。想俺心中意中,当日个未曾相许情先动。到如今遂于飞效鸾凤,抵多少翠袖殷勤捧玉钟,到今日百事从容。"此二词松秀绝伦,不让《㑇梅香》矣。余佳处尽多,不赘。

明初十六家者,王子一、刘东生、王文昌、谷子敬、蓝楚芳、陈克明、李唐宾、穆仲义、汤舜民、贾仲名、杨景言、苏复之、杨彦华、杨文奎、夏均政、唐以初也。其中有撰述可称者,王子一有《误入桃源》《海棠风》《楚阳台》《莺燕蜂蝶》四种,刘东生有《娇红记》《世间配偶》二种,谷子敬有《城南柳》《枕中记》《闹阴司》三种,汤舜民有《娇红记》《风月瑞仙亭》二种,杨景言有《风月海棠亭》《生死夫妻》二种,苏复之有《金印记》一种(入传奇部),贾仲名有《金童玉女》《对玉梳》《萧淑兰》《升仙梦》四种,杨文奎有《翠红乡》《王魁不负心》《封骘遇上元》《玉盒记》四种。他人仅见散曲而已。此二十三种中,惟《误入桃源》《城南柳》《金童玉女》《对玉梳》《萧淑兰》《翠红乡》六种,见《元曲选》,《金印记》一本,有明人传刻本,余则亡佚矣。

王九思《沽酒游春》《中山狼》二剧,名溢四海。《中山狼》仅一折,远逊康德涵。《杜甫游春》,则力诋李西涯。王元美谓声价不在汉卿、东篱之下,固为溢美,实则词尚蕴蓄,非肆意诋諆,亦有足多者。

康对山《中山狼》一剧,为李献吉而发。牧斋《列朝诗集》云:"正德初,逆瑾恨李献吉代韩尚书草疏,系诏狱,必欲杀之。献吉狱急,出片纸曰:'对山救我。'秦人皆言瑾恨不能致德涵,德涵往,献吉可生也。德涵曰:'吾何惜一官,不救李死?'乃往谒瑾。瑾大喜,盛称德函真状元,为关中增光。德涵曰:'涵何足言,今关中自有三才，古今稀少。'瑾惊问曰：'何也？'德涵曰：'老先生之功业，张尚书之政事，李郎中之文章。'瑾曰：'李郎中非李梦阳耶？应杀无赦。'德涵曰：'应则应矣，杀之关中少一才矣。'欢饮而罢。明日，瑾奏上赦李。瑾遂欲超拜吏部侍郎，德涵力辞之，乃寝。……瑾败，坐落职为民。"此剧盖为李发也，东郭先生自谓也，狼谓献吉也。其词独摅淡宕，一洗绮靡，如〔混江龙〕云："堪笑他谋王图霸，那些个飘零四海便为家。万言书随身衣食，三寸舌本分生涯。谁弱谁强排蚁阵，争甜争苦闹蜂衙。但逢着称孤道寡，尽教他弄鬼抟沙。那里肯同群鸟兽，说甚么吾岂瓠瓜。有几个东的就，西的凑，千欢万喜。有几个朝的奔，暮的走，短叹长呀。命穷时，镇日价河头卖水。运来时，一朝的锦上添花。您便是守寒酸枉饿杀断简走枯鱼，俺只待向西风恰消受长途敲瘦马。些儿撑达，怎地波查。"〔新水令〕云："看半林黄叶暮云低，碧澄澄小桥流水。柴门无犬吠，古树有乌啼。茅舍疏篱，这是个上八洞闲天地。"〔得胜令〕云："光灿灿，匕首雪花吹，软哈哈力怯手难提。俺笑他今日里真狼狈，悔从前怎噬脐。须知，跳不出丈人行牢笼计。还疑，也是俺先生的命运低。"〔沽美酒〕云："休道是这贪狼反面皮，俺只怕尽世里把心亏。少甚么短箭难防暗里随，把恩情翻成仇敌，只落得自伤悲。"〔太平令〕云："怪不得那私恩小惠，却教人便唱叫扬疾。若没有天公算计，险些儿被幺魔得意。俺只索含悲忍气，从今后见机，莫痴。哎呀，把这负心的中山狼做个旁州例。"诸首皆戛戛独造，余甚称之。

徐文长《四声猿》中《女状元》剧，独以南词作剧，破杂剧定格，自是以后，南剧孳乳矣。其词初出，汤临川目为词坛飞将，同时词家，如史叔考槃、王伯良骥德辈，莫不俯首。今读之，犹自光芒万丈。顾与临川之研丽工巧不同，宜其并擅千古也。王定柱云："青藤佐胡梅林幕，平巨寇徐海，功由海妾翠翘。海平，翠翘失志死。又青藤以私愤，嗾梅林戮某寺僧，后颇为厉。又青藤继室张，美而才，以狂疾手杀之。既寤痛悔，为作《罗鞋四钩词》，故《红莲》忏僧冤也，《木兰》吊翠翘也，《女状元》悼张也，《狂鼓史》为自己写生耳。"余谓文人作词，不过直抒胸臆，未必影射谁某，琐琐附会，殊无谓也。文长词精警豪迈，如词中之稼轩、龙洲。如《狂鼓史》〔寄生草〕云："仗威风只自假，进官爵不由他。一个女孩儿竟坐中宫驾，骑中郎直做了王侯霸。铜雀台直把那云烟架，辒车骑直按到朝廷胯。在当时险夺了玉皇尊，到如今还使得阎罗怕。"《翠乡梦》〔折桂令〕云："这一个光葫芦按倒红妆，似两扇木木梿，一副磨磨浆。少不得磨来浆往，自然的椴紧糠忙，可不挣断了猿缰，保不定龙降。火烧的倩金刚加大担芒硝，水忏的请饿鬼来监着厨房。"《雌木兰》〔混江龙〕云："军书十卷，书书卷卷把俺爷来填。他年华已老，衰病多缠。想当初搭箭追雕飞白羽，今日呵扶藜看雁数青天。呼鸡喂狗，守堡看田。调鹰手软，打兔腰拳。提携咱姊妹，梳掠咱丫鬟。见对镜添妆开口笑，听提刀厮杀把眉攒。长嗟叹，道两口儿北邙近也，女孩儿东坦萧然。"又〔尾声〕云："我做女儿则十七岁，做男儿倒十二年。经过了万千瞧，那一个解雌雄辨，方信道辨雌雄的不靠眼。"此数首皆不拾人牙慧，临川所谓此牛有万夫之禀是也。(《女状元》〔北江儿水〕四支，《翠乡梦》〔收江南〕一支，亦佳，限于篇幅，不赘。)

梁伯龙以南词负盛名，北剧亦擅胜场。《红线》一剧，宾白科段，纯为南态，所异者止用北词耳。盖白语用骈俪，实不宜于北词。《西厢·酬韵》折白文"料得春宵"云云，系用解元旧语，挡弹词固应尔，不可借实甫文过也。惟曲文才华藻艳，亦一时之选。如〔油葫芦〕云："万里潼关一夜呼，走的来君王没处宿，唬得那杨家姐姐两眉蹙。古佛堂西畔坟前土，马嵬驿南下川中路，方才想匡君的张九龄，误国的李林甫。雨铃空响人何处？只落得渺渺独愁余。"〔天下乐〕云："想四海分崩白骨枯，萧疏短剑孤。拟何年尽将贼子诛？笑荆轲西入秦，羡专诸东入吴。那时节方显得女娘行的心性卤。"此二首英英露爽，颇合女侠身份。

沈君庸《秋风三叠》，篇幅充畅，明剧中最为上乘。君庸为词隐先生之侄，狂游边徼，意欲有所建树，卒偃蹇以终，牢骚幽怨，悉发诸词。余最爱《杜默哭庙》一折，较西堂《钧天乐》胜矣。中有〔六幺序〕一支，以项羽战绩，比拟文章，极诡谲可喜。词云："破题儿是巨鹿初交，大股是彭城一着。不惑宋义之邪说，真叫做真写心苗，不寄篱巢。看他破王离时，墨落烟飘，声震云霄，心折目摇，魄吓魂消，那众诸侯一个个躬身请教。七十余战，未尝败北，一篇篇夺锦标。日不移影，连斩汉将数十，不弱如倚马挥毫，横槊推敲，涂抹尽千古英豪。那区区樊哙，何足道哉！一个透关节莽樊哙来巡绰，吓得他屁滚烟逃。甫能够主了纵横约，大古里军称儒将，笔重文豪。"此等词后生读之，可悟作文之法。

来集之《秃碧纱》剧，以《饭后钟》为佳。《挑灯》剧则取小青"冷雨幽窗"之句，为之敷衍，较《风流院》胜。中有〔商调十二红〕，颇韵。

叶小纨《鸳鸯梦》，寄情棣萼，词亦楚楚。惟笔力略孱弱，一望而知女子翰墨，第颇工雅。上论列者取其最著者，不欲详也。

以上杂剧。

三　明人传奇

明人传奇，多不胜纪。余箧中所有，不下二百余种。诸家目录，互有详略，今择要录入，俾学者可得观览焉。

高明一本：《琵琶》。

施惠一本：《幽闺》。

宁献王一本：《荆钗》。

徐㮇一本：《杀狗》。

邵弘治一本：《香囊》。

苏复之一本：《金印》。

王济一本：《连环》。

姚茂良一本：《精忠》。

沈采一本：《千金》。

王世贞一本：《鸣凤》。

梁辰鱼一本：《浣纱》。

郑若庸一本：《玉玦》。

薛近兖一本：《绣襦》。

沈璟一本：《义侠》。（璟作传奇至多，大半亡佚，故录其一。凡余书所录者，皆近日坊间所有也。）

汤显祖四本：《紫钗》《还魂》《南柯》《邯郸》。

梅鼎祚一本：《玉合》。

陆采三本：《明珠》《怀香》《南西厢》。

李日华一本：《南西厢》。

周朝俊一本：《红梅》。

张凤翼二本：《红拂》《灌园》。

汪廷讷一本：《狮吼》。

冯梦龙二本：《双雄》《万事足》。

沈鲸一本：《双珠》。

孙仁孺二本：《东郭》《醉乡》。

徐复祚一本：《红梨》。

高濂一本：《玉簪》。

阮大铖四本：《双金榜》《牟尼合》《燕子笺》《春灯谜》。

吴炳五本：《疗妒羹》《西园》《画中人》《绿牡丹》《情邮》。

共四十三种，传奇中佳者尽此矣。郁蓝生所品，种数虽富，颇杂下驷。就其自序观之，窃比于诗中钟嵘、画中谢赫，书中庾肩吾，顾其持论，雅多可议焉。若夫作家流别，约分四端。自《琵琶》《拜月》出，而作者多意拙素。自《香囊》《连环》出，而作者乃尚词藻。自玉茗"四梦"以北词之法作南词，而偭越规矩者多。自词隐诸传，以俚俗之语求合律，而打油钉铰者众。于是矫拙素之弊者用骈语，革辞采之繁者尚本色。正玉茗之律，而复工于琢词者，吴石渠、孟子塞是也。守吴江之法，而复出以都雅者，王伯良、范香令是也。夫词曲之道，俨同乐府，而雕缋物情，模拟人理，极宇宙之变态，为文章之奇观，本不以俚鄙为讳也。《香囊》以文人藻采为之，遂滥觞而有文字家一体。及《玉合》《玉玦》诸作，益工修词，本质几掩。抑知曲以模写人事为尚，所贵委曲宛转，以代说词。一涉藻绘，即蔽本来，而积习未忘，不胜其靡，此体亦不能偏废矣。今复备论之。《琵琶》尚矣。《荆》《刘》《拜》《杀》，固世所谓四大传奇也。而《白兔》《杀狗》，俚鄙腐俗，读者至不能终卷。虽此事所尚，不在词华，庸俗才弱，终不可以古拙二字文过也。正统间，邱文庄以大老名儒，惬志乐律，所作《五伦全备》《投笔》《举鼎》《香囊》等记，虽迂叟之谰言，实盛世之鼓吹。惟青衿城阙，既放佚于少年，而白纻管弦，欲弥缝于晚岁。（文庄曾作《钟情丽集》，记少年事，晚岁悔之，因作《五伦》）伯玉寡过，殊苦未能矣。邵氏《香囊》，雨舟《连环》工于涂泽，非作者之极则也，而好之者珍若璠玙，转相摹效。郑若庸之《玉玦》，梅鼎祚之《玉合》，喜以骈语入科介，伯龙《浣纱》，天池《明珠》，至通本皆作俪语，斯又变之极者矣。（伯龙《江东白苎》内，有补陆天池《明珠》一折，所有白文亦全用骈句）《琵琶》《拜月》，古今咸推圣手也。则诚以本色长，而未尝不工藻饰（记中《赏荷》《赏秋》，亦多绮语，不尚白描，惟末后八折，为朱教谕所补，词不称矣）。君美以质朴著誉，而间亦伤丁庸俗（君美此记为后人羼杂，殊失旧观。《拜月》一折，亦全袭汉卿原文，故魏良辅不为点板）。是以学则诚易失之腐，学君美易失之粗。寿陵学步，腾笑万夫。而献王《荆钗》，且直摩则诚之垒，出词鄙俗，亦十倍于永嘉。继之者涅川《双珠》，弇州《鸣凤》，叔回《八义》，道行《青衫》，（均见《六十种曲》）肤浅庸劣，皆学则诚之失也。《幽闺》嗣法，作家不多。槎仙《蕉帕》，夷玉《红梅》，俊词翩翩，雅负出蓝之誉矣。吴江诸传，独知守法（沈璟字宁庵，吴江人，作曲十七种，仅存《义侠》一种），《红蕖》一记，足继高、施。其余诸作，颇伤拙直，虽持法至严，而措词殊凡下。临川天才，不甘羁靮，异葩耀采，争巧天孙。而诘屈聱牙，歌者咋舌（汤显祖字义仍，临川人，作曲五种）。吴江尝云："宁协律而词不工，读之不成句，讴之始协，是为中之之巧。"曾为临川改易《还魂》字句，托吕玉绳以致临川。临川不怿，复书玉绳曰："彼乌知曲意哉？余意所至，不妨拗折天下人嗓子。"世所谓临川近狂，吴江近狷，自是定论。惟宁庵定法，可以力学求之，若士修词，不可勉强。企及大匠能与人规矩，不能使人巧，此之谓也。于是为两家之调人者，如吴石渠之《粲花五种》（吴炳字石渠，宜兴人，作曲五种，已见前目），孟称舜之《娇红》《节义》（孟字子若，会稽人，有《娇红记》《桃花人面》剧），此以临川之笔，协吴江之律也。自词隐作谱，海内承风，衣钵相传，不失矩度者，如吕勤之《烟鬟阁》十种（吕天成字勤之，会稽人，自号郁蓝生。著有《神女》《金合》《戒珠》《神镜》《三星》《双栖》《双阁》《四相》《四元》《二淫》《神剑》，十一种，皆不传），卜大荒之《乞麾》《冬青》（卜世臣，字大荒，秀水人），王伯良之《男后》《题红》（王骥德字伯良，会稽人，有《曲律》四卷，及《男王后》剧，《题红记》传奇），范文若之《鸳鸯》《花梦》（文若字香令，号荀鸭，自称吴侬，松江人。有《花筵赚》《鸳鸯棒》《倩画姻》《勘皮靴》《梦花酣》《花眉旦》《雌雄旦》《金明池》《欢喜冤家》九种），皆承词隐之法。而大荒《冬青》，终帙不用上去叠字，勤之《神剑》《二淫》等记，并转折科介，亦效吴江，其境益苦矣。此又以宁庵之律，学若士之词也。他若冯犹龙之《双雄》《万事》（犹龙字子犹，吴县人。尝取旧曲删改，成《墨憨斋十四种》。又作《双雄记》《万事足》二种），史叔考之《梦磊》《合纱》（叔考名槃，会稽人。有《双丸》《双梅》《挲瓯》《梦磊》《合纱》等十种），徐复祚之《红梨》《宵光》（复祚字阳初，常熟人。有《一文钱》《红梨记》《宵光剑》《梧桐雨》四种），沈孚中之《绾春》《息宰》（沈嵊字孚中，钱塘人。有《绾春园》《息宰河》二种），协律修辞，并臻美善，而词藻艳发，更推孚中，斯又非前人所及矣。有明曲家，作者至多，而条别家数，实不出吴江、临川、昆山三家。惟昆山一席，不尚文字。伯龙好游，家居绝少，吴中绝技，仅在歌伶，斯由太仓传宗（太仓魏良辅，曾订《曲律》，歌者皆宗之。吴江徐大椿，为再传弟子），故工艺独冠一世。中秋虎阜，斗韵流芬（吴中歌者，每逢中秋，必至虎阜献伎。见张宗子《陶庵梦忆》、沈宠绥《度曲须知》），沿至清初，此风未泯，亦足见一时之好尚，不独关于吴下掌故也。今就流传最著者，述之如下：

《琵琶》：中郎入赘牛府事，王凤洲极力申辩，固属无谓，惟所引《说郛》中唐人小说，最为可据。谓牛相国僧孺之子繁，与同郡蔡生，邂逅文字交，寻同举进士，才蔡生，欲以女弟适之。蔡已有妻赵矣，力辞不得。后牛氏与赵处，能卑顺自将，蔡仕至节度副使。记中情节本此。此书与《西厢》齐名，而世多好《西厢》者，凡词章性质，多崇美而略善，孝弟之言，固不敌儿女喁喁之动人。实甫词藻，组织欧、柳，五光十色，炫人心目。则诚出以拙朴，自不免相形见绌。独明太祖比诸布帛菽粟，可云巨眼。盖欢娱难好，愁苦易工之说，不可例诸传奇，故《五伦》《投笔》，人皆目为笨伯。而红雪楼节义事实，必藻饰后出之，洵得机宜矣。

《幽闺》：本关汉卿《拜月亭》而作。记中《拜月》一折，全袭原文，故为全书最胜处，余则颇多支离丛脞。余尝谓《拜月》多僻调，令人无从订板。魏良辅仅定《琵琶》板式，不及《幽闺》，于是作谱者咸宗《琵琶》，而《拜月》诸牌，如〔恤刑儿〕〔醉娘儿〕〔五样锦〕等腔格板式，各无一定矣。又如《旅昏》《请医》诸出，科白鄙俚，闻之喷饭，而嗜痂者反以为美，于是剧场恶诨，日多一日，此嘉隆间梅禹金、梁少白辈作剧，所以用骈句入科白，亟革此陋习也。明人盛称《结盟》《驿会》两折，亦未见佳。《结盟》折惟〔雁儿落〕一支差胜，顾亦袭元邓玉宾小令。《驿会》〔销金帐〕六支，情文亦生动，顾汤若士《紫钗》中，《女侠轻财》折，即依据此曲，持较优劣，若判霄壤，不止出蓝而已也。

《荆钗》：此记曲本不佳，惟以藩邸之尊，而能洞明音吕，故一时传唱,遍于旗亭,实则明曲中,尚属中下乘也。梅溪受诬,与中郎同,而为梅溪辩白者,亦不乏人。有谓梅溪为御史,弹劾丞相史浩,史门客因作此记。玉莲乃梅溪女,孙汝权为梅溪同榜进士,史客故谬其说耳。(见《瓯江逸志》)夫宋时安得有传奇?此言殊不足信。又有谓玉莲实钱氏,本倡家女,初王与之狎,钱心已许嫁,后王状元及第归,不复顾钱,钱愤投江死。(见《剧说》)又有谓孙汝权乃宋朝名进士,有文集行世,玉莲则王十朋女也。十朋劾史浩八罪,乃汝权嗾之,理宗虽不听,而史氏子姓,怨两人刺骨,遂作《荆钗记》,以玉莲为十朋妻,而汝权有夺配之事,其实不根之论也。(见《听雨笔记》)又有谓钱玉莲宋名伎,从孙汝权。某寺殿成,梁上题信士孙汝权,同妻钱玉莲,喜舍。(见《南窗闲笔》)此亦以玉莲为伎,而前则失爱投江,后则委身施布,盖见缘传奇附会之耳,亦无足辨。明人以丹邱为柯敬仲,不知为宁献王道号,一切风影之谈,皆因是起也。《赴试》《闺念》《忆母》诸折,全摹则诚旧套,而出词平实,远逊《琵琶》,不独结构间多可议焉。

《香囊》:此记谱张九成、九思兄弟事。九成兄弟,同榜进士,以母老,同请终养。而九成对策时,适触秦桧之忌,遂矫旨参岳武穆军,九思归里养亲。武穆转战胜利,论功升转,九成授兵部侍郎。又奉使往五国城省视二帝,十年不归。所谓香囊者,盖九成母手制,临行佩带者也。参赞岳军,遗失战地,残军拾得,归报故乡,于是老母生妻,皆谓九成死矣。又值迁都临安,纷纷移徙,张氏姑妇,乃至散失,重历十载,始得完聚。此其大略也。记中颇袭《琵琶》《拜月》格调,如《辞昏》《驿会》诸折,皆胎脱二书。《艺苑卮言》云:"《香囊》雅而不动人。"余谓此记词藻,未见工丽,惟白文时有俪语,已开《浣纱》《玉合》之先矣。

《金印》：此记苏秦事，自十上不遇，至佩六国相印止，通本皆依据《战国策》。惟云秦之兄素奸恶，屡谗秦于父母，此则由"嫂不为炊"一语而附会之也。剧中文字古朴，确为明初人手笔。复之字里，竟无可考，亦一憾事。又支时、机微、苏模等韵，皆混合不分，是承东嘉之弊，明曲颇多，不能专责复之也。《往魏》折〔武陵花〕二曲，为记中最胜处，《种玉》之《往边》《长生殿》之《闻铃》，概从此出，以此相较，则大辂椎轮，气韵较厚矣。

《浣纱》：此记吴越兴废事，以少伯、夷光为主人。鸱夷一事，本属传疑，今书谓二人先订婚约，后因国难，以聘妻为女戎，功成仍偕遁，殊觉可笑。《静志居诗话》云："伯龙雅擅词曲，所撰《江东白苎》，妙绝时人。时邑人魏良辅，能喉啭音声，始改弋阳、海盐为昆腔，伯龙填《浣纱记》付之。王元美诗：'吴阊白面冶游儿，争唱梁郎雪艳词'是也。同时又有陆九畴、郑思笠、包郎郎、戴梅川辈，更唱迭和，清词艳曲，流播人间，今已百年。传奇家曲别本，弋阳子弟，可以改调歌之，惟《浣纱》不能，故是词家老手。"据此则当时推崇之者，几风靡天下。今按其词，韵律时有错误，如第一折〔玉抱肚〕云："感卿赠我一缣丝，欲报惭无明月珠。"以支虞同协。第七折〔出队子〕云："八九寸弯弯两道眉，尽道轻盈，略嫌胖些。"以齐征与车斜同协，皆误之甚者也。至《打围》折，〔南普天乐〕〔北朝天子〕为伯龙创格，而〔朝天子〕每支换韵，此又不合法者。惟曲白研炼雅洁，无《杀狗》《白兔》恶习，在明曲中，除"四梦"外，此种亦在佳构之列矣。

《还魂》：此记肯綮在生死之际。《惊梦》《寻梦》《诊祟》《写真》《悼殇》五折，由生而之死。《魂游》《幽媾》《欢挠》《冥誓》《回生》五折，自死而之生。其中搜抉灵根，掀翻情窟，为从来填词家展齿所未及，遂能雄踞词坛，历劫不磨也。是记初出，度曲家多棘棘不上口，因有为之删改者。吴江沈宁庵璟首为笔削，属山阴吕玉绳，转致临川。临川不怿，作小诗一首，有"纵饶割就时人景，却愧王维旧雪图"之句（沈本易名《合梦记》）。其后有硕园删定本（刊入《六十种曲》），有臧晋叔删改本，有墨憨斋改订本（易名《风流梦》）。皆临川殁后行世，虽律度谐和，而文则远逊矣。又有谓临川此剧，为王氏昙阳子。此说不然。朱竹垞云："义仍填词，妙绝一时，语虽崭新，源亦出于关、马、郑、白。其《牡丹亭》曲本，尤真挚动人。人或劝之讲学，答曰：'诸公所讲者性，仆所言者情也。'世或传刺昙阳子而作，然太仓相君，实先令家乐演之。且曰：'吾老年人，近颇为此曲惆怅。'假令人言可信，相君虽盛德有容，必不反演之于家也。"（《静志居诗话》）是则讥刺昙阳之说，不攻自息矣。而蒋心馀作《临川梦》，其《集梦》折中〔懒画眉〕曲云："毕竟是桃李春风旧门墙，怎好把帷薄私情向笔下扬，他生平罪孽这词章。"未免轻议古人，余甚无取焉。惟记中舛律处颇多，往往标名某曲，而实非此曲之句读者。清初钮少雅，有《格正还魂》二卷，取此记逐句勘核《九宫》，其有不合，改作集曲，使通本皆被管弦，而原文仍不易一字，可谓曲学之健将，不独临川之功臣也。冰丝馆校刊此记，厘正曲牌，校对正衬，未尝不惨淡经营，以较少雅，实有天渊之别。《纳书楹》订定歌谱，自诩知音，亦以少雅作为蓝本，有识者自能辨之耳。临川此剧，大得闺阁赏音。小青"冷雨幽窗"一诗，最传人口，至有谱诸声歌，赓续此记者，如《疗妒羹》《春波影》《挑灯剧》等。而娄江俞氏，酷嗜此词，断肠而死。藏园复作曲传之，媲美杜女。他如杭州女子之溺死（见西堂《艮斋杂说》），伶人商小玲之歌死（见里堂《剧说》），此皆口孽流传，足为盛名之累。独吴山三妇，合评此词，名教无伤，风雅斯在，抉发幽蕴，动合禅机，尤非寻常文人所能及矣。

《紫钗》：此记原名《紫箫》，相传临川欲作酒、色、财、气四剧，《紫箫》色也，暗刺时相，词未成而讹言四起，然实未成书，因将草稿刊布，明无所与于时，事遂得解。此书即将《紫箫》原稿改易，临川官南都时所作，通本据唐人《霍小玉传》，而词藻精警，远出《香囊》《玉玦》之上，"四梦"中以此为最艳矣。余尝谓工词者，或不能本色，工白描者，或不能作艳词，惟此记秾丽处实合玉溪诗、梦窗词为一手，疏隽处又似贯酸斋、乔梦符诸公。或云刻画太露，要非知言。盖小玉事非赵五娘、钱玉莲可比，若如《琵琶》《荆钗》作法，亦有何风趣？惟曲中舛律处颇多，缘临川当时，尚无南北词谱，所据以填词者，仅《太和正音谱》《雍熙乐府》《词林摘艳》诸书而已，不得以后人之律，轻议前人之词也。且自乾隆间叶谱出世后，《紫钗》已盛行一时，其不合谱处，改作集曲者至多，其声别有幽逸爽朗处，非寻常洞箫玉笛可比。然则谓此记不合律者，亦皮相之论耳。试读臧晋叔删改本，律则合矣，其词何如？

《邯郸》：临川传奇，颇伤冗杂，惟此记与《南柯》皆本唐人小说为之，直捷了当，无一泛语，增一折不得，删一折不得，非张凤翼、梅禹金辈所及也。记中备述人世险诈之情，是明季宦途习气，足以考万历年间仕宦况味，勿粗鲁读过。盖临川受陈眉公媒孽下第，因作此泄愤，且藉此唤醒江陵耳。

《南柯》：此记畅演玄风，为临川度世之作，亦为见道之言。其自序云："世人妄以眷属富贵影象，执为我想，不知虚空中一大穴也。倏来而去，有何家之可到哉？"是其勘破世幻，方得有此妙谛。"四梦"中惟此最为高贵。盖临川有慨于不及情之人，而借至微至细之蚁，为一切有情物说法。又有慨于溺情之人，而托喻乎沉醉落魄之淳于生，以寄其感喟。淳于未醒,无情而之有情也;淳于既醒,有情而之无情也。此临川填词之旨也。临川诸作,《还魂》最传人口,顾事由臆造,遣词命意,皆可自由。其余三梦,皆依唐小说为本,其中层累曲折,不能以意为之,剪裁点缀,煞费苦心。《紫钗》之梦怨,离合悲欢,尚属传奇本色。《邯郸》之梦逸,而科名封拜,本与儿女团圞相附属,亦易逞曲子师长技。独《南柯》之梦,则梦入于幻,从蝼蚁社会杀青,虽同一儿女悲欢,官途升降,而必言之有物,语不离宗,庶与寻常科诨有间,使钝根人为之,虽用尽心力,终不能得一字。而临川乃因难见巧,处处不离蝼蚁着想,奇情壮采,反欲突出三梦之上,天才洵不可及也。

"四梦"总论:明之中叶,士大夫好谈性理,而多矫饰,科第利禄之见,深入骨髓。若士一切鄙弃,故假曼传诙谐,东坡笑骂,为色庄中热者,下一针砭。其言曰:"理之所必无,安知情之所必有?"又曰:"人间何处说相思,我辈钟情似此。"盖惟有至情,可以超生死忘物我而永无消灭,否则形骸且虚,何论勋业?仙佛皆妄,况在富贵。世人持买椟之见者,徒赏其节目之奇、词藻之丽,固非知音,而鼠目寸光者,至诃为绮语,诅以泥犁,尤为可笑。夫寻常传奇,必尊生角,若《还魂》柳生,则秋风一棍,黑夜发邱,而俨然状头也。《邯郸》卢生,则衾具贪缘,邀功纵敌,而俨然功臣也。至十郎慕势负心,襟裾牛马,废弁贪酒纵欲,匹偶虫蚁,一何深恶痛绝之至此乎?故就表面言之,则"四梦"中主人,为杜女也、霍郡主也、卢生也、淳于梦也。即在深知文义者言之,亦不过曰《还魂》鬼也,《紫钗》侠也,《邯郸》仙也,《南柯》佛也。殊不知临川之意,以判官、黄衫客、吕翁、契玄为主人。所谓鬼、侠、仙、佛,是曲中之主,非作者意中之主。盖前四人为场中之傀儡,后四人则提掇线索者也。前四人为梦中之人,后四人为梦外之人也。既以鬼、侠、仙、佛为曲意,则主观之主人,即属于判官等，而杜女、霍郡主辈，仅为客观之主人而已。玉茗天才，所以超出寻常传奇家者，即在此处。

《红梅》：此记久佚无存，余偶得诸破肆中，海内恐不多矣。记中情节，颇极生动，略述如下：钱塘裴禹，寓昭庆寺读书，社友郭子谨、李子春，邀湖上看花。过断桥，适贾似道拥伎坐画船至。伎有李慧娘者，见裴年少，私云："美哉少年！"贾怒其属意于裴也，归即手刃之。时总兵卢夫人崔氏，孀居湖上，一女曰昭容，颇具才貌，婢朝霞亦聪慧。春梅盛放，登楼闲眺。裴偶过墙外，见红梅可爱，因攀花仆地。婢以告女，女即以梅赠之，并述卢氏家世甚详。会似道诇知女美，欲谋为妾，卢母欲拒之，而苦无良策。裴适至，见卢母献策云："贾氏人至，可绐云女已适人，吾即权充若婿。平章虽贵，不能强夺民妇也。"母用其计，贾亦无奈。继侦知为裴生计，假以礼聘裴，授餐适馆，极言钦慕。而阴使人告卢氏，谓裴感平章知遇，已赘府中，以绝卢女之望。卢知其伪，即避地至扬州，依姨母曹氏居，及贾使人强娶卢女，女已行矣。时裴居平章第后园，园即慧娘妆楼，时现形，与裴同处者几半年。贾以卢女远遁，迁怒于裴，急欲杀之。慧私告裴，裴即宵遁。既出府，往访郭谨。谨怂恿应试，场事甫毕，遇扬州卢氏使，云女将字曹姨子矣。裴往扬州，则曹姨子讦告江都县，谓裴夺其妻。时知县为李子春，即裴之旧识，知曹氏子诳告，因潜送卢氏母女回杭，为裴执柯。是时似道已贬死漳州，裴亦擢探花第矣。通本情节如此。余按元人稗史，有《绿衣人传》，与记中李慧娘事绝类。大抵此记事实，皆本《绿衣传》也。万历间，袁弘道有删改本，清乾隆三十五年有重刻本，余皆未见。意乾隆本为伊龄阿设局扬州，修改词曲时所刊也。《杀妾》折〔绣带儿〕曲，按格少二句，与《玉簪》之"难提起"、《紫钗》之"金杯小"同犯一病。盖明人以〔绣带儿〕为〔素带儿〕，沿《南西厢·酬韵》折之讹也。此记传唱绝少，五十年前，有《鬼辨》《算命》等折，偶现歌场。余生也晚，已不及见。近时戏中，有《红梅阁》一种，即檃栝此记，今人知者鲜矣。

《东郭》：此记总四十四出，以《孟子》全部演之，为歌场特开生面。题白雪楼主人编本，峨眉子评点，盖皆孙仁孺别号也。仁孺字里无考，亦一缺事。出目皆取《孟子》语，其意不出"富贵利达"一句，盖骂世事也。卷首有齐人本传，即引《孟子》原文。其赞语为仁孺自作，词云："齐人何始，未稽厥父。善处尔室，二美在户。出必餍饱，入每歌舞。问厥与者，云是贤主。室人疑之，未见显甫。循彼行迹，东郊之坞。乞而顾他，餍足何补。羞语尔娣，泪淫如雨。诅詈未毕，厥来我竖。未知尔睏，骄疾罔愈。君子念之，我目屡睹。朝有姬妪，士或商贾。蒙其二女，式喜无怒。一或见焉，有如尔祖。"文颇隽永，妙在不作滑稽语。书刊于崇祯三年庚午，是仁孺为光熹间人。其时茹花委鬼，义子奄儿，簪绂厚结貂珰，衣冠等于姜妇，士大夫几不知廉耻为何物，宜其嬉笑怒骂，一吐胸中之抑郁也。此记以齐人与陈仲子对照，齐人之无耻，仲子之廉洁，各臻绝顶。而一则贵达，一则穷饿，正足见世风之变。此等词曲，若当场奏演，恐竹石俱碎矣。

《红梨》：此记谱赵伯畴、谢素秋事，颇为奇艳，明曲中上乘之作也。阳初常熟人，所作有《宵光剑》《梧桐雨》《一文钱》诸剧，或改易元词，或自出机局，盛为歌场生色。而《红梨》尤为平生杰作。中记南渡遗事及汴京残破情形，大有故国沧桑之感。传奇诸作，大抵言一家离合之情，独此记家国兴衰，备陈始末，洵为词家异军。记中《错认》《路叙》《托寄》诸折，凄迷哀感，虽《狡童》《禾黍》之歌，亦无以过此。而叶怀庭止取《诉衷》一折，且云："《红梨》才弱，一二曲后，未免有捉衿露肘之态。"此言亦觉太过。《诉衷》折固佳，必谓他折皆捉衿露肘，殊失轻率。且其时尚无曲谱，而《亭会》《三错》《咏梨》数折，皆用犯调，稳惬美听，又非深于音律者不能。虽通本用《琵琶》格式至多，不免蹈袭，顾亦无妨也。

《石巢四种》：圆海诸作，自以《燕子笺》最为曲折，《牟尼合》最为藻丽。自叶怀庭讥其尖刻，世遂屏不与作者之林，实则圆海固深得玉茗之神也。四种中，《双金榜》古艳，《牟尼合》浓艳，《燕子笺》新艳，《春灯谜》为悔过之书。所谓十错认亦圆海平旦清明时为此由衷之言也。自来大奸慝必有文才。严介溪之诗，阮圆海之曲，不以人废言，可谓三百年一作手矣。

《粲花五种》：粲花者，吴石渠别墅也。石渠宜兴人。贞毓相国族叔。永历时，官至大学士。武冈陷，为孔有德所执，不食死。虽立朝无物望，要不失为殉节也。王船山仕永历朝，与五虎交好，所著《永历实录》痛诋贞毓，并石渠死节亦矫诬之，谓强餐牛肉下痢死。明人党同伐异之风，贤如船山，且不能免，故略辨于此。（乾隆时石渠赐谥忠节）石渠少时，填词与阮圆海齐名，而人品则薰莸矣。所著五种，虽《疗妒羹》最负盛名，而文心之细，独让《情邮》。《画中人》以唐小说《真真》为蓝本，今俗剧《斗牛宫》即从此演出，其词追仿《还魂》，太觉形似。《绿牡丹》则科诨至佳，《西园记》则排场近熟，终不如《情邮》之工密也（《绿牡丹》为乌程温氏作，几兴大狱，详见《复社纪事》及《冬青馆集》。）其自序云："莫险于海而海可航，则海可邮也。莫峻于山而山可梯，则山可邮也。"又云："色以目邮，声以耳邮，臭以鼻邮，言以口邮，足以走邮，人身皆邮也。而无一不本于情，有情则伊人万里，可凭梦寐以符招。往哲千秋，亦借诗书而檄致。"是粉碎虚空，方有此慧解云。阳羡万红友树为石渠之甥，其词学即得诸舅氏，所作《拥双艳》三种，世称奇构，实皆石渠之余绪耳。

四　明人散曲

明人散曲，作者至多，其有别集可考者，汇志如下。顾见闻有限，读者恕其疏拙也。

周宪王：《诚斋乐府》。李祯：《侨庵小令》。王九思：《碧山乐府》《续乐府》《南曲次韵》。康海：《沜东乐府》。杨循吉：《南峰乐府》。杨慎：《陶情乐府》。王磐：《西楼乐府》。李开先：《一笑散》。冯惟敏：《海浮山堂词稿》。常伦：《楼居乐府》。王骥德：《方诸馆乐府》。俞琬纶：《自娱集》。陈鸣野：《息柯余韵》。陈铎：《秋碧轩稿》。王澹翁：《欸乃编》。沈璟：《词隐新词》《曲海青冰》。沈仕：《唾窗绒》。史槃：《齿雪余香》。金銮：《萧爽斋乐府》。汪廷讷：《环翠堂乐府》。刘效祖：《词脔》。梁辰鱼：《江东白苎》。张伯起：《敲月轩词稿》。龙子犹：《宛转歌》。朱应辰：《淮海新声》。施绍莘：《花影集》《杨夫人辞》。无名氏：《清江渔谱》。无名氏：《义山乐府》。无名氏：《清溪乐府》。

明曲总集，可考者如下。

宁献王：《北雅》。臧晋叔：《元曲选百种》。毛晋《六十种曲》（以上二种，实是杂剧传奇，因前文无可附入。列此）。无名氏：《中和乐章》。郭春岩：《雍熙乐府》。无名氏：《盛世新声》。张禄：《词林摘艳》。陈所闻：《北宫词纪》《南宫词纪》。张楚叔：《吴骚合编》。张栩：《彩笔情词》。汪廷讷：《四词宗合刻》。顾曲散人：《太霞新奏》。方悟：《青楼韵语广集》。沈璟：《南词韵选》。无名氏：《遴奇振雅》。无名氏：《歌林拾翠》。孟称舜：《酹江集》。无名氏：《吴歈萃雅》。无名氏：《情籁》。无名氏：《南北词广韵选》。无名氏：《明朝乐章》。许宇：《词林逸响》。

明人散曲，既如是之富，而其间享盛名传丽制者，当以康海、王九思、陈铎、冯惟敏、梁辰鱼、施绍莘为最著。今摘录若干首，以见一斑。康对山《秋兴》〔滚绣球〕云："铲畦塍作沼渠，架桑麻盖隐居。乐陶陶做一个傲羲皇人物，任天公加减乘除。兴来呵旋去沽，睡浓呵谁敢呼？世间情饱谙心目，苦依依，落魄随俗。只为双栖被底难伸脚，七里滩头只钓鱼，撇下了王廪天厨。"又《归田述喜》〔油葫芦〕云："丝盖酕醄入醉乡，端的是天赐将。华堂开宴列红妆，新醅饮尽奚童酿，新词撰就花奴唱，与知音三两人，对云山四五觞。逍遥散诞情舒放，抵多少法酒大官羊。"王渼陂《归兴》〔新水令〕云："忆秋风迁客走天涯，喜归来碧山亭下。水田十数亩，茅屋两三家。暮雨朝霞，妆点出辋川画。"又〔驻马听〕云："暗想东华，五夜清霜寒控马。寻思别驾，一天残月晓排衙。路危常与虎狼狎，命乖却被儿童骂。到今日谁管咱，葫芦提一任闲顽耍。"又〔沉醉东风〕云："露赤脚山巅水涯，科白头柳堰桃峡。折角巾，狂生袜，得清闲不说荣华。提起封侯几万家，把一个薄福的先生笑杀。"陈大声《秦淮渔隐》〔梁州〕云："结交些鱼虾伴侣，搭识上鸥鹭亲邻，忘机怕与儿曹混。六朝往事，千古英魂，陈宫禾黍，梁殿荆榛。虚飘飘天地闲人，乐淘淘江汉逸民。鸣榔近白鹭洲笑采青苹，推篷向朱雀桥闲看晚云。湾船在乌衣巷独步斜曛，满身，香薰，萧然爽透荷风润。旋折来柳条嫩，穿得鲜鲜出网鳞，归去黄昏。"冯海浮《访沈青门乞画》〔水仙子〕云："青门地接凤凰楼，绿水波萦鹦鹉洲，朱英香泛麒麟囿。写生绡纪胜游。一行书铁画银钩，一联诗郊寒岛瘦，一度曲评花判柳，一腔春蕴藉风流。"梁伯龙《咏帘栊》〔白练序〕云："风流，倚醉眸，湘裙故留。牵情处，分明送几声莺喉。绸缪，院宇幽，伴落日阴阴燕子愁。徘徊久，风惊翠竹，故人相候。"此数支皆清丽整炼,与元人手笔不同。而要以施绍莘为一代之殿,其《赋月》一套尤佳,选录数支,可见子野之工矣。〔梧桐树〕云:"松间渐渐明,柳外微微影。探出花梢,忽与东楼近。低低与几平,淡淡分窗进。云去云来,磨洗千年镜。照秋千院落人初静。"又〔东瓯令〕云:"山烟醒,柳烟晴,放出姮娥羞涩影。装成人世风流境,摇几树西厢杏。浩然风露夜冥冥,细语没人闻。"古今赋月之作,如此笨做,从来未有,而用笔轻倩,洵明人中独步。

卷 下

一　清总论

　　清人戏曲，逊于明代，推原其故，约有数端。开国之初，沿明季余习，雅尚词章，其时人士，皆用力于诗文，而曲非所习，一也。乾嘉以还，经术昌明，名物训诂，研钻深造，曲家末艺，等诸自郐，一也。又自康雍后，家伶日少，台阁巨公，不意声乐，歌场奏艺，仅习旧词，间及新著，辄谢不敏，文人操翰，宁复为此？一也。又光宣之季，黄冈俗讴，风靡天下，内廷法曲，弃若土苴，民间声歌，亦尚乱弹，上下成风，如饮狂药。才士按词，几成绝响，风会所趋，安论正始？此又其一也。故论逊清戏曲，当以宣宗为断。咸丰初元，雅郑杂矣。光宣之际，则巴人下里，和者千人，益无与于文学之事矣。今自开国以迄道光，总述词家，亦可屈指焉。大抵顺康之间，以骏公、西堂、又陵、红友为能，而最著者厥惟笠翁。翁所撰述，虽涉俳谐，而排场生动，实为一朝之冠。继之者独有云亭、昉思而已。南洪北孔，名震一时，而律以词范，则稗畦能集大成，非东塘所及也。迨乾嘉间则笠湖、心馀、惺斋、蜗寄、恒岩耳。道咸间则韵珊、立人、蓬海耳。同光间则南湖、午阁，已不足入作家之列矣。一代人文，远逊前明，抑又何也？虽然词家之盛，固不如前代，而协律订谱，实远出朱明之上。且剧场旧格，亦有更易进善者，此则不可没也。明代传奇，率以四十出为度，少者亦三十出，拖沓泛滥，颇多疵病。即玉茗《还魂》，且多可议，又事实离奇，至山穷水尽处，辄假神仙鬼怪，以为生旦团圆之地。清人则取裁说部，不事臆造，详略繁简，动合机宜，长剧无冗费之辞，短剧乏局促之弊。又如《拈花笑》《浮西施》等，以一折尽一事，俾便观场，不生厌倦。杨笠湖之《吟风阁》，荆石山民之《红楼梦》，分演固佳，合唱亦善。此较明人为优者一也，明人作词，实无佳谱，《太和正音》正衬未明，宁庵《南谱》，搜集未遍。清则《南词定律》出，板式可遵矣。庄邸《大成谱》出，订谱亦有依据矣。合东南之隽才，备庙堂之雅乐，于是幽险逼仄，夷为康庄。此较明人为优者一也。曲韵之作，始于挺斋，《中原》一书，所分阴阳。仅及平韵，上去二声，未遑分配，操觚选声，辄多龃龉。清则履清《辑要》，已及去声，周氏《中州》，又分两上，凡宫商高下之宜，有随调选字之妙，染翰填辞，无劳调舌。此较明人为优者一也。论律之书，明代仅有王、魏，魏则注重度声，王则粗陈条例，其言虽工，未能备也。清则西河《乐录》，已启山林，东塾《通考》，详述本末。凌氏之《燕乐考原》，戴氏之《长庚律话》，凡所论撰，皆足名家，不仅笠翁《偶寄》，可示法程，里堂《剧说》，足资多识也。此较明代为优者又一也。况乎记载目录，如黄文旸《曲海》，无名氏《汇考》，已轶《录鬼》《曲品》之前。订定歌谱，如叶怀庭之《纳书楹》，冯云章之《吟香堂》，又驾临川、吴江而上。总核名实，可迈前贤，惟作者无多，未免见绌。才难之叹，岂独词林？此又尚论者所宜平恕也。因复汇次群书，述之如次。

二　清人杂剧

清人杂剧，就可见者，列目如下：

徐石麟四本：《拈花笑》《浮西施》《大转轮》《买花钱》。

吴伟业二本：《临春阁》《通天台》。

袁于令一本：《双莺传》。

尤侗五本：《读离骚》《吊琵琶》《桃花源》《黑白卫》《清平调》。

宋琬一本：《祭皋陶》。

嵇永仁一本：《续离骚》。

孔尚任一本：《大忽雷》。

蒋士铨七本：《四弦秋》《一片石》《第二碑》《康衢乐》《长生箓》《升平瑞》《忉利天》。

桂馥《后四声猿》四本：《放杨枝》《投溷中》《谒府帅》《题园壁》。

舒位《瓶笙馆修箫谱》四本：《卓女当垆》《樊姬拥髻》《酉阳修月》《博望访星》。

唐英《古柏堂》十本：《三元报》《芦花絮》《梅龙镇》《面缸笑》《虞兮梦》《英雄报》《女弹词》《长生殿补》《十字坡》《佣中人》。

徐爔《写心杂剧》十八本：《游湖》《述梦》《醒镜》《游梅遇仙》《痴祝》《虱谈》《青楼济困》《哭弟》《湖山小隐》《酬魂》《祭牙》《月夜谈禅》《问卜》《悼花》《原情》《寿言》《覆墓》《入山》。

周文泉《补天石》八本：《宴金台》《定中原》《河梁归》《琵琶语》《纫兰佩》《碎金牌》《纮如鼓》《波弋香》。

杨潮观《吟风阁》三十二本：《新丰店》《大江西》《替龙行雨》《黄石婆》《快活山》《钱神庙》《晋阳城》《邯郸郡》《贺兰山》《朱衣神》《夜香台》《矫诏发仓》《鲁连台》《荷花荡》《二郎神》《笏谏》《配瞽》《露筋》《挂剑》《却金》《下江南》《蓝关》《荀灌娘》《葬金钗》《偷桃》《换扇》《西塞山》《忙牙姞》《凝碧池》《大葱岭》《罢宴》《翠微亭》。

陈栋三本：《苎萝梦》《紫姑神》《维扬梦》。

黄燮清二本：《鸳鸯镜》《凌波影》。

杨恩寿三本：《桃花源》《姽婳封》《桂枝香》。

梁廷枏四本：《圆香梦》《断缘梦》《江梅梦》《昙花梦》。

徐鄂一本：《白头新》。

荆石山民《红楼梦》十六本：《归省》《葬花》《警曲》《拟题》《听秋》《剑会》《联句》《痴诔》《觏诞》《寄情》《走魔》《禅订》《焚稿》《冥升》《诉愁》《觉梦》。

蘅芷庄人《春水轩杂剧》九本：《讯翎》《题肆》《琴别》《画隐》《碎胡琴》《安市》《看真》《游山》《寿甫》。

瞿园杂剧十本：《仙人感》《藤花秋梦》《孽海花》《暗藏莺》《卖詹郎》《东家颦》《钧天乐》《一线天》《望夫石》《三割股》。

共一百四十六种。清人所作，虽不尽此，第佳者殆少遗珠矣。中如《写心剧》《后四声猿》《吟风阁》等，大率以一折赋一事，故分作若干本。即《红楼梦散套》，虽总赋荣国府事，然每折自为段落，不相联属，与传奇体制不同，因入杂剧。至各种佳处，亦复略述焉。

徐石麟四本，以《买花钱》为最。取俞国宝风入松事为本，复取杨驸马粉儿为辅,其事颇艳。至以粉儿归国宝,虽不合事实,而风趣更胜,〔解三酲〕四曲,字字馨逸,非明季人所及也。《拈花笑》摹妻妾妒状,秽亵可笑,《绿野仙踪》曾采录之,今人知者鲜矣。《大转轮》以刘项事翻案,自云以《两汉书》翻成《三国志》,亦荒唐可乐。独《浮西施》一折,尽辟一舸五湖之谬,以夷光沉之于湖。虽煮鹤焚琴,太煞风景,顾亦有所本。墨子云:"西施之沉也,其美也。"是亦非又陵之创说矣。

梅村《临春阁》谱冼夫人勤王事,大为张孔吐冤,盖为秦良玉发也。第四折收尾云:"俺二十年岭外都知统,依旧把儿子征袍手自缝。毕竟是妇人家难决雌雄,则愿决雌雄的放出个男儿勇。"此又为左宁南讽也。《通天台》之沈初明,即骏公自况,至调笑汉武帝,殊令黠可喜。首折〔煞尾〕云:"则想那山绕故宫寒,潮向空城打,杜鹃血拣南枝直下。偏是俺立尽西风搔白发,只落得哭向天涯。伤心地付与啼鸦,谁向江头问荻花?眼呵,盼不到石头车驾。泪呵,洒不上修陵松槚。只是年年秋月听悲笳。"其词幽怨慷慨,纯为故国之思。较之"我本淮南旧鸡犬,不随仙去落人间"句,尤为凄惋。

曲至西堂,又别具一变相。其运笔之奥而劲也,使事之典而巧也,下语之艳媚而油油动人也,置之案头,竟可作一部异书读。如《读离骚》之结局,以宋玉招魂。《吊琵琶》之结局,以文姬上冢。此等结构,已超轶前人矣。至其曲词,正如珊珊仙骨。《读离骚》中警句云:"便百千年难打破闷乾坤,只两三行怎吊得尽愁天下。"又云:"一篙争弄两头船,双鞭难走连环马。"又云:"似这般朝也在,暮也在,佳人难再,又何妨梦儿中住千秋万载。"《吊琵琶》警句云:"刚弹了离鸾离鸾小引,忽变做求凰求凰新本。喜结并头缘,好脱孤眠运,则你楚襄王先试一峰云。"又云:"可笑你围白登急死萧曹,走狼居吓坏嫖姚。只学得魏绛和戎嫁楚腰，亏杀你诗篇应诏，贺君王枕席平辽。"又云："渡河而死公无吊，女子卿受不得冰天雪窖。这魂魄呵，一灵儿随着汉天子伴黄昏。这骸骨呵，半堆儿交付番可汗埋青草。"又云："猛回头汉宫何处也？断烟中故国天涯。"又云："步虚声天风吹下，只指尖儿不会拨琵琶。"其他《黑白卫》之高浑，《桃花源》之旷逸，直为一朝之弁冕云。（西堂曲世多有之，故不多列。）

嵇永仁，字留山，又号抱犊山农。居范忠贞幕，耿精忠之乱，同及于难。困图圄时，楮墨不给，乃烧薪为炭，写著作四壁皆满。其《续离骚》剧，即狱中作也。中有"杜默哭庙"，尤为悲壮，较沈自徵作，亦难轩轾。如〔沉醉东风〕云："学诗书头烘脑烘，学剑术心慵意慵。避会稽藏了锐气，练子弟熟了操纵。那怕赤帝枭雄，趁着那莘跸东巡想截龙，小可的扰不碎秦王一统。"〔得胜令〕云："似这般本色大英雄，煞强如谩骂假牢笼。宁可将三分业轻抛送，怎学那一杯羹造孽种。破百二秦封，秉烈炬咸阳恸。噪金鼓关中，吓得众诸侯拜下风。"〔七弟兄〕云："酒席上杀风算甚么勇，猛放一线走蛟龙，教千秋豪杰知轻重。割鸿沟无恙汉家翁，庆团圞吕雉谐鸳梦。"此数支皆雄恣可喜。

蒋心馀《四弦秋》剧，为旧曲《青衫记》鄙俚不文，遂填此作。凡所征引，皆出正史，并参以乐天年谱，故出顾道行作万倍。其中《送客》一出，为全剧最胜处，〔折桂令〕尤佳，词云："住平康十字南街，下马陵边，贴翠门开。十三龄五色衣裁。试舞宜春，掌上飞来。第一所烟花锦寨，第一面风月牙牌。飐鸦鬟紫燕横钗，蹴罗裙金缕兜鞋。这朵云不借风行，这枝花不倩人栽。"极生动妍冶，余最喜诵之。《一片石》《第二碑》中土地夫妇，最为绝倒，曲家每不善科诨，惟此得之。至《长生箓》等四剧，皆迎銮应制之作，可勿论也。

舒铁云《瓶笙馆修箫谱》，以《当垆》为艳冶。余最爱《拥髻》一折，论断史事，极有见地。如〔桂枝香〕云："远条仙馆，迤逦着含风别殿。那里是弄风弦汹汹同心，倒变做羞月貌尹邢避面。"又云："放一雄开场龙战，留双燕收场鱼贯。恨无边，早只见殿上黄貂出，楼中赤凤眠。"颇为工巧。《访星》折〔玉交枝〕云："趁着天风颠播，看枯木在长流倒拖。有天无地人一个，早二十八宿胸罗。"又〔三月海棠〕云："为治河，看宣房瓠子连年破。要崇根至本，永镇烟波。难妥，文武盈廷无一可。饥来吃饭闲来卧，因此勤宵旰，作诗歌。客星一个应该我。"此二曲别有风趣，与铁云诗不同。

杨笠湖以名进士宦蜀，就文君妆楼故址，筑吟凤阁，更作散套以庆落成。而《却金》折则思祖德，《送风》折则自为写照也。是书共三十二折，每折一事，而副末开场，又袭用传奇旧式，是为笠湖独创，但甚合搬演家意也。此曲警策语颇多，如《钱神庙》之豪迈，《快活山》之恬退，《黄石婆》《西塞山》之别出机抒，皆非寻常传奇所及。而最著者，惟《罢宴》一折，记寇莱公寿，思亲罢贺事，其词足以劝孝。如〔满庭芳〕云："想当初辛勤教养，他挑灯伴读，落叶寒窗，那有余辉东壁分光亮。单仗着十指缝裳，继膏油叫你读书朗朗。拈针线见他珠泪双双。真凄怆，到如今，怎金莲银炬，照不见你憔悴老萱堂。"〔朝天子〕云："抚孤儿暗伤，代先人义方。为延师尽把钗梳当，只要你成名不负十年窗。倚定门闾望，怎知他独自支当，背地糟糠。要你男儿志四方，又怕你在那厢，我在这厢，眼巴巴到你学成一举登金榜。"此二支描写慈母情形，动人终天之恨，此阮文达所以罢酒也。

陈栋，字浦云，会稽人。屡试不第，游幕汴中。其稿名《北泾草堂集》，诗词皆有可观。而曲尤骚雅绝伦。清代北曲，西堂后要推昉思，昉思后便是浦云，虽藏园且不及也。余诣力北词，垂二十年，读浦云作，方知关、王、宫、乔遗法，未坠于地。阴阳务头，动合自然。

布局联套，繁简得宜。隽雅清峭，触搅如志，全书具在，吾非阿好也。《苎萝梦》，记王轩梦遇西施事。以轩为吴王后身，生前尚有一月姻缘未尽，因示梦补欢，其事亦新。四折皆旦唱，语语本色，其艳在骨。第一折〔鹊踏枝〕云："值甚么小婵娟，丧黄泉。再不该污玉儿曾侍东昏，抱琵琶肯过邻船。多谢你母乌喙把蕙兰轻剪，倒作成了女三闾忠节双全。"〔六幺序〕云："翻花色那千样，费春工只一年，簇新的改换从前。就是绿近阑干，红上秋千，也须要做意儿周旋。满庭除滚的春光遍，道不得这颜色好出天然。料天公肯与行方便，几时价暖风丽日，微雨疏烟。"〔柳叶儿〕云："旧家乡桃花人面，老君王布袜青毡，打云头一霎都相见。堪消遣，好留连，这几日真有些不羡神仙。"第二折〔上京马〕云："原来是擘花房巧构的小姑苏。艳影香尘乍有无，多谢他颠倒化工将恨补。只怕这一星星羽化凌虚，还不比兔丝葵麦，憔悴返玄都。"又〔醋葫芦〕第四支云："则见他拂青霄气似虹，步苍苔形似虎。依然是江东伯主旧规模，怎眼乜斜盼不上捧心憔悴女。想我这容颜凋残非故，便不是转胞胎，也难认这幅换稿美人图。"皆精心结撰，直入元人之室。《紫姑神》《维扬梦》亦佳，限于篇幅，不赘。

黄韵珊《鸳鸯镜》，余最爱其〔金络索〕数支。其第二支云："情无半点真，情有千般恨，怨女痴儿，拉扯无安顿。蚕丝理愈棼，没来因，越是聪明越是昏。那壁厢梨花泣尽阑前粉，这壁厢蝴蝶飞来梦里裙。堪嗟悯，怜才慕色太纷纷。活牵连一种痴人，死缠绵一种痴魂，参不透风流阵。"可为情场棒喝。《凌波影》空灵缥渺，较《洛水悲》为佳。

《坦园三剧》，以《桂枝香》为胜，但在词场品第，仅足为藏园之臣仆耳。

梁廷柟"小四梦"，曲律多误。曼殊剧略优，排场太冷。

徐午阁《白头新》，科诨不恶。首折引子〔绛都春〕云："春明梦后,剩十斛缁尘,归逐东流。叶落庭空,满阶凉月添㑳㒹。鹤氄氄兀自把梅花守,盼不到南枝春透。"此数语甚佳。其他《合昏》之〔风云会〕〔四朝元〕亦可读。余则平平,然较《梨花雪》,却无时文气矣。

荆石山民黄兆魁《红楼梦散套》,脍炙人口,远胜仲、陈两家。世赏其《葬花》,余独爱其《警曲》〔金盏儿〕二支,可云压卷。首支云:"猛听得风送清讴,是梨香演习歌喉。一声声绿怨红愁,一句句柳眷花羞。教我九曲回肠转,蹙损了双眉岫。姹紫嫣红尽日留,怎不怨着他锦屏人看贱得韶光透?想伊家也为着好春㑳㒹。黄土朱颜,一霎谁长久?岂独我三月厌厌,三月厌厌,度这奈何时候。"次支云:"那里是催短拍低按梁州,也不是唱前溪轻荡扁舟。一心儿凤恋凰求,一弄儿软款绸缪。这的是有个人知重,着意把微词逗。真个芳年水样流,怎怪得他惜花人,掌上儿奇擎豰,想从来如此的钟情原有。今古如花一例,一例的伤心否。把我体软哈哈,体软哈哈,坐倒这苔钱如绣。"似此丰神,直与玉茗抗行矣。

《春水轩》九种,以《陈伯玉碎琴》为痛快,较孔东塘《大忽雷》更觉紧凑。《琴别》折亦较心馀《冬青树》胜。

上所论列,独缺闺秀作,第作者殊不多,除吴蘋香《饮酒读骚图》《古香十种》外,亦寥寥矣。

三　清人传奇

清人传奇,取余所见者列下。

内廷编辑本四本:《劝善金科》《昇平宝筏》《鼎峙春秋》《忠义璇图》。

慎郡王岳端一本:《扬州梦》。

袁晋一本：《西楼记》。

吴伟业一本：《秣陵春》。

范文若一本：《花筵赚》。

马佶人一本：《荷花荡》。

李玉五本：《一捧雪》《人兽关》《占花魁》《永团圆》《眉山秀》。

朱素臣一本：《秦楼月》。

尤侗一本：《钧天乐》。

嵇永仁二本：《扬州梦》《双报应》。

李渔十五本：《奈何天》《比目鱼》《蜃中楼》《怜香伴》《风筝误》《慎鸾交》《凤求凰》《巧团圆》《玉搔头》《意中缘》《偷甲》《四元》《双锤》《鱼篮》《万全》。

张大复一本：《快活三》。

陈二白一本：《称人心》。

查慎行一本：《阴阳判》。

周稺廉三本：《双忠庙》《珊瑚玦》《元宝媒》。

孔尚任二本：《桃花扇》《小忽雷》。

洪昇一本：《长生殿》。

万树三本：《风流棒》《空青石》《念八翻》。

唐英三本：《转天心》《巧换缘》《梁上眼》。

张坚四本：《梦中缘》《梅花簪》《怀沙记》《玉狮坠》。

夏纶六本：《无瑕璧》《杏花村》《瑞筠图》《广寒梯》《南阳乐》《花萼吟》。

王墅一本：《拜针楼》。

蒋士铨六本：《雪中人》《香祖楼》《临川梦》《桂林霜》《冬青

树》《空谷香》。

仲云涧一本：《红楼梦》。

陈钟麟一本：《红楼梦》。

金椒一本：《旗亭记》。

董榕一本：《芝龛记》。

张九钺一本：《六如亭》。

沈起凤四本：《文星榜》《报恩缘》《才人福》《伏虎韬》。

陈烺十本：《仙缘记》《海虬记》《蜀锦袍》《燕子楼》《梅喜缘》《同亭宴》《回流记》《海雪吟》《负薪记》《错因缘》。

李文瀚四本：《紫荆花》《胭脂舄》《凤飞楼》《银汉槎》。

黄燮清六本：《茂陵弦》《帝女化》《脊令原》《桃溪雪》《居官鉴》《玉台秋》。

张云骧一本：《芙蓉碣》。

杨恩寿三本：《麻滩驿》《理灵坡》《再来人》。

王筠一本：《全福记》。

释智达一本：《归元镜》。

上传奇计百种，清人佳构，固尽于此。即次等及劣者，亦见一斑，如陈烺、李文瀚、张云骧诸本是也。大抵清代曲家，以梅村、展成为巨擘。而红友山农，承石渠之传，以新颖之思，状物情之变，论其优劣，远胜笠翁。盖笠翁诸作，布局虽工，措词殊拙，仅足供优孟之衣冠，不足入词坛之月旦。即就曲律言，红友尤兢兢慎守也。曲阜孔尚任、钱塘洪昇，先后以传奇进御，世称南洪北孔是也。顾《桃花扇》《长生殿》二书，仅论文字，似孔胜于洪，不知排场布置、宫调分配，昉思远驾东塘之上。（《桃花扇》耐唱之曲，实不多见，即《访翠》《寄扇》《题画》三折，世皆目为佳曲，而《访翠》仅〔锦缠道〕一支可听，《寄扇》则全袭《狐思》，《题画》则全袭《写真》，通本无新声，此其短也。《长生殿》则集古今耐唱耐做之曲于一传中，不独生旦诸曲，出出可听，即净丑过脉各小曲，亦丝丝入扣，恰如分际。《舞盘》折〔八仙会蓬海〕一套，《重圆》折〔羽衣第二叠〕一支，皆自集新腔，不默守《九宫》旧格。而《侦报》之〔夜行船〕，《弹词》之〔货郎儿〕，《觅魂》之〔混江龙〕，试问云亭有此魄力否？）余尝谓《桃花扇》有佳词而无佳调，深惜云亭不谙度声，二百年来词场不祧者，独有稗畦而已。二家既出，于是词人各以征实为尚，不复为凿空之谈，所谓陋巷言衷，人人青紫，闲闺寄怨，字字桑濮者，此风几乎革尽。曲家中兴，断推洪、孔焉。他若马佶人（有《梅花楼》《荷花荡》《十锦塘》三种）、刘晋充（有《罗衫合》《天马媒》《小桃源》三种）、薛既扬（有《书生愿》《醉月缘》《战荆轲》《芦中人》四种）、叶稚斐（有《琥珀匙》《女开科》《开口笑》《铁冠图》四种）、朱良卿（有《乾坤啸》《艳云亭》《渔家乐》等三十种）、邱屿雪（有《虎囊弹》《党人碑》《蜀鹃啼》等九种）之徒，虽一时传唱，遍于旗亭，而律以文辞，正如面墙而立。独李玄玉《一》《人》《永》《占》（《一捧雪》《人兽关》《永团圆》《占花魁》），直可追步奉常。且《眉山秀》剧（《眉山秀》谱苏小妹事，而以长沙义伎辅之，词旨超妙），雅丽工炼，尤非明季诸子可及，与朱素臣笙庵诸作，可称瑜亮（笙庵诸作，以《秦楼月》《翡翠园》为佳）。西堂《钧天乐》，痛发古今不平。《地巡》一折，自来传奇家无此魄力，洵足为词苑飞将也。乾嘉以还，铅山蒋士铨、钱塘夏纶，皆称词宗，而惺斋头巾气重，不及藏园。《临川梦》《桂林霜》允推杰作，一传为黄韵珊，尚不失矩度，再传为杨恩寿，已昧厥源流。宣城李文瀚、阳湖陈烺等诸自郐，更无讥焉。金氏《旗亭》、董氏《芝龛》，一拾安史之昔尘，一志边徼之逸史，骎骎入南声之室，惜董作略觉冗杂耳。陈厚甫《红楼梦》，曲律乖方，未能搬演，益信荆石山民之雅矣。同光之际，作者几绝，惟《梨花雪》《芙蓉碣》二记，略传人口，顾皆拾藏园之余唾，且耳不闻吴讴，又何从是正其句律乎？因取最著者，论次如下。

内廷七种：内廷供奉曲七种，大半出华亭张文敏之手。乾隆初，纯庙以海内昇平，命文敏制诸院本进呈，以备乐部演习。凡各节令皆奏演，其时典故，如"屈子竞渡""子安题阁"诸事，无不谱入，谓之《月令承应》。其于内廷诸庆事，奏演祥征瑞应者，谓之《法宫雅奏》。其于万寿令节前后，奏演群仙神道添寿锡禧，以及黄童白叟含哺鼓腹者，谓之《九九大庆》。又演目莲尊者救母事，析为十本，谓之《劝善金科》，于岁暮奏之，以其鬼魅杂出，以代古人傩祓之意。演唐玄奘西域取经事，谓之《昇平宝筏》，于上元前后日奏之。其曲文皆文敏亲制，词藻奇丽，引用内典经卷，大为超妙。其后又命庄恪亲王谱蜀汉三国典故，谓之《鼎峙春秋》。又谱宋政和间梁山诸盗，及宋金交兵，徽、钦北狩诸事，谓之《忠义璇图》。其词皆出日下游客之手，惟能敷衍成章，又钞袭元明《水浒》《义侠》《西川图》诸院本，不及文敏多矣。

《西楼》：袁箨庵《西楼记》，颇负盛名，歌场盛传其词，然魄力薄弱，殊不足法。惟《侠试》北词，尚能稳健，而收尾不俊，已如强弩之末，盖才不丰也。即世传〔楚江情〕一曲，亦钞袭周宪王旧词（见《诚斋乐府》）。箨庵不过改易一二语而已，而能倾动一时，殊出意外。

《秣陵春》：此记谱徐适、黄展娘事，又名《双影记》。以玉杯、古镜、法帖作媒介，而寄慨于沧海之际。虽摹写艳情，颇类玉茗，而整齐紧凑，可与《钧天乐》相颉颃。余最爱《赋玉杯》之〔宜春令〕、

《咏法帖》之〔三学士〕，此等文字，曲家从来所未有，非胸有书卷，不能作也。〔宜春令〕云："司徒卣，尚父彝，拜恩回朱衣捧持。到如今锦茵雕几，一朝零落瓶罍耻。何如带赵玉今完，瓯无缺紫窑同碎。晴窗斗茗持杯，旧朝遗惠。"〔三学士〕云："秘阁牙签今已矣，过江十纸差池。想不到城南杜姥凄凉第，倒藏着江上曹娥绝妙碑。只是留香帖付阿谁？"其意致新颖，实则沉痛。又〔泣颜回〕云："薛壁画南朝，泪尽湘川遗庙。江山余恨，长空黯淡芳草。莺花似旧，识兴亡断碣先臣表。过夷门梁孝台空，入西洛陆机年少。"又末折〔集贤宾〕云："走来到寺门前记得起初敕造，只见赭黄罗帕御床高。这壁厢摆列着官员舆造，那壁厢布设些法鼓钟铙。半空中一片祥云。簇拥着香烟缥缈。如今呵，新朝改换了旧朝，把御牌额尽除年号。只落得江声围古寺，塔影挂寒潮。"沉郁感叹，不啻庾信之《哀江南》也。

《钧天乐》：尤西堂《钧天乐记》，世谓影射叶小鸾（见汪允庄诗）。记中魏母登场，即云先夫魏叶，盖指其姓也。寒簧登场〔点绛唇引子〕云："午梦惊回"，盖指其堂也。而《叹榜》《嫁殇》《悼亡》诸折，尤觉显然。所传杨墨卿，即指西堂总角交汤传楹也。其词戛戛生新，不袭明人牙慧，而牢落不偶之态，时见于楮墨之外。《送穷》《哭庙》，几令人搔首问天。余最爱《哭庙》折，〔四门子〕词云："你入秦关烧破咸阳道，救邯郸受六国朝。彭城鏖战兵非弱，谁料得走乌江没下稍。楚军尽逃，汉军又挑，悔不向鸿门把玉玦了。骓兮正骄，虞兮尚娇，怎重见江东父老？"他如《歌哭》折〔金络索〕云："我哭天公，颠倒儿曹做哑聋。黄衣不告相如梦，白眼谁怜阮客穷。真蒙懂，区区科目困英雄。一任你小技雕虫，大笔雕龙。空和泪铭文冢。"又《嫁殇》折〔懒画眉〕云："为甚的恹恹鬼病困婵娟？半卷湘帘袅药烟？可怜他空房小胆怯春眠。你看流莺如梦东风懒，一枕春愁似小年。"又《蓉城》折〔二郎神〕云:"年韶稚,护春娇小窗深闭,画卷诗笺怜薄慧。心香自裛,讳愁无奈双眉。看飞絮帘栊芳草醉,咒金铃花花衔泪。锁空闺,镇无聊孤宵梦影低回。"皆卓绝时流者也。

《眉山秀》:玄玉所作有三十三种,《一》《人》《永》《占》(说见前)最著盛名,而《眉山秀》尤出各种之上。长沙义伎事,见洪容斋《夷坚志》,玄玉本此,又以苏小妹、秦少游事,为一书之主。《赚娟》折殊堪发噱。义伎本无名字,此作文娟,当是玄玉臆造,又少游客死藤州,未及还朝,此作小妹假托少游,南游时再赚文娟,及少游返长沙,娟复拒绝,迎归京邸,以东坡一言而解。虽足见贞操,而于本事欠合,不如依原书殉节逆旅之为愈矣。记中《婚试》一折,《纳书楹》录之,词颇精警。

《扬州梦》:留山《扬州梦》,以绿叶成阴事为主,又以紫云为副,往来凑合者,杜秋娘也,与陈浦云《维扬梦》略同。《水嬉》一折,极为热闹。传奇家作曲,每易犯枯寂之弊,此作不然,故佳。《双报应》则粗率矣。

《笠翁十五种曲》:翁作取便梨园,本非案头清供,后人就文字上寻瘢索垢,虽亦言之有理,而翁心不服也。科白之清脆,排场之变幻,人情世态,摹写无遗,此则翁独有千古耳。十五种中,自以《风筝误》为最,《玉搔头》次之。《慎鸾交》翁虽自负,未免伤俗。他如《四元》《偷甲》《双锤》《万全》诸本,更无论矣。

《桃花扇》:东塘此作,阅十余年之久,自是精心结撰,其中虽科诨亦有所本。观其自述本末,及历记考据各条,语语可作信史。自有传奇以来,能细按年月确考时地者,实自东塘为始。传奇之尊,遂得与诗文同其声价矣。通体布局,无懈可击,至《修真》《入道》诸折,又破除生旦团圆之成例,而以中元建醮收科,排场复不冷落。此等设想,更为周匝，故论《桃花扇》之品格，直是前无古人，后无来者。所惜者，通本乏耐唱之曲，除《访翠》《眠香》《寄扇》《题画》外，恐亦寥寥不足动听矣。马、阮诸曲，固不必细腻，而生旦则不能草草也。《眠香》《却奁》诸折，世皆目为妙词，而细唱曲不过一二支，亦太简矣。东塘凡例中，自言曲取简单，多不逾七八曲，弗使伶人删薙。其意虽是，而文章却不能畅适，此则东塘所未料也。云亭尚有《小忽雷》一种，谱唐人梁生本事，皆顾天石为之填词。文字平庸，可读者止一二套耳，而自负不浅。又为云亭作《南桃花扇》，使生旦团圆，以悦观场者之目，更属无谓。

《长生殿》：此记始名《沉香亭》，盖感李白之遇而作。因实以开天时事，继以排场近熟，遂去李白入李泌，辅肃宗中兴，更名《舞霓裳》。又念情之所钟，帝王罕有，马嵬之变，势非得已，而唐人有玉妃归蓬莱仙院、明皇游月宫之说，因合用之，更名《长生殿》。盖历十余年，三易稿而始成，宜其独有千秋也。曲成赵秋谷为之制谱，吴舒凫为之论文，徐灵胎为之订律，尽善尽美，传奇家可谓集大成者矣。初登梨园，尚未盛行，后以国忌装演，得罪多人，于是进入内廷，作法部之雅奏，而一时流转四方，无处不演此记焉。叶怀庭云："此记上本杂采开天旧事，每多佳构。下半多出稗畦自运，遂难出色。"实则下卷托神仙以便绾合，略觉幻诞而已。至其文字之工，可云到底不懈。余服其北词诸折，几合关、马、郑、白为一手，限于篇幅，不能采录。他如《闹高唐》《孝节坊》《天涯泪》《四婵娟》等，更无从搜罗矣。

《惺斋六种曲》：惺斋作曲，皆意主惩劝。尝举忠孝节义事，各撰一种。其《无瑕璧》言君臣，教忠也。其《杏花村》言父子，教孝也。其《瑞筠图》言夫妇，教节也。其《广寒梯》言师友，教义也。其《花萼吟》言兄弟，教弟也。事切情真，可歌可泣。妇人孺子，尤可劝厉。

洵有功世道之文，惜头巾气太重耳。惟《南阳乐》谱武侯事，颇为痛快。如第三折诛司马师，第四折武侯命灯倍明，第八折病体全愈，第九折将星灿烂，十五折子午谷进兵，偏获奇胜，十六折杀司马昭，擒司马懿，十七折曹丕就擒并杀华歆，十八折掘曹操疑冢，二十二折诛黄皓，二十五折陆逊自裁，孙权投降，孙夫人归国，三十折功成身退，三十二折北地受禅，皆大快人心之举。屠门大嚼，聊且称意，固不必论事之有无也。

《藏园九种曲》：心馀诸作，皆述江右事，独《桂林霜》不然，而文字亦胜。九种中，《四弦秋》等已入杂剧，不论。传奇中以《香祖楼》《空谷香》《临川梦》为胜，《雪中人》《桂林霜》次之，《冬青树》最下，叙述南宋事多，又无线索也。《空谷香》《香祖楼》二种，梦兰、若兰同一淑女也，孙虎、李蚓同一继父也，吴公子、扈将军同一樊笼也，红丝、高驾同一介绍也，成君美、裴畹同一故人也，姚、李两小妇同一短命也，王、曾两大妇同一贤媛也。各为小传，尚且难免雷同。作者偏从同处见异，梦兰启口便烈，若兰启口便恨，孙虎之愚，李蚓之狡，吴公子之戆，扈将军之侠，红丝之忠，高驾之智，王夫人则以贤御下，曾夫人因爱生怜，此外如成、裴诸君，各有性情，各分口吻。无他，由于审题真措辞确也。至《临川梦》，则凭空结撰，灵机往来。以若士一生事实，现诸氍毹，已是奇特，且又以"四梦"中人一一登场，与若士相周旋，更为绝倒。记中《隐奸》一折，相传讽刺袁简斋，亦令黠可喜。盖若士一生，不迕权贵，递为执政所抑，一生潦倒，里居二十年，白首事亲，哀毁而卒，固为忠孝完人。而心馀自通籍后，亦不乐仕进，正与临川同，作此曲亦有深意也。其自题诗云："腐儒谈理俗难医，下士言情格苦卑。苟合皆无持正想，流连争赏诲淫词。人间世布珊瑚网，造化儿牵傀儡丝。脱屣荣枯生死外，老夫叉手看多时。"可知其填词之旨矣。

《芝龛》：恒岩此记，以秦良玉、沈云英二女帅为经，以明季事涉闺阁暨军旅者为纬，穿插野史，颇费经营。惟分为六十出，每出正文外，旁及数事，甚至十余事者，隶引太繁，止可于宾白中带叙，篇幅过长，正义反略，喧宾夺主，眉目不清，此其所短也。论者谓轶《桃花扇》而上，非深知《芝龛》者。又记中每曲点板，但往往有板法与句法不合者，如上四下三句法，而点以上三下四板式，不知当日奏演时何若也（此病最坏，实则填词时未明句读）。第五十七出中有悼南都渔歌三首，酣畅淋漓，记中仅见。〔满江红〕词云："如此江山，又见了永嘉南渡。可念取衣冠原庙，龙蟠虎踞。白水除新啼泪少，青山似洛豪华故。视眈眈定策入纶扉，奇功据。燕子叫，春灯觑。瑶池宴，迷楼住。看畴咨献纳，者般机务。蟒玉江干杨柳态，貂蝉河榭芙蓉步。召南薰歌舞奏中兴，风流足。"又云："芳乐莺声，已忘却杜鹃啼血。淆混着孤鸿群雀，淮扬旌节。半壁山川防御缓，六朝金粉征求切。问无愁天子为何愁，梨园缺。梃击变，妖书揭。红丸反，移宫掣。又重钩党祸，仍依珰辙。玉合王孙耽玉笛，金貂宦孽操金玦。听秦淮遗韵似天津，鸣鹧鸪。"又云："尘涴西风，昏惨惨台城秋柳。竞填补伏波前欠，明珠论斗。监纪中书随地是，职方都督盈街走。拥貂冠鱼袋出私门，多于狗。练湖佃，洋船搂。芦洲课，爪仪斛。更分文筋两，旅亭税酒。礦使又差肥豕腹，宫娃再选惊蟓首。唱江风鼓棹说兴衰，渔婆口。"

《六如亭》：此记叙次，悉本正史，及东坡年谱，无颠倒附会之处。观空于佛，结穴于仙，使放逐之臣，离魂之女，仗金刚忍辱波罗蜜，同解脱于梦幻泡影电露，而证无上菩提，洵卫道之奇文，参禅之妙曲也。记中《伤歌》一折，乃坡公挈朝云，在海外嘉祐寺松风亭觞咏，命唱自制送春词。至"枝上柳绵吹又少"句，呜咽不成声。公叹曰：

"吾正悲秋，而汝又伤春矣！"折中用〔二郎神集贤宾〕，最合缠绵之意，虽本稗畦《密誓》，然亦沉郁有致。记中以此折，及温都监女一节事，最胜。

沈氏四种：蓑渔四种，以《才人福》为最，《伏虎韬》次之，《报恩缘》《文星榜》又次之。此曲颇不易见，各家曲话，皆未著录。事迹之奇，排场之巧，洵推杰作。《才人福》以张幼于为主，以希哲、伯虎为配。吴人好谈六如，此曲若登场，可以笑倒万夫矣。记中有诗翁、诗伯、诗祖宗三诗，极嬉笑怒骂之致，为全书最生动处。又希哲舆夫联元，与厨娘之女有染，《淫诨》一折，语语是轿夫口吻，且无十分淫亵语，所以为佳。《伏虎韬》则本《子不语》中"医妒"一事为之，布局绝奇。惟四种说白，皆作吴谚，则大江以上，皆不能通，此所以流传不广欤？

《倚晴楼六种》：韵珊诸作，《帝女花》《桃溪雪》为佳，《茂陵弦》次之，《居官鉴》最下，此正天下之公论也。《帝女花》二十折，赋长平公主事，通体悉据梅村挽诗，而文字哀感顽艳，几欲夺过心馀，虽叙述清代殊恩，而言外自见故国之感。惟《佛贬》《散花》两折，全拾藏园唾余。于是陈烺、徐鄂辈，无不效之，遂成剧场恶套矣。《桃溪雪》记吴绛雪事。绛雪善书画，通音律，尤工于诗，永康人，归诸生徐明英，未几而寡。康熙十三年，耿精忠叛于闽，其伪总兵徐尚朝等，寇陷浙东，及攻取金华，过永康，艳绛雪名，欲致之。永康故无城可守，众虑踩躏，邑父老与其夫族谋，以绛雪纾难。绛雪夷然就道，至三十里坑，以渴饮绐贼，即坠崖死。通本事迹如是。其词精警浓丽，意在表场节烈。盖自藏园标下笔关风化之旨，而作者皆矜慎属稿，无青衿挑达之事。此是清代曲家之长处。韵珊于《收骨》《吊烈》诸折，刻意摹神，洵为有功世道之作。惟净丑角目，止有《绅哄》一折，似嫌冷淡。此盖文人作词，偏重生旦，不知净丑衬托愈险，则词境益奇。余尝谓乾隆以上有戏有曲，嘉道之际，有曲无戏，咸同以后实无戏元曲矣。此中消息，可与韵珊诸作味之也。他作从略。

坦园三种：蓬海三记，余最喜《再来人》，摹写老儒状态，殊可酸鼻。《麻滩》《理灵》，不脱藏园窠臼。

《全福》：长安女士王筠撰，词颇不俗。有朱珪序，略谓：女士先成《繁华梦》，阅之觉全剧过冷，搬演未宜。越年乃有《全福记》，则春光融融矣。此记事实，未脱窠臼，惟曲白尚工整耳。

《归元镜》：演莲池大师事，文颇工雅，结构与《昙花》同。

以上传奇。

四　清人散曲

清人散曲，传者寥寥。其有专集者，不过数家，列下。

归元恭：《万古愁》。朱彝尊：《叶儿乐府》。尤侗：《百末词余》。厉鹗：《北乐府小令》。许宝善：《自怡轩乐府》。吴锡麒：《南北曲》。赵对澂：《小罗浮馆杂曲》。谢元淮：《养默山房散套》。凌霄：《振檀集》。赵庆熺：《香消酒醒曲》。蒋士铨：《南北曲》。吴藻：《南北曲》。

至曲选总集。可云绝少，兹录四种，此外恐已无多矣。

叶堂：《纳书楹曲谱》四集。钱思孺：《缀白裘》十集。菰芦钓叟：《醉怡情》。武林曲痴：《怡春锦》六集。

上散曲别集十二种，总集四种。而总集中《纳书楹》为曲谱，《缀白裘》《醉怡情》为戏曲，《怡春锦》止第六集为散曲。求如前明《雍熙乐府》《词林摘艳》诸书，竟无有也。此亦见清人不重曲词矣。即此十二家言之，亦不过余事及此，非颉门之盛业。元恭《恒轩集》，以古文雄，不以《万古愁》著也。惟其词瑰璨恣肆，于古之圣贤君相，无不诋诃，而独流涕于桑海之际。此曲之传在意境，不在文章也。沈绎堂云：章皇帝尝见此曲，大加称赏，命乐工每膳，歌以侑食，此亦一奇事也。今盛传于世，不复摘录（今人有以此曲为熊开元作者，余不之信）。竹垞《叶儿乐府》，仅有小令，无套曲。而词多俊语，如〔折桂令〕四支，〔朝天子〕《送分虎南归》，〔一半儿〕《咏名胜十二首》，殊隽。西堂《百末词余》即附词后，《秋闺》〔醉扶归〕套最胜。樊榭亦止工小令，不及大套。吴縠人《南北曲》在集后有二卷。《钱塘观潮》之〔好事近〕、《盂兰会》之〔混江龙〕、《喜洪稚存自塞外归》〔新水令〕诸套，颇见本领。许穆堂《自怡轩》曲，亦多佳构，《题邵西樵酿花小圃》《陶然亭眺望》，《题张忆娘柳如是像》，《赠萧兰生》诸套，圆美可诵，盖深于词律，故语无拗涩也（许有《自怡轩词谱》，极佳。）赵对澂杂曲，佳者不多。《养默山房散曲》，仅存三套，无可评骘。独赵秋舲刻意学施子野，故词境亦相类。《有感对月》二套，尤为脍炙人口。而余所爱者〔二郎神〕《题谢文节琴》，气息高雅，无滑易之病。至月下老人祠中签诀，各以〔黄莺儿〕写之，亦属仅见。其词轻圆流利，俨然《花影集》也。蒋士铨曲，附见集末，中有《题迦陵填词图》北套，可与洪昉思南词并传，为集中最胜处。苹香诸作，意境雅近秋舲，与所作《饮酒读骚》剧，更觉清俊，盖散曲文情闲适，《读骚图》未免牢愁故也。一代名手，不过数家。清曲衰息，固天下之公论也。